AF235328

KILL YOUR ENEMIES
PROTECT YOUR HEART

ROMANCE THRILL

RAVEN T. WINTER

Copyright © 2021
Raven T. Winter
ISBN: 978-3-7534-4174-0
Erstausgabe Februar 2021
Herstellung und Verlag: BoD - Book on Demand, Norderstedt
Alle Rechte vorbehalten!
Copyright © Raven T. Winter

Covergestaltung: Giessel Design
Korrektorat: SW Korrektur

Raven T. Winter
c/o Autorenservice Patchwork
Schlossweg 6
A-9020 Klagenfurt
raventwinter@outlook.at

Was Recht ist, muss nicht gerecht sein.
(Exler, Georg-Wilhelm)

Das "Ende" ist nicht immer das Ende, sondern manchmal der
Start für einen "Neu-" Anfang.
(Klaus Seibold)

KLAPPENTEXT

Erin

Ich lebe nur noch für meine Rache. Mein ganzes Leben, mein ganzes Sein wird davon bestimmt. Niemand wird mich davon abhalten, alle Zahnräder in dieser korrupten Maschinerie zu beseitigen.

Ihr habt mir meinen besten Freund, meine Familie und meine Liebe geraubt, deshalb nehme ich mir jetzt eure Leben. Auge um Auge. Zahn um Zahn.

Dann treffe ich auf dich. Ich will mich nicht auf dich einlassen. Ich muss mein Herz schützen.

Unsere Interessen überschneiden sich auf eine gefährliche Weise und als Staatsanwalt bist auch du mein Gegenspieler. Zu sehr weichen unserer Wertvorstellungen voneinander ab.

Die Zeit drängt, um meinen Plan durchzuziehen, denn mit jedem Mord steigt die Wahrscheinlichkeit, aufzufliegen.

Ruark

Fasziniert von den Morden, die ein Serienkiller verübt, recherchiere ich die Hintergründe und versuche den gemeinsamen Nenner zu finden. Ich kann es nicht erwarten, den Killer hinter Schloss und Riegel zu bringen.

Dann treffe ich auf dich. Du bist so anders als alle Frauen vor dir.

Unnahbar. Kühl. Geheimnisvoll.

Ich kann nicht widerstehen, muss dich näher kennenlernen, und vielleicht wirst du mir irgendwann genug vertrauen, um mir dein Geheimnis zu verraten.

Du lässt mich meine Jagd auf den Killer fast vergessen, doch mein Gefühl sagt mir, die Zeit zerrinnt mir zwischen den Fingern.

1. KAPITEL

Erin

Der leicht aufkommende Wind veranlasst mich, mein Scharfschützengewehr neu auszurichten. Die klirrende Kälte ist schon vor einiger Zeit durch die Stofflagen der Kleidung gekrochen, und doch verharre ich weitestgehend reglos, gut verborgen in meinem Versteck, auf mein Ziel fixiert.

Bald komme ich von diesem eiskalten Dach herunter, um mir in der Badewanne meine Glieder wieder aufzuwärmen. Ich kann das heiße Wasser schon spüren, wie es samten meinen Körper umspült, die Hitze, die die Kälte aus mir vertreibt. Genießerisch rekle ich mich bereits in Gedanken in meiner Wanne.

Auf der Straße unter mir tut sich etwas. Sofort bin ich wieder voll bei der Sache, kontrolliere erneut die Windanzeige und meine Zieleinstellung. Ein kleiner

9

Fehler in der Adjustage und ich kann mich von meiner Freizeitplanung – sprich meinem heißen Bad und einem guten Glas Wein – verabschieden, weil ich die Zielperson irgendwie erwischen muss, bevor die Sicherheitsmaßen so aufgestockt werden, dass ich keine Chance mehr habe, an den ehrenwerten Richter ranzukommen. Allein an dieses scheinheilige Monster zu denken, lässt Zorn in mir aufwallen.

Wenn nicht zufällig jemand im Darknet für seinen Tod eine hübsche Stange Geld geboten hätte, dieser Kerl wäre in den nächsten Wochen maximal Monaten umsonst durch meine Hand gestorben. Die leeren Kinderaugen, gezeichnet durch Missbrauch, alte Menschen, die alles verloren haben, weil sie sich die Mietpreise nicht mehr leisten können und auf der Straße landen.

Alles nur, weil dieser Richter in seiner Freizeit noch als Immobilienunternehmer tätig ist, dort überteuerte Luxuswohnungen und Einkaufsmeilen erbaut und die Mieter oder Eigentümer daraus vertreibt. Egal mit welchen Mitteln, nicht nur mit dem Ansteigen der Mietpreise; auch Drohungen und Einschüchterungen kommen oft zum Einsatz.

Niemand traut sich, deswegen gegen ihn vorzugehen, geschweige denn, dass es einige Recherchearbeit benötigt, um herauszufinden, wer hinter den ganzen Taten steckt. Sein Image nach außen hin ist tadellos.

Von den Journalisten in dieser Stadt und auch überregional wird er als Eckpfeiler der Gesellschaft betitelt, ein wahrer Gentleman, der ein Herz für die armen Kinder unserer Stadt hat.

Dass ich nicht lache – dieser Mann ist ein Monster.

Auf meiner Liste ist er wegen der Immobilien. Im Net durch den Tötungsauftrag bin ich auf seine Vorliebe für junge Kinder gestoßen; das ist der Grund, weshalb er erst jetzt an der Reihe ist. Ansonsten wäre er bei den Ersten gewesen, die ich aus dem Verkehr gezogen habe.

Ich ärgere mich noch immer maßlos darüber, es nicht vorher in Erfahrung gebracht zu haben. Wie viel Leid hätte ich damit noch verhindern können?

Ich darf mir kein Versagen erlauben. Schon morgen soll er als Gönner einem Waisenhaus wieder einen großen Scheck übereignen. Bei dem Gedanken, was er sich als Gegenleistung erwartet, zieht sich mein Inneres zu einem harten Klumpen zusammen. Er lädt danach immer ein oder auch zwei Kinder zu sich ein, als weiteres zusätzliches Highlight für diese Kinder. Dort vergeht er sich an ihnen, droht ihnen.

Nein, es muss heute sein. Ich kann nicht damit leben, wenn er noch einen weiteren Tag erlebt und auch nur ein weiteres Kind anfasst.

Unruhe entsteht unter mir, der Moment, auf den ich gewartet habe, ist da. Eine Limousine rollt heran, die Haustür geht auf. Zu den zwei Sicherheitsleuten, die auf dem Gehweg bereits Stellung bezogen haben, gesellen sich noch zwei weitere. Und mein Ziel zwischen ihnen.

Ein gut aussehender Endfünfziger, der aussieht wie ein netter und respektabler Mann der Gesellschaft, jemand, in dessen Gegenwart sich jeder wohlfühlt. Wie sehr dieser Eindruck doch trügt, er hat diese Facette perfektioniert. Ich verfolge die Bewegungen der Gruppe durch das Zielfernrohr.

Man sollte annehmen, mein Pulsschlag beschleunigt sich, und ich sollte voller Gewissensbisse sein, weil ich dabei bin, das Leben eines Menschen zu beenden – weit gefehlt.

Ich krümme den Zeigefinger noch ein bisschen mehr, und das wars. Ein Lächeln spielt um meine Mundwinkel, als der Knall ertönt und mein Ziel von der Kugel nach hinten gerissen wird.

Ohne mich zu vergewissern, ob mein Ziel wirklich tot ist – bei einem so präzise ausgeführten Kopfschuss mitten zwischen die Augen kann es gar nicht anders sein –, beginne ich mit raschen fließenden Bewegungen meine Ausrüstung zusammenzupacken und mein kleines Souvenir auf den Sims des Daches zu legen, und zwar ein Zahnrad.

Ein kleines Rädchen – wenn ich alle Namen von der Liste getilgt habe, sind es so viele kleine Räder, die ich aus dem Spiel genommen habe, dass die Maschinerie stoppt; viele sind nicht mehr übrig. In den letzten Jahren bin ich fleißig gewesen. Habe lange recherchiert, um ja keinen Fehler zu machen.

Aus den Augenwinkeln bekomme ich mit, wie Hektik ausbricht, Rufe werden laut, Befehle werden gebellt. Sie machen sich auf die Suche nach mir. Vielleicht ist es überheblich, aber ich mache mir wenig Sorgen, dass sie mich so schnell finden werden. Bis sie auf dieses Gebäude kommen, bin ich schon lange weg. Ich kundschafte meine Opfer und die Security lange und gründlich aus, erwäge verschiedene Pläne und habe immer mindestens drei Fluchtrouten. Ich überlasse nichts dem Zufall.

Nicht einmal dreißig Sekunden nach dem Schuss bewege ich mich bereits die Feuertreppe nach unten. Ich wende den Mantel, den ich anhabe, bevor ich die Straße erreiche und zwischen vorbeieilenden Passanten verschwinde. Aus dem schwarzen Mantel, der mich verborgen gehalten hat, wird ein auffälliger silbergrauer Mantel mit schwarzem Rand. Meine blonden Haare, die ich unter einer schwarzen Mütze verborgen hielt, lasse ich nun frei, locker fallen sie mir bis über meine Schultern.

Ein Blick auf die Uhr vergewissert mich, dass es nicht mehr lange dauern wird und die Einsatzkräfte müssen am Tatort auftauchen. Wie aufs Stichwort erschallen in diesem Moment laut die Sirenen. Perfekt getimt.

Es ist Donnerstagabend, in diesem Teil der Stadt ist viel los. Ich steuere die nächste Bar an – wie so oft in den letzten Wochen um diese Uhrzeit – mit meiner großen Shoppertasche im XXL-Format. Natürlich wäre mir mein Bad jetzt lieber als ein alkoholisches Getränk und einige plumpe Flirtversuche, damit mir warm wird, und auch mein bequemes Bett schreit schon förmlich nach mir. Eine Stunde, maximal zwei, dann bin ich hier weg. Seufzend lasse ich mich auf einem Stuhl am Tresen nieder.

»Na, was darf es heute sein?« Der ältere bärtige Besitzer der Bar wirft mir einen freundlichen Blick zu, während er mich nach meinem Getränkewunsch fragt.

Ich schenke ihm ein aufrichtiges Lächeln, dieser

Bär von einem Mann mit seinem Karohemd passt besser in irgendeinen Wald als hier in die Großstadt, es fehlt nur die Axt, die er über der Schulter trägt, um ein paar Bäume zu fällen.

»Einen Kakao mit Rum, bitte.«

Sein dröhnendes Lachen übertönt die Geräuschkulisse der Gespräche um uns herum. Neugierig werden die Köpfe nach uns gereckt. Das Interesse der Leute legt sich aber sofort wieder, als sie erkennen, dass nur ich es bin, die dem ansonsten griesgrämigen Besitzer diesen Laut entlockt. Wie so oft in den letzten Wochen.

»Du bist die Einzige, die dieses Gesöff ordert, Missi. Nur für dich habe ich extra Milch und Kakao hier. Ich kann mir bis heute nicht erklären, wie du mich dazu gebracht hast.« Amüsiert zucke ich mit den Schultern.

»Das muss einfach an meinem unwiderstehlichen Charme liegen«, antworte ich ihm keck und klimpere dabei übertrieben unschuldig mit meinen Wimpern.

Jo macht sich lachend auf den Weg, um mir das Gewünschte zu bringen. Ohne Hast streiche ich mir die Handschuhe von den Fingern und stopfe sie zusammen mit der Mütze, die ich zuvor einfach schnell in meine Manteltasche gesteckt habe, in meine Tasche, bevor ich den Reißverschluss daran zuziehe.

»So, Mädchen, hier hast du dein Kindergetränk mit Schuss für Erwachsene.«

Zwinkernd proste ich ihm zu und bedanke mich so bei ihm, während er sich schon seinen nächsten Gästen zuwendet. Meine eisigen Finger umklammern die heiße Tasse. Zuerst ist die Berührung schmerzhaft. Ich genieße diesen kurzen Moment. Zeigt er mir, dass ich noch am Leben bin und fühle.

Ich führe sie an meine Lippen, der Duft weckt Erinnerungen in mir. An vergangene Abende, an Lachen, Umarmungen und Küsse. Ein Gesicht drängt sich in meine Erinnerungen, doch die Konturen sind bereits verschwommen, verschwimmen von Monat zu Monat mehr. Vier Jahre ist es bereits her, seit ich diesen Mann, unsere Liebe und meine Zukunft verloren habe. Wehmut und Trauer erfüllen mich, ich verdränge das Gefühl, denn ich habe mir vor langer Zeit geschworen, nichts mehr zu fühlen.

Die Tasse an meine kalten Lippen führend nehme ich einen kleinen Schluck. Der schokoladige Geschmack gemischt mit einem Hauch Kirsche tanzt über meine Zunge, bevor ich ihn hinunterschlucke und der Rum in meinem Hals leicht nachbrennt.

»Hey, Süße, was trinkst du da? Sieht ekelig aus. Ich würde dir gern etwas Richtiges ausgeben, ein Bier zum Beispiel.«

Ich verziehe mein Gesicht, es kommt mir vor, als hätte ich auf eine Zitrone gebissen. Ich muss mich sehr zusammenreißen, um dem Typen, der auch schon eine Hand auf meinen Oberschenkel gelegt hat, nicht jeden Finger einzeln zu brechen. Bevor ich mich ihm zuwende, setze ich mein süßestes Lächeln auf. Denk dran, du musst unauffällig bleiben, beschwöre ich mich in Gedanken selbst.

»Danke, aber ich bleibe bei diesem hier, gegen ein

wenig Gesellschaft habe ich nichts einzuwenden«, zwinge ich mich zu sagen.

Kokett lächle ich den Typen an, der sich sofort dichter an mich drängt und seine Hand noch etwas weiter meinen Oberschenkel hinauf bewegt. Ein Sonnyboy, wie er im Buche steht. Blonde, etwas zu lange Haare, solariumgebräunt, muskulöser Körper, eindeutig nicht aus dieser Gegend. Die Stimmung in der Bar ändert sich, meinem aufdringlichen Verehrer entgeht dieser Zustand komplett, war zu sehr damit beschäftigt, mich abzuchecken.

Hierher verirrt sich selten jemand Fremdes, und ich scheine bereits in die Runde hier aufgenommen worden zu sein. Interessant, dass die Stammgäste mich bereits als eine der ihren betrachten und ein wachsames Auge auf mich haben.

Der Typ ist auch so gar nicht mein Fall. Er wirkt wie jemand, der mit seinen knapp dreißig Jahren noch nie wirklich gearbeitet hat; seine Kleidung zeugt von Kohle. Treuhandfonds von Daddy lässt grüßen, ist meine erste Einschätzung.

Sonnyboy winkt Jo zu sich heran, während er mich weiter mit seinen Augen verschlingt. Jo kommt zu uns herüber, bevor er den Mann anspricht, um in Erfahrung zu bringen, was er trinken möchte, wirft er mir einen fragenden Blick zu, ich schüttle leicht den Kopf, lächle ihn an.

Verstimmt und eindeutig alles andere als damit einverstanden, dass ich den Kerl nicht auf der Stelle davonjage, blickt er mich noch einen Bruchteil länger an, bevor er sich dem Sonnyboy zuwendet. Dieser ist alles andere als amüsiert darüber, ignoriert worden zu sein.

»Hey, hier spielt die Musik, ich will ein Bier, und zwar pronto.« Sofort wendet sich Grapschhand wieder mir zu.

»Was ist denn das hier für eine Scheiß-Spelunke? Der Service ist ja echt unter aller Sau.«

Der Kerl raubt jetzt schon den letzten Geduldsfaden. Ich bin ganz knapp davor, etwas sehr, sehr Dummes zu tun, und bereue es bereits, Jo kein Zeichen gegeben zu haben, ihn aus seinem Laden zu schmeißen. Mal ehrlich, wer rechnet schon damit, dass der Typ dermaßen daneben ist.

In Gedanken überlege ich noch, was ich ihm für eine Antwort geben soll, die nicht allzu ironisch klingt, als bereits die Bierflasche vor ihm auf den Tresen geknallt wird.

»Macht vier neunzig.« Mit einem hämischen Grinsen dreht sich Sonnyboy zu Jo um, während er so eine Geldklammer aus seiner hinteren Hosentasche zieht. Offenbar denkt er, er kann mich damit beeindrucken, denn es ist ein ansehnliches Bündel voller Hunderter. Innerlich verdrehe ich die Augen.

Was erwartet er sich? Dass ich zu seinen Füßen sinke und ihm hier und jetzt einen Blowjob verpasse in der Hoffnung, einen der Scheinchen zu ergattern. Gelangweilt drehe ich mich von ihm weg, um einen weiteren Schluck von meinem Kakao zu nehmen, der mittlerweile nur noch lauwarm ist. Somit schmeckt er bloß halb so gut, was meine Laune weiter sinken lässt – von seinem nächsten Satz will ich gar nicht reden.

Frustriert seufze ich. Wäre ich doch nur bereits zu Hause in meiner Badewanne.

»Mach fünf draus, für den exquisiten Service in diesem Schuppen.« Gönnerhaft hält er Jo den großen Schein hin. Ich kann mich nicht ganz zurücknehmen und sage etwas spitz: »Also ich habe noch nie Probleme mit dem Service hier gehabt.«

»Du bist ja auch eine scharfe Braut, kein Wunder, dass du einen besseren Service bekommst.« Das Verlangen nach mir steht ihm ins Gesicht geschrieben. Ich weiß nicht, ob ich lachen oder schreien soll. Während er auch schon beginnt, meine Haut durch den schwarzen Stoff meiner Jeans zu kneten. Wieso habe ich ihm das vorhin überhaupt erlaubt? Ich kann es mir nur mit momentaner geistiger Umnachtung erklären. Es hilft nichts, mit dem Typen werde ich nicht warm werden. Daran wird auch mein halbherziger spontaner Versuch – oder was auch immer ich mir eingebildet habe, was das soll – nichts ändern.

»Ich denke, du solltest die Finger von mir lassen und dir eine andere Gespielin suchen. Ich bin nicht interessiert.«

»Komm schon, das mit uns wird gut werden, vertrau mir.«

»Ich habe Nein gesagt.«

»Das meinst du nicht so, ich weiß doch, ihr Weiber spielt gern die Spröden, die ein wenig dazu ermuntert werden wollen.«

»Verstehst du mich nicht?«

»Doch, nur bin ich mir sicher, du meinst es nicht so. Du willst mich, ich will dich. Ich mag es, wenn ich dich ein wenig drängen muss. Anscheinend stehst du auch auf dieses Spiel.«

Er beginnt damit, mit seiner Hand in Richtung meiner Mitte zu wandern. Ich hasse solche widerlichen Kerle, die denken, sie sind ein Geschenk an die Frauenwelt.

»Entweder nimmst du deine Hand von mir oder ich breche sie dir. Und nein, ich spiele nicht, und es soll auch nicht dazu dienen, dich zu reizen. Mein Nein ist und bleibt ein Nein. Du tust sicher gut daran, ein Nein auch als Nein hinzunehmen, nicht nur bei mir.«

Kalt funkle ich ihn an, zögerlich nimmt er die Hand von mir.

»Entschuldige, Süße, das war wohl ein Missverständnis.« Verwundert über die rasche Kapitulation bleibe ich allein zurück, während er in die Richtung der uralten Kassa geht, die Jo geöffnet hat, um das Restgeld rauszuzählen.

Sonnyboy redet auf ihn ein, ich kann sie unauffällig in der Spiegelfront beobachten, die hinter dem Tresen angebracht ist. Genervt dreht sich der Besitzer erneut um, ergreift zwei Gläser und gießt in beide eine bernsteinfarbene Flüssigkeit ein. Jo stellt sie vor ihm ab und wendet sich seiner alten Handkassa, die ihm immer wieder mal Probleme macht, zu. Aber er liebt dieses alte Ding einfach.

Mein Instinkt rät mir nach wie vor, Grapschhand weiter zu beobachten. Ich kann nicht genau erkennen, woher er die kleine Phiole zaubert, die er plötzlich in der Hand hält, tippe aber auf eine seiner Hosentaschen. Hastig kippt er ein paar Tropfen hinein. Wut steigt in mir auf, ich hoffe für ihn, dass er sich selbst etwas einwirft und nicht etwa damit zu mir kommt. Er blickt triumphierend in meine Richtung. Jeder Zweifel ausgeschlossen, dieser Idiot hat das offenbar echt vor.

Er will mir K.o.-Tropfen oder sonst einen Scheiß unterjubeln. Grapschhand lässt das kleine Fläschchen wieder verschwinden, richtet sich zufrieden auf, um nach den Gläsern zu greifen. Bevor er sie aufnimmt, hat Jo ihn schon gepackt und über den Tresen zu sich gezogen.

Jeglicher Laut verstummt auf der Stelle, jeder im Raum hält den Atem an, nur die Musik im Hintergrund ist etwas zu hören, während Jo zornig zu brüllen beginnt. Und den erwachsenen Mann, der nicht wenig muskulös und klein ist, wie eine Puppe schüttelt. Doch das hält Jo nicht davon ab in seiner Rage

»Du dreckiger kleiner Wichser, glaubst du echt, du kannst in meiner Bar irgendwelche Scheißdrogen in einen Drink kippen. Das wirst du bereuen.«

Mit jedem Wort, das er voller Zorn hervorstößt, bebt er mehr, die schiere Mordlust ist ihm anzusehen.

»Rums.«

Die Tür der Kneippe kracht hart in die Mauer, Einsatzkräfte stürmen mit gezückten Waffen herein.

»Lassen Sie sofort den Mann los.« Jo zieht seine Hand vom Kragen des Sonnyboys zurück, der daraufhin hart auf dem Boden landet, weil er keinen festen Halt unter den Füßen hat.

»Was ist hier los?« Einer der Eindringlinge richtet diese Frage in den Raum.

»Der kleine Scheißkerl hat irgendwelche Drogen in einen der Drinks getan, und ich bin mir sicher, er wollte ihn der jungen Lady dahinten aufschwatzen, die ihn wegen seines aufdringlichen Verhaltens abblitzen ließ. Nicht in meiner Bar und schon gar nicht mit mir.«

Zum Glück richtet sich die allgemeine Aufmerksamkeit nicht auf mich, sondern auf den Wichser, der nach wie vor zu Füßen der Polizisten liegt.

»Ich habe nichts getan, der will mir einfach so was unterstellen, ist wohl selbst scharf auf die Kleine.« Er versucht sich rauszureden.

»Scheiße, verdammt, wir haben keine Zeit für so was. Haben Sie Beweise, dass er jemanden unter Drogen setzen wollte?«

»Er muss das Fläschchen noch bei sich tragen.«

»Na los, helft ihm auf, und schaut, ob ihr was findet«, weist der Redelsführer der Einsatzkräfte zwei der anwesenden Officers an.

»Hey, Pfoten weg, das ist Freiheitsberaubung und Beamtenmissbrauch. Ich werde Sie durch meine Anwälte verklagen lassen. Wenn mein Vater erfährt, wie Sie mich behandeln, sind Sie alle Ihre Jobs los.«

Sag ich doch, vom Beruf Sohn, ich hätte den Kerl gleich gar nicht neben mir sitzen lassen sollen. Auf der anderen Seite, habe ich wahrscheinlich weitere Frauen vor seinen Aufdringlichkeiten und Schlimmerem gerettet.

Ohne sich viel um seine Gegenwehr zu kümmern, durchsuchen sie seine Taschen und werden auch rasch fündig.

»Sieh an, na los, Leute, nehmt ihn mit. Wir müssen noch einen Verdächtigen finden.«

»Sie machen einen Riesenfehler! Wissen Sie überhaupt, wer ich bin? Das wird ein Nachspiel haben für Sie alle«, schreit er aufgebracht, doch die Beamten lassen sich davon nicht beirren, während sie ihm Handschellen anlegen, ihm seine Rechte vorlesen und ihn auch schon abführen.

»Hergehört, hat irgendjemand in der letzten Stunde etwas Verdächtiges gesehen oder gehört? Einen Fremden möglicherweise oder sonst etwas, was ihm komisch vorgekommen ist?« Die Stimme des Beamten klingt eindringlich. Doch alle schütteln unisono den Kopf.

Einige Rufe werden laut, dass der abgeführte Typ der einzige unbekannte Gast und somit auch das einzige ungewöhnliche Ereignis an diesem Abend war.

»Wenn euch sonst noch etwas einfällt, bitte wendet euch an die hiesige Polizeistation.«

»Was ist überhaupt passiert?«

»Da wurde sicher jemand gekillt. Wenn so viele von ihnen unterwegs sind. Die suchen den Täter.«

»Wer wurde umgebracht?«

»Was, hier in dieser Gegend?«

»Müssen wir uns Sorgen machen?«

»Hast du das nicht gehört, hier geht ein neuer Serienkiller um und an den Tatorten hinterlässt er immer nur ein Zahnrad.«

»Warum tut die Polizei nichts dagegen?«

Diese und viele weitere Fragen schallen durch den Raum, erneute Unruhe greift um sich.

»Wie schon gesagt: Sollte Ihnen noch etwas Unge-wöhnliches aufgefallen sein, bitte melden Sie sich bei uns. Leider kann und darf ich Ihnen keine weiteren Auskünfte geben. Wir wünschen Ihnen noch einen schönen Abend.«

Hastig ziehen sich die Beamten zurück. Dieses rabiate Eindringen war sicher auf die momentane Brüllerei von Jo zurückzuführen. Anstatt dass ein oder zwei der Beamten reingekommen und Befragungen durchgeführt und sich die Personen näher angeschaut hätten. Glück für mich. Zufrieden lächelnd trinke ich noch einen weiteren Schluck des mittlerweile kalten Kakaos, die Tasse mit beiden Händen festhaltend.

Eine große Hand legt sich auf meine linke Schul-ter, drückt sie leicht. Ich zucke etwas zusammen – das wird von einer wehrlosen Frau erwartet, die gerade etwas Unangenehmes erlebt hat, was noch viel schlimmer hätte ausgehen können. Dass ich ihn schon zuvor bemerkt habe, darf ich mir nicht anmerken lassen.

»Geht es dir gut?« Eindringlich blickt Jo mich an, ich kann die Sorge um mich in seinem Gesicht lesen.

»Ich bin fassungslos, aber es geht.« Ich nehme meine rechte Hand von der Tasse und lege sie auf seine Hand, die mich nach wie vor berührt. Leicht drücke ich sie.

»Vielen Dank, dass du auf mich aufgepasst hast, ich schulde dir etwas.« Das Lächeln, welches ich ihm schenke, ist seit langer Zeit das erste echte.

»Gern geschehen, kann ich dir noch etwas bringen?«

»Nein, danke, aber kannst du mir ein Taxi rufen? Mein Akku ist mal wieder leer, und ich denke, ich sollte jetzt nach Hause. Das war doch ein wenig viel.«

»Natürlich.« Ein weiteres Mal drückt er aufmunternd meine Schulter, bevor er sich von mir löst und nach hinten verschwindet, um mir ein Taxi zu rufen. Es tut mir leid, dass er sich meinetwegen sorgt, aber ich kann ihm nicht sagen, wie wenig dieser Zwischenfall in Wahrheit in mir auslöst.

Sonnyboy hatte Glück, hätte er mir den Drink mit den Drogen angeboten, hätte ich meinen Vorsatz, keinen Menschen, der sich nicht auf der Liste befindet oder der es auf mich abgesehen hat, zu töten, gebrochen und er hätte diese Nacht nicht überlebt.

Bei ihm handelte es sich eindeutig nicht um jemanden, der das zum ersten Mal getan hat, sondern um einen Wiederholungstäter. Er war zu selbstsicher in seinen Handlungen dachte, er hätte seine Beute – sprich mich – schon erlegt. Zu sehr davon überzeugt, dass ihn das Geld von Daddy raushauen wird. Wie sehr ich solche Menschen verachte.

Fünf Minuten später ist meine Mitfahrgelegenheit da, ich rutsche vom Barhocker, grüße alle mir bisher bekannten Stammgäste, werfe Jo im Vorbeigehen eine Kusshand zu und verlasse die Kneipe. Nur noch ein paar Minuten, bis ich bei meiner Werkstatt angekommen bin, dann kann ich die Fassade der jungen unbedarften Frau endlich fallen lassen und mir das lang ersehnte Bad gönnen und ein Glas Rotwein genehmigen, um den erfolgreichen Tag abzuschließen.

Überall laufen noch Beamte auf der Straße herum,

schenken mir, wie gedacht, keinerlei Aufmerksamkeit. Sie sind auf der Suche nach einem Mann oder auch nach mehreren, der seine Opfer zumeist mit einem Scharfschützengewehr ausschaltet und immer ein Zahnrad am Ort des Attentates hinterlässt, nicht nach einer zierlichen blonden Frau, die es auf knapp einen Meter fünfundsiebzig bringt.

2. KAPITEL

Erin

Müde reibe ich mir über die Augen, während ich die Treppe zu meiner Werkstatt hinuntersteige. Im ersten Stockwerk befindet sich meine Wohnung, was sehr praktisch ist. Ich werde bereits von den lärmenden Klängen von Metallica begrüßt. Genervt verziehe ich mein Gesicht.

»Mach sofort diesen Krach aus, Stevie«, brülle ich gegen die kreischenden Stimmen, die aus den Boxen schallen, an.

Augenblicklich wird der Quasigesang gestoppt, nur um durch sanfte Klavierklänge ersetzt zu werden.

»Sagt mal, wollt ihr mich verarschen?!«

Lautes Gelächter erschallt, während die Köpfe meiner drei Angestellten um die Ecke lugen.

»Hey, Boss, wieso schreist du immer mit mir?«

»Weil du hier der einzige Metalkopf bist. Aber wem verdanke ich denn jetzt dieses klassische Stück?«

Aufgebracht wedle ich mit den Händen durch die Luft, während ich bei der untersten Stufe angekommen bin.

»Auch nicht dein Geschmack?«, fragt Phil gespielt schockiert, während Leo bereits auf dem Bedienfeld der Anlage herumdrückt

Das rhythmische Intro von ACDCs War machine erfüllt die große Lagerhalle.

»Du bist von den Jungs der Einzige mit etwas Musikgeschmack, bitte bewahre ihn dir.« Leo wirft seinen Kumpels selbstgefällige Blicke zu, während sich Stevie und Phil daran versuchen, uns auszubuhen und das Lied zu übertönen, ohne Erfolg, denn Leo dreht den Regler für die Lautstärke weiter hinauf.

Ich lächle in mich hinein, derweil ich mich auf den Weg zur Kaffeemaschine mache. Um meine Kaffeesucht zumindest etwas in den Griff zu bekommen, gibt es nur eine Maschine und die steht hier in der Gemeinschaftsküche. Mit der Kaffeetasse in der Hand lasse ich mich auf einen der Stühle sinken, die Jungs gesellen sich zu mir, damit wir die Arbeitseinteilung für den heutigen Tag vornehmen können.

Seit ich vor etwas mehr als drei Jahren die Werkstatt eröffnet habe und die drei für mich zu arbeiten begonnen haben, ist es eine feste Routine geworden, dass wir eine kleine Besprechung abhalten, bevor wir den Laden um acht öffnen.

»Was liegt heute an, Boss?«

»Wir bekommen einige Ersatzteillieferungen, die gehören einsortiert. Auch eine Inventur wäre nicht verkehrt. Ansonsten nichts Großartiges, einige Bikes sind zum Service angemeldet. Ach ja, die aufgemotzte Kawasaki Ninja ZX-6R sollen wir verkaufen. Wer sie an den Mann bringt, bekommt zehn Prozent als Provision. Aber bitte dreht sie niemandem an, der nicht mit ihr umgehen kann. Ihr wisst, wie biestig das Schätzchen sein kann.«

»Verdammt, das ist kein Schätzchen, die hat in ihrem getunten Zustand um die 170 PS. Das ist eine waschechte Dämonin.« Ehrfürchtig starren die Jungs zu der Stelle, an der diese grün-schwarze Schönheit geparkt steht.

»Verdammt, das Geld könnte ich gut gebrauchen, das sind etwas über 2.000 Dollar Provision.«

Ich zucke mit den Schultern. »Ihr habt Spielraum bis 18.000, darunter geht sie nicht weg. Je besser ihr handelt, desto mehr – oder auch weniger – bleibt dem Verkäufer.« Zwinkernd trinke ich den letzten Schluck meines Kaffees, bevor ich mich daranmache, das Tor zu öffnen, und der Alltag in meiner Motorradwerkstatt beginnt.

Mit leisem Surren gleitet das elektrische Tor nach oben und lässt die Sonne herein. Es ist ein kühler Morgen, zu kalt für diese Jahreszeit und für diese Gegend, wie ich in der letzten Nacht zu spüren bekommen habe, doch schon bald werden wir wieder Temperaturen an die zwanzig Grad haben.

Mit den Gedanken bereits bei der Büroarbeit, die ich heute erledigen muss, wende ich mich vom Eingang ab, als mich die dunkle Stimme eines Mannes zurückhält.

»Entschuldigen Sie, Miss, ich könnte Ihre Hilfe gebrauchen.«

»Wie kann ich Ihnen helfen, Mister?« Vor mir steht ein gepflegter Mann mit dunklen Haaren, hohen Wangenknochen und dunkelblauen Augen; seine Stimme klingt dunkel und verrucht.

Die feinen Härchen in meinem Nacken stellen sich bei seinen Worten auf. Ist das jetzt gut oder schlecht? Mein intuitives menschliches Radar springt nicht an. Warum nicht? Benötigt der Typ wirklich Hilfe oder beginne ich bereits paranoid zu werden? Irgendwas ist an ihm.

»Ich muss dringend ins Gericht, ich habe in einer halben Stunde eine Verhandlung.«

»Keine Ahnung, wie ich Ihnen dabei helfen soll.«

»Mein Auto hat einen Platten, ich habe keine Zeit, auf den Abschleppdienst zu warten oder den Reifen zu wechseln. Verstehen Sie nicht, ich hab es verdammt eilig.«

»Selbst wenn Sie es eilig haben, verstehe ich immer noch nicht, was Sie von mir wollen.«

»Ist das hier eine Werkstatt oder ist das hier keine Werkstatt?« Seine Antwort klingt bereits leicht ungeduldig und zynisch.

»Das stimmt, das ist eine Werkstatt, aber wir reparieren hier nur Motorräder und keine Autos.« Ich habe meine Stimme an seine angepasst und klinge mit Sicherheit verdammt belehrend, gewürzt mit einer Prise Sarkasmus.

»Ich bezahle Sie, wenn Sie mich mit Ihrem Wagen zum Gericht fahren.«

»Sehen Sie hier irgendwo vielleicht ein Auto? Wenn ich von A nach B möchte, nehme ich mein Motorrad.«

»Dann fahren Sie mich halt mit dem Motorrad.« Seine Stimme klingt mittlerweile gereizt und angepisst.

»Ich kann den Laden nicht einfach zumachen, immerhin haben wir heute einige Kundentermine, die ich so kurzfristig nicht absagen kann.« Was fällt diesem reichen Snob – anders kann es gar nicht sein, außerdem verrät ihn seine Kleidung und seine Uhr – ein?

»Fuck, Sie wollen mich wohl verarschen.«

Ein Lächeln stiehlt sich auf meine Lippen, als dieser geschniegelte Kerl die Fassung verliert. Ich weiß nicht warum, doch es bereitet mir wahnsinniges Vergnügen, ihn zu reizen.

»Eine Möglichkeit fällt mir ein, die ist aber nicht gerade günstig, und natürlich benötigen Sie einen Motorradführerschein.«

Böse starrt er mir ins Gesicht, während ich schon weiterrede und in Richtung der Werkstatt gehe, um ihm meinen Einfall gleich noch zu präsentieren.

»Ich habe den Auftrag bekommen, dieses Schätzchen zu verkaufen, also wenn Sie mit einer Kawasaki Ninja umgehen können, wäre sie Ihre Möglichkeit, rechtzeitig zu Ihrem Termin vor Ort zu sein.«

Seine Gesichtszüge entgleisen ihm, innerlich lache ich auf, während ich mit Müh und Not versuche, nach außen hin die Fassung zu wahren und nicht laut loszuprusten.

»Wie viel?« Gerade so kann ich sein Geknurre verstehen.

Rasch lasse ich meinen bewussten Blick über ihn gleiten: teure Uhr, maßgefertigter Anzug genauso wie das Hemd und teure italienische Schuhe, ergänzt mit einem Haarschnitt, der sicher das Vierfache von meinem kostet, obwohl ich ihn mir leisten könnte. Er soll wissen, dass ich ihn gerade schröpfe und den Preis höher angesetzt habe.

»25 Riesen, und einen Helm lege ich gratis obendrauf.«

»Mieten kommt nicht infrage, nehme ich an?«

Seine Frage meint er doch nicht wirklich ernst? Er muss meine Ablehnung deutlich in meinem Gesicht stehen sehen, denn der Mann seufzt nur resignierend und schüttelt den Kopf.

»Ich gebe Ihnen 26, dafür kümmern Sie sich darum, dass mein Auto zu Ihrer Werkstatt abgeschleppt wird und auch der platte Reifen durch einen neuen ersetzt wird.«

»Deal.« Ich halte ihm meine ausgestreckte Hand hin, kann es noch immer nicht glauben, dass dieser Mann wirklich auf den Handel eingeht, ohne auch nur irgendwie zu verhandeln. Natürlich kann er es sich leisten, zumindest sieht er danach aus.

Er schlägt ein. Als sich unsere Finger berühren, jagt ein Stromstoß angefangen von den Kuppen bis zu den Zehen durch meinen Körper, auch ihm scheint es nicht anders zu ergehen, denn er blickt einfach nur ungläubig auf mich herab.

Gleichzeitig entziehen wir uns unsere Hände, nicht bereit, unsere körperliche Reaktion aufeinander näher zu analysieren. Diesen elektrischen Schlag bei der ersten Berührung kenne ich sonst nur aus kitschigen Liebesromanen, die ich in meiner Teenagerzeit gelesen habe, als ich an so was noch geglaubt habe. Und daran, mit seinem Prinzen in den Sonnenuntergang zu reiten. Wieso hat mir damals niemand gesagt, dass das Leben zumeist ein Arschloch ist?

»Ich hole den passenden Helm, haben Sie Ihre Ausweispapiere hier?«

Als ich mit dem Helm zurück bin, hält er mir seine Brieftasche entgegen.

»Hier, bitte nehmen Sie einfach, was Sie brauchen, ich muss zusehen, dass ich ins Gericht komme. Ich kann nicht länger warten, bis alle Papiere unter Dach und Fach sind.«

Ein Blick auf die große Uhr in der Werkstatt bestätigt seine Aussage, denn soweit ich weiß beginnen die Verhandlungen um neun, es wird so schon verdammt knapp, damit er rechtzeitig vor Ort ist.

»Na gut, ich kopiere nur schnell Ihren Führerschein, damit Sie zumindest den bei sich haben. Vergessen Sie nicht auf den Wagenschlüssel und Ihre Brieftasche behalte ich ebenfalls hier.«

»Einverstanden, nur bitte beeilen Sie sich. Wenn ich nicht rechtzeitig dort bin, geht der Pisser nicht ins Gefängnis, aber da gehört er hin. Und ich lasse mich wegen eines kaputten Reifens nicht davon abhalten, dass er dort landet.«

Schnell ist das Dokument kopiert und der Schlüssel zu seinem Motorrad geholt. Ich lasse ihn auch noch einen Schrieb unterschreiben, dass er sich auf einer Spritztour befindet und somit das Bike auch mit diesen Nummerntafeln fahren darf. Immerhin will ich keinen Ärger haben.

»Danke, wir sehen uns gegen siebzehn Uhr?«

Ich nicke bloß. Der Mann, der auf dem Motorrad plötzlich eine ganz andere Ausstrahlung hat, lässt den Motor aufheulen und schießt wie eine Rakete aus der Einfahrt. Meine drei Angestellten kommen aus dem rückwärtigen Teil des Lagers gerannt.

»Scheiße, wurden wir beraubt? Hat jemand die Ninja geklaut?«

»Nein, ich habe sie gerade verkauft.«

»Das gibt es ja gar nicht. Wie zum Teufel machst du das immer? Wir haben nie auch nur den Hauch einer Chance.«

»Verdammt, wieso träumen wir eigentlich immer von der Provision, wenn wir es eigentlich besser wissen müssten.«

Enttäuscht verkrümeln sie sich wieder in das Lager und lassen mich allein zurück. Lange starre ich noch auf die Straße hinaus, lausche, ob ich irgendwo hören kann, wie Metall auf Metall kracht. Doch da ist nichts.

Seufzend hole ich mir die Kopie seines Führerscheines aus dem Kopierer. Ruark Griffin, steht dort. Geboren am 28.07.1988, somit ist er drei Jahre älter als ich. Ein weiterer Blick beruhigt mein Unbehagen zumindest teilweise, denn er darf wirklich – und das nicht erst seit gestern – mit einem Motorrad fahren, aber die Dämonin ist noch einmal ein ganz anderes Kaliber. Ich hoffe, ich sehe den Mann am Nachmittag wieder. Ich habe keine Lust auf den Stress, der folgt, wenn er es nicht tut.

»Hey, Leute, ich muss schnell etwas erledigen, seid so gut und kommt nach vorne, damit der Laden nicht unbeaufsichtigt wirkt.«

Ohne ihre Antwort abzuwarten, schnappe ich mir Ruarks Autoschlüssel, den er auf den Tresen gelegt hat, dann mache ich mich auf den Weg und schlage die Richtung ein, aus der er gekommen ist. Immerhin muss ich sein Auto abschleppen lassen, dazu muss ich es erst einmal finden.

Dem Schlüssel nach handelt es sich um einen Mustang. Wer hätte gedacht, dass ich heute Vormittag »Such das Auto eines fremden Mannes« spielen werde. Während ich so dahingehe, versuche ich mir den Gedanken über die Absurdität des Augenblickes aus dem Kopf zu schlagen. Und warum ich mich überhaupt darauf eingelassen habe. Vielleicht haben ein paar meiner Gehirnzellen noch einen Kälteschock und lassen mich deswegen so irrational handeln.

Zumindest denke ich jetzt nicht mehr, dass mich dieser Mann bewusst aufgesucht hat. Das kann jemand leichter erreichen, als so eine Show abzuziehen.

»Danke, Jim.«

»Aber immer gerne doch, Erin.«

Ich klopfe zum Abschied gegen die Fensterscheibe, nachdem ich die Tür geschlossen habe. Ruarks Wagen stand ein paar Gehminuten entfernt und jetzt hier auf dem Vorplatz. Wie habe ich mich dazu breitschlagen lassen? Frostschäden im Gehirn, anders kann ich mir das wirklich nicht erklären.

Eigentlich habe ich angenommen, dass ich ihn mit meiner zickigen Art vertreibe. Aber dass er die Ninja vom Fleck weg gekauft hat, war eine Überraschung für mich. Diese Spontanität habe ich ihm als Schlipsträger nicht zugetraut.

Es kommt nicht oft vor, eigentlich so gut wie nie, dass ich eine Person nicht einschätzen kann. Das wurmt mich.

Ich will mich mit fremden Personen gar nicht zu sehr beschäftigen. Auch meine Angestellten habe ich versucht auf Abstand zu halten, denn ich werde nicht mehr ewig hier sein. Sobald ich meine Liste abgearbeitet habe, werde ich verschwinden. Je weniger menschliche Bindungen ich eingehe, desto besser für sie und auch für mich. Verdammter Scheibenkleister, ich werde wehmütig. Bewusst verdränge ich die Gedanken, konzentriere mich auf den Wagen vor mir.

Das Fahrzeug umrundend überlege ich, was ich jetzt tun soll. Der kaputte Reifen muss nur geflickt werden; da sich Autoreifen in dieser Hinsicht nicht von Motorradreifen unterscheiden, ist der Schaden schnell behoben. Dieses Baby ist eine wahre Schönheit, es handelt sich um einen Ford Mustang Fastback, ein Oldtimer in klassischem Schwarz, perfekt restauriert.

Wie magisch zieht es mich an, das Schwarz der glänzenden Lackierung. Ich lasse meine Fingerspitzen über den warmen Lack gleiten, eine alte Erinnerung an einen anderen kühlen, aber wunderschönen Morgen drängt sich in den Vordergrund. Lachen, die warmen Finger der Hand, die meine hält, mich an den Hüften packen und auf der Motorhaube absetzen. Lippen, die sich zärtlich auf meine legen, braune sanfte Augen, die mich voller Liebe anblicken.

»Fuck.« Meine Faust donnert auf das Dach. Der Schmerz durchzuckt heiß mein Gelenk, irritiert reibe ich mit der anderen darüber. Wieso sucht mich gerade die Erinnerung heim?

Die Erinnerung an den Mann, den ich aus meinem Kopf streichen muss, der mich für meine Selbstjustiz missbilligen würde. Andrew, der an die Justiz in diesem Land geglaubt hat und an Gerechtigkeit, wobei er es hätte besser wissen müssen. Der zwar nicht so wie ich in einem Krieg gekämpft hat, nicht Spielball für die Mächtigen gewesen ist und auf seine Weise versucht hat, die Welt zu verbessern. Diese Naivität hat ihn das Leben gekostet.

Wir haben endlos lange Diskussionen darüber geführt. Nie haben wir uns einigen können, meistens endete es in einer Kuschelei, nur ganz selten übernachtete einer von uns auf der Couch. Wir haben nicht die leidenschaftlichste Beziehung geführt, dafür war sie, außer wenn es um dieses Thema ging, harmonisch.

Ich habe Andrew geliebt, liebe ihn noch, wobei ich mir, kurz bevor ich damals nach Hause gekommen bin, Gedanken gemacht habe. Ich habe ihn vermisst, aber nicht so, wie ich meinen Partner hätte vermissen sollen, sondern wie meine Familie. Meinen Bruder, ich freute mich darauf, heimzukommen. Und deswegen habe ich die Beweise nicht einfach an irgendeiner Polizeistation abgeben können. Ich musste zuerst sicherstellen, dass sie hieb- und stichfest waren, damit seine Mörder hinter Gitter kamen. Und ihnen kein Rechtsverdreher helfen konnte, nicht einsitzen zu müssen.

Je mehr ich mich mit dem Päckchen, das ich ein halbes Jahr nach dem Mord bekommen habe, auseinandergesetzt habe, desto mehr kristallisierte sich heraus, dass ich die Angelegenheit in meine Hände nehmen musste.

Der Zeitpunkt hätte auch nicht besser sein können. Ich stand zu dieser Zeit vor der Frage, ob ich mich für einige weitere Jahre für den Militärdienst verpflichten sollte oder ob ich ausscheide und mir den Traum erfülle, der so gar nicht ladylike ist, was ich aber irgendwie auch noch nie wirklich gewesen bin. Meine eigene Werkstatt, die sich mit der Restauration, dem Tuning und der Reparatur von Motorrädern beschäftigt.

Ich werfe einen Blick hinter mich, zu dem Traum, den ich mir damit erfüllt habe. Aber noch wirft ein langer Schatten seine Spuren darüber, nicht mehr lange und ich habe alle Beteiligten von der Liste eliminiert und Andrew gerächt.

Nicht so, wie er es sich vermutlich gewünscht hätte, ihm ging es mit Sicherheit um Gerechtigkeit, aber nur so kann ich abschließen. Hoffe ich zumindest.

3. KAPITEL

Erin

Mit Erstaunen stelle ich fest, dass meine Gedanken weiter um den Anzugtypen kreisen, vor allem je näher die Zeiger der Uhr Richtung 17 Uhr gehen. Sie schlagen in Verärgerung um, als die Zeiger sich immer weiter davon entfernen. Ich ärgere mich dermaßen über mich selbst und darüber, dass ich diesen Mann nicht aus meinen Gedanken bekomme.

Dabei wird es Zeit, meine Aufmerksamkeit auf Ziel Nummer zehn zu richten. Nervös tigere ich durch die Wohnung. Soll ich ihn anrufen? Immerhin stehen auf den Formularen seine Kontaktdaten. Doch diese Blöße will ich mir nicht geben. Vor allem: Wie lange hat unser Gespräch gedauert? Keine halbe Stunde, und da habe ich bereits den Verkauf der Ninja und das Ausstellen der Dokumente miteingerechnet.

Ohne länger über mein Handeln nachzudenken, gehe ich in meine Werkstatt hinunter, schnappe mir den Schlüssel und öffne den Wagen. Der braune Aktenkoffer fiel mir schon ins Auge, während ich auf den Abschleppdienst gewartet habe.

Ich lehne es strikt ab, mich in die Angelegenheiten anderer Menschen einzumischen. Ich habe genug Geheimnisse, die es zu verbergen gilt. Aber in diesem Fall ... Die Tasche am Henkel gepackt, setze ich mich an den Gemeinschaftstisch, klappe sie auf und hole die gesamten Dokumente hervor.

Als Erstes öffne ich eine Akte über einen gewissen Michel Johnson Junior. Sieh mal einer an. Ein Sonnyboy strahlt mir von einem Foto entgegen, das in dem Dossier angeheftet ist. Er ist kein Unbekannter, sondern der Grapscher, der mir gestern Nacht die Drogen in den Drink gekippt hat. Und der Sohn des Mannes, den ich mir für den Abschluss der Liste aufgehoben habe. Er ist der Mann, der nicht nur mitverantwortlich für den Tod von Andrew ist, sondern auch derjenige, der den Auftrag erteilt hat für seine Hinrichtung.

Das Gefühl der Genugtuung erfasst mich, wenn ich zurückdenke. Den Killer – diese Bezeichnung hat er gar nicht verdient – habe ich sehr schnell ausfindig gemacht. Es war pures Glück, dass dieser dumme Mann in einer Bar, nachdem er ein paar Gläser zu viel gehabt hat, vor seinen Saufkumpanen damit geprahlt hat, für Johnson Senior zu arbeiten. Und ihm auch ab und an die Ratten vom Leib zu halten. Sein hämisches verschlagenes Grinsen sowie der Ausdruck in seinen Augen ließen die Sicherungen in mir durchbrennen.

Heiße, alles verzehrende Wut durchströmte mich, ein roter Nebel bildete sich vor meinen Augen. Ich erlebe diese Momente gerade erneut, wie ich diesen Schläger von seinen Kumpels weggelockt habe. Den Ekel, den ich empfunden habe, als er mir seine Zunge in den Rachen schob. Die Übelkeit, das Gefühl, kotzen zu müssen, weil mir sein Mundgeruch, gepaart mit dem moschusartigen Parfum, in dem er gebadet hatte – zumindest stank er so –, den Magen umdrehte.

Die kalte Wut, die mich fest in ihrem Griff hielt, ich konnte nicht anders. Nichts hätte mich mehr davon abgebracht, dieses erbärmliche Arschloch für sein Vergehen zu killen. Er gestand es mir, nachdem ich ihm ein paarmal das Messer in den Oberschenkel gerammt habe.

Ich weiß nicht, ob es nicht der Moment war, der meinen Blutdurst endgültig erweckt hat. Das Verlangen, aller am Mord Beteiligten selbst zu erledigen und nicht auf die Justiz zu vertrauen. Denn wie kann ich darauf vertrauen, wenn so viele Zahnräder aus dieser Maschinerie der Korruption nur dem einzigen Zweck dienen, Johnson zu unterstützen, ihn noch weiterzubringen, als er es ohnehin schon ist. Abgeordneter Michel Johnson Senior, der bei der nächsten Wahl als neuer Sprecher des Repräsentantenhauses gehandelt wird und somit zum drittmächtigsten Mann in diesem Land avanciert. Dessen Weg aus Machtgier vermutlich Tausende und Abertausende Menschen in den Ruin oder den Tod getrieben haben. Aus dem einzigen

Grund, weil der und einige weitere Individuen den Hals nicht vollbekommen. Anstatt die Menschen zu schützen, wie es eigentlich seine und die Aufgabe anderer wäre, die diese wichtigen Positionen bekleiden, missbrauchen sie ihre Stellungen, um mehr Geld, Macht und Ruhm zu scheffeln.

Dass Michel Johnson Senior zur Nummer drei in diesem Land wird, wird nur über meine Leiche passieren. Ein leises Lächeln umspielt meine Lippen. Es wird mit jedem Ziel schwerer werden, denn schön langsam können sich die Mitwirkenden in dieser Gruppe denken, dass jemand speziell hinter ihnen her ist; viele von ihnen sind nicht mehr übrig.

Sie alle haben zu viele Feinde, doch auch dem Begriffsstutzigsten unter den Verbliebenen muss die Verbindung spätestens nach Bekanntwerden meines letzten Opfers klar sein. Das ist auch der Grund, weshalb ich mich für die Zahnräder als Markenzeichen entschieden habe.

Sie sollen Angst haben, die Hoffnungslosigkeit empfinden, die auch ihre Opfer empfunden haben oder immer noch empfinden, weil sie mit nichts dastehen. Verjagt aus ihren Häusern, um Luxusapartments daraus zu machen. Um ihre Renten oder Ersparnisse betrogen, weil sie auf leere Versprechungen hereingefallen sind, nur um die Bankkonten einiger weniger zu füllen und deren Gier zu stillen.

Ist mir klar, was ich getan habe und noch tun werde? Ja, ich bin mir der Tragweite bewusst, ich weiß, dass auch diese Männer und Frauen Familienangehörige haben, die sie lieben und mich für ein Monster halten. Wie könnten sie nicht?

Ihr Verlust tut mir auch ehrlich leid, hält mich aber nicht davon ab, Andrew zu rächen und Gerechtigkeit für die unzähligen Menschenleben einzufordern, die sie ruiniert haben. Sie werden nie erfahren, dass ich mich für sie eingesetzt habe, aber das macht nichts, kann nur hoffen, sie können die Veränderung spüren. Schnaubend schüttle ich den Kopf über mich selbst, denn wie sollte so etwas funktionieren? Bevor mir noch mehr dumme Gedanken kommen, zwinge ich mich, die Dokumente weiter durchzugehen und mich näher mit Ruark zu befassen.

Es wurmt mich, keine näheren Informationen aus dem Dossier herauszulesen, und noch viel mehr, dass ich mich mit diesem Mann nicht schon früher weiter befasst habe. Wenn Mr. Griffin ihn wirklich anklagt, dann wäre es interessant zu erfahren, was er verbrochen hat.

Vielleicht sollte ich seinen Namen in eine der großen Suchmaschinen eingeben, es wird sicher etwas zu einem Fall von Johnson Junior zu finden sein. Bei dem Vater müssen sich die Medien ja überschlagen, davon zu berichten. Warum habe ich davon nichts mitbekommen?

Es wurmt mich, bin ich zu selbstgefällig geworden? Ich darf mir keine Unaufmerksamkeit leisten. Vielleicht habe ich hier eine Fehleinschätzung vorgenommen und ich hätte mich etwas mehr mit seiner Familie oder zumindest mit seinem erwachsenen Sohn befassen sollen. Da dieser als Playboy gilt, habe ich ihn als uninteressant für mein Unterfangen eingestuft.

Außerdem habe ich mir vorgenommen, die Familien außen vor zu lassen. Wenn ich seinen Sohn gegen Johnson Senior verwendet hätte, wäre ich um nichts besser als meine Opfer.

Den Punkt auf meine imaginäre To-do-Liste schreibend, widme ich mich weiter den Dokumenten, denn wer weiß, wann sie deren Besitzer wieder einfordert. Dass Ruark sie wiederhaben will, ist klar, und von dem wunderschön restaurierten Mustang will ich gar nicht reden.

Dieses Schmuckstück zu besitzen, dafür würden einige über Leichen gehen.

Die nächste Akte aufschlagend, sinke ich verblüfft in den klapprigen Stuhl zurück. Denn niemand anderes als mein letztes Opfer blickt mir entgegen. Verdammt, wer ist dieser Ruark Griffin? Und wie kann es sein, dass er Verbindungen zu meinen Zielen hat? Zufall? Ich ziehe die verbliebene Mappe zu mir. Ein ungutes Gefühl beschleicht mich, mein Puls schnellt empor, ungläubig starre ich auf das enthaltene Foto.

Verfickte Scheiße. Zwei können noch als Zufall gelten, aber drei? Auf keinen Fall.

Diese Akte ist Tom Baker gewidmet, der ebenfalls auf meiner Liste steht. Wie kann das sein? Ist Ruark doch einer von Johnsons Anhängern? Habe ich oder besser gesagt hat Andrew ihn bei seiner Recherche übersehen?

Aber warum hat er dann davon gesprochen, Johnson Junior hinter Gitter bringen zu wollen? Und auch die Eile und der Platten, das passt nicht zusammen.

Sosehr ich grüble, ich kann es mir nicht erklären. Auf der Suche nach weiteren Hinweisen überprüfe ich die Dokumente. Vielleicht verraten diese mir doch noch Ruarks Geheimnis. Oder etwas Neues über meine nächsten Opfer. Ich halte es zwar für unwahrscheinlich, aber wenn sich mir die Möglichkeit schon einmal bietet …

Wie nicht anders erwartet, stehen keine neuen Informationen drinnen oder brauchbare Indizien für wen er arbeitet oder warum er gleich drei Akten mit sich herumschleppt, die etwas mit meiner Liste zu tun haben.

Es ärgert mich maßlos, nicht zu wissen, was hier gespielt wird. Nach wie vor weiß ich nicht, ob er gegen Johnson und die anderen ermittelt oder gemeinsame Sache mit ihnen macht.

Irritiert halte ich inne, verblüfft von meinen Gedanken. Wie komme ich überhaupt auf die dumme Idee, er könnte gegen sie ermitteln? Genervt schüttle ich den Kopf.

Warum zum Teufel kreist mir dieser Mann andauernd im Kopf herum? Missmutig packe ich die Dokumente zurück in die Tasche und lege sie zurück in seinen Mustang. Er soll nicht wissen, dass ich an seinen Sachen war.

Eilig gehe ich hoch in meine Wohnung, ich muss wissen, was es mit Ruark auf sich hat. Nachdem ich seinen Namen in meinem Tablet eingegeben habe, zeigt mir die Suchmaschine einige Treffer an. Ich lese mir die Berichte durch. *Sohn aus reichem Haus, diente in der Army als Offizier, schied nach einer Dienstperiode aus dem aktiven Dienst aus, absolvierte sein Jurastudium in Harvard. Arbeitete sich hoch und war nach einigen Jahren ein anerkannter Staatsanwalt.*

Das bedeutet auf den ersten Blick nichts Neues, bis auf seine Zeit beim Militär. In mir regt sich ein Hauch von Unsicherheit, ist dieser Mann doch irgendwie auf mich aufmerksam geworden? Vermutet er, dass ich hinter den zahlreichen Morden in den letzten Monaten stecke?

War es nur Zufall, und warum hat er seinen Mustang nicht wie abgesprochen geholt? Und wenn er mich für den Zahnradmörder hält, wäre er dann nicht mit einem Aufgebot an Polizisten hier erschienen? Oder ist er ein weiterer Lakai für Johnson? Auch wenn er seinen Sohn hinter Gittern bringt, vielleicht ist genau das der Plan gewesen. Bei den ganzen Verfehlungen, die sich der Junior geleistet hat, muss er bloß für kurze Zeit einsitzen?

Es wäre nicht das erste Mal, dass sich ein Staatsanwalt schmieren ließe – wie ich nur zu genau weiß, denn ein solcher befindet sich ebenfalls noch auf meiner Liste. Leider finde ich keinen aktuellen Bericht zu der Verhandlung, die heute stattgefunden hat.

Der Blick auf die Uhr verrät mir, dass es bereits knapp vor Mitternacht ist. Ich drehe mich mit meinen Gedanken nur im Kreis und komme nicht weiter. Es wird besser sein, die Angelegenheit morgen neu zu bewerten.

Ein wenig Abstand zu dem in Erfahrung

Gebrachten zu bekommen. Automatisiert erledige ich meine Rituale, um mich bettfertig zu machen. Während sich meine Gedanken weiterhin um Ruark drehen, obwohl ich verbissen versuche, mir Pläne für Tom Baker zurechtzulegen über meine weitere Vorgehensweise, um an ihn heranzukommen.

Ich wälze mich noch eine halbe Ewigkeit im Bett herum, bis ich endlich in einen unruhigen Schlaf falle.

Ich blicke mich im Ankunftsbereich des Flughafens um, kann Andrew aber nirgends entdecken. Meine Vorfreude, ihn wiederzusehen, schlägt in Verärgerung um. Wo steckt er bloß, es kann doch nicht sein, dass er mich über sein neuestes Projekt einfach so vergessen hat.

Wobei ihm das leider ähnlich sehen würde. Ich bin müde, genervt und mir tut von der langen Flugreise und den unbequemen Sitzen in den Flughafenhallen mein kompletter Körper weh. Dass ich dringend etwas zu essen und zu trinken benötige, davon rede ich erst gar nicht. Also wäre es ja nun wirklich nicht zu viel gewesen, wenn er mich wie abgemacht hier abgeholt hätte.

Nach zwanzig weiteren Minuten, fünf Anrufen, die schlussendlich in die Mailbox gingen, und gefühlten Dutzenden von Nachrichten packe ich meine Tasche und gehe Richtung Taxihaltestellen. Sobald ich ihn in die Finger bekomme, kann er was erleben.

Zu meinem Glück erwische ich gleich ein Taxi und lasse mich zu unserer gemeinsamen Wohnung bringen. Mit Mühe halte ich die Augen offen, bin immer wieder kurz davor, einzunicken. Der Lärm der Großstadt beruhigt mich. Die Spannung fällt von mir ab, ich habe keine Angst, in einen Hinterhalt zu geraten. Die letzten Jahre haben mich gelehrt, Furcht vor der Stille zu entwickeln.

Der abrupte Stopp des Taxis in zweiter Reihe, wie könnte es in dieser überfüllten Großstadt auch anders sein, lässt mich schmunzeln.

Die Tasche in der Hand starre ich die große Eingangstür an, während meine Verärgerung wieder zunimmt. Was zum Teufel hat er sich nur gedacht, mich einfach so stehen zu lassen und auf mich zu vergessen. Grummelnd setze ich mich in Bewegung. Einen Fuß vor den anderen machend, schleppe ich mich die Treppe nach oben, bis ich in der obersten, der fünften, Etage angekommen bin.

Sobald ich einen Fuß in das Stockwerk setze, stellen sich die Härchen in meinem Nacken auf, alles in mir schreit Gefahr. Meine Sinne schärfen sich augenblicklich, leise lasse ich die Tasche auf den Boden gleiten. Vorsichtig nähere ich mich der Wohnungstür, die einen winzigen Spalt offen steht, kann das Blut, das durch meinen Körper rast, hören.

Ich lausche auf meine Umgebung, kann aber nichts Verdächtiges wahrnehmen. Mit meiner Hand ergreife ich die Klinke, ziehe sie weiter auf, bevor ich einen schnellen Blick in das Vorzimmer werfe, um mir einen Überblick zu verschaffen.

Meine Anspannung steigt, im Vorraum ist nichts Auffälliges zu erkennen. Wäre eingebrochen worden, würden hier im Vorzimmer die Laden der Kommode offen stehen, weil die Täter nach Wertsachen gesucht hätten. Vorsichtig schiebe ich mich in die Wohnung, darauf bedacht, keinen Laut zu verursachen.

Ich lasse die quietschende Diele aus, rücke weiter vor, lausche auf einen verdächtigen Laut. Nichts. Rein gar nichts. Beißender Geruch nach Eisen mischt sich in die Luft. Mein Körper will nach vorn ins angrenzende Wohnzimmer stürmen, nur das jahre-

lange Training und das Wissen, dass ich mich eventuell selbst in Todesgefahr begebe, halten mich zurück. Ruhig und aufs Höchste konzentriert nähere ich mich dem Durchgang.

Lausche erneut in die Leere der Wohnung, erst als ich wirklich nichts außer meinem Atem wahrnehme, schiebe ich mich weiter in Richtung Wohnzimmer, erstarre zu Eis.

Mein Herz zerspringt in tausend Scherben. Auf die Knie fallend, schnappe ich nach Luft, würge. Das Bild, das sich mir bietet, ist surreal. Andrew sitzt auf der Couch, hingerichtet mit einem Kopfschuss.

Mit Blut wurde hinter ihm an die Wand geschrieben. »Journalistenratte, du hast bekommen, was du verdienst.«

Ein lauter Schrei reißt mich aus dem Schlaf und dem Traum, der mich seit Langem wieder einmal an diesen einen schrecklichen Tag, der mein Leben veränderte, zurückgeführt hat. Es dauert einen Moment, bis ich registriere, dass ich es war, von der er kam. Ich setze mich auf, fahre durch mein nassgeschwitztes Haar, streiche es nach hinten. Ich taste nach dem Schalter für die Nachttischlampe, ertrage die Dunkelheit, die mich umgibt, nicht eine Sekunde länger. Langsam beruhigt sich mein Herzschlag wieder.

Die dunklen Schatten der Vergangenheit lassen sich mit dem bisschen Licht nicht verscheuchen. Auch jetzt im wachen Zustand verschwinden die Geister nicht einfach so. Die restlichen Bilder stürmen auf mich ein, es scheint, als sei durch den vorangegangenen Traum eine Schleuse geöffnet worden, die ich nicht so schnell verschließen kann. Die ganzen Erinne-rungen, die unaufhaltsam auf mich einstürmen, sowie die gesamte Palette an Emotionen, die ich durchlebt habe, die ich so sorgfältig versucht habe, in mir wegzu-sperren.

Wut, Trauer, Unglaube, in seinen verschiedensten Facetten, mal stärker, mal schwächer.

Meine Gedanken gehen wieder dorthin zurück an jenen Tag, an dem sich mein Leben für immer verän-dert hat. Ich kann es nicht aufhalten, bin machtlos, muss es einfach zulassen.

Ich kann mich nicht erinnern, wie lange ich dort auf dem Boden im Durchgang gehockt habe. Ich, eine Soldatin, die nicht zum ersten Mal einen Toten gese-hen, die nicht nur einmal bereits für ihr Vaterland getötet hat. Und doch schockierte mich dieser Anblick so dermaßen, dass ich nichts tun konnte. Meine Augen haben gebrannt, keine Träne trat daraus hervor.

Irgendwann schleppte ich mich zurück zur Treppe und suchte nach dem Handy, das ich dort verstaut hatte. Die Polizei kam, stellte mir Fragen, auf die ich keine Antworten hatte. Ich reagierte einfach, stand völlig neben mir. Ich wollte in der Wohnung bleiben, doch einer der Detektives bestand darauf, dass ich mich in ein Hotel einquartieren sollte. Denn dort-bleiben konnte ich nicht, immerhin handelte es sich um einen Tatort.

Die folgenden Tage durchlebte ich wie in einer Blase, ich sah nicht scharf. Alles verschwamm, nur seine am Boden zerstörten Eltern, die an seinem Grab verzweifelten, blieben mir glasklar im Gedächtnis.

Sie suchten Trost bei mir, doch ich war nicht imstande, ihnen diesen zu gewähren.

Mein ohnehin bereits vernarbtes Herz versteinerte nach diesem Anblick völlig.

Ich schwor mir, mich nie wieder gefühlsmäßig auf einen anderen Menschen einzulassen. Wenn Liebe so unendlich wehtut, will ich sie nie nicht mehr erleben. Denn auch meine Eltern habe ich früh bei einem Autounfall verloren. Einzig Andrew hielt mich damals aufrecht, mit dem ich schon in meiner Schulzeit befreundet war.

Er wollte mich von meiner Berufswahl abbringen, doch ich hatte so viel unterdrückte Wut in mir, dass es für mich keinen besseren Weg gab, diesen zu kanalisieren.

Nach der Beerdigung flog ich wieder zurück, um weiter für mein Land zu kämpfen; ich empfand es damals bereits als Ironie. Im eigenen Land herrschte dermaßen viel Gewalt, wieso dann einen anderen Staat beschützen, wenn es im eigenen genug zu bekämpfen und die eigenen Leute zu beschützen galt.

Die Polizei war dermaßen überfordert, das zeigte allein schon, wie sie mit Andrews Ermordung umgingen. Jeder hinterlässt Spuren, in diesem Fall wurden die wenigen nicht mit der nötigen Akribie verfolgt, zumindest war das meine Meinung. Und nachdem ich mehr Eindrücke von der Polizeiarbeit und auch der Maschinerie im Hintergrund erlangt habe, nachdem ich angefangen habe, die Liste abzuarbeiten, weiß ich, dass ich damals schon recht gehabt habe.

Zurück im Dienst stürzte ich mich in mein Training, fragte Kollegen, ob sie mir verschiedene Kampfsportarten beibrachten, verbesserte meine Fertigkeiten als Schütze, ließ mich von einem der Sniper unterrichten. Ich tat alles, um zu vergessen.

Je ausgelaugter ich körperlich war, desto größer war die Chance, zumindest für ein paar Stunden zu schlafen, ohne dass Andrews Bild vor meinem inneren Auge auftauchte und mich nicht schlafen ließ. Ich schämte mich für meine Schwäche, tue es noch. Ich habe im Krieg viele Tote gesehen. Dörfer, die ausradiert wurden, Kinder die zerfetzt zwischen ihren Eltern lagen, das geliebte Stofftier in der Hand.

Ich war nie jemand, der seine Gefühle offen zur Schau stellte. Vielleicht war auch der Tod meiner Eltern mit ein Grund dafür, dass ich mich vor den Gefühlen von vornherein abschotten konnte, denn ich wusste, was mich erwartete. Zumindest habe ich mir das eingeredet, in einem Kriegsgebiet gibt es selten erfreuliche Dinge zu bestaunen, und ich war mir darüber im Klaren, was mich hier für Anblicke erwarteten.

Aber mit so viel Gewalt in meiner Stadt, die mir Sicherheit vermittelte, in unserer Wohnung, die Geborgenheit versprach, konnte ich nicht umgehen. Es traf mich unvorbereitet, ich verlor meinen geschützten Hafen. Und mir wurde klar: Sicherheit ist eine Utopie. Sie existiert einfach nicht, egal wo man sich befand oder mit wem.

Ich war hin- und hergerissen, was ich weiter tun sollte, denn meine Dienstzeit näherte sich ihrem Ende, außer ich verlängerte.

Und dann kam der Augenblick, als ich das Päckchen erhielt. Und der Brief, den Andrew mit seiner krakeligen Handschrift an mich verfasst hatte und meinen Weg ab da an klar vorzeichnete.

Wie unter Zwang öffne ich das Nachkästchen und hole aus den Tiefen versteckt in einem Taschenbuch den gefalteten Brief hervor, der sich ebenfalls in dem Päckchen befand.

Hey Koboldmädchen,

wenn du diesen Brief liest, dann bin ich nicht vorsichtig genug bei meinen Recherchen gewesen, oder besser, ich habe nicht auf dich gehört und war zu vertrauensselig, was unsere Gesellschaft angeht. Zumindest kann ich den dir verhassten Spitznamen verwenden, ohne Konsequenzen fürchten zu müssen.

Denn es bedeutet, ich bin vermutlich tot, weil ich mich mit den falschen Personen angelegt habe, was jetzt auch nicht unbedingt der netteste Gedanke ist.

Sollte ich doch leben, hat hier bei der Versendung jemand stümperhaft gearbeitet und sich nicht an die Anweisungen gehalten, oder du hast mir nicht den Kopf abgerissen und ich bin erst dann tot.

Sollte doch alles seinen rechten Gang gegangen sein, (na toll, ich habe ja gedacht, dass ich mich als Journalist etwas besser ausdrücken kann, aber hey, ich verfasse auch nicht jeden Tag solche Zeilen. Wenn du dich fragst, wie ich darauf gekommen bin, ich hab das in einer Serie gesehen und fand die Idee cool. Da du ja morgen schon nach Hause kommst, ich freu mich sehr auf dich, aber egal, das tut hier nichts zur Sache. Jedenfalls liebe ich es, ein Geheimnis vor dir zu haben, ich hoffe, ich plaudere es vor lauter Aufregung nicht aus, weil ich mich mit dieser Methode wirklich für ziemlich clever halte, aber, na ja, ich mache jetzt besser weiter im Text), dann bitte ich dich, die beiliegenden Dokumente und Aufzeichnungen meiner letzten Arbeit an die Polizei zu übermitteln. Mithilfe meiner Recherchen sollte es für unsere Gesetzeshüter ein Klacks sein, ein paar Verdächtige einzubuchten, und irgendeiner wird schon reden.

Ja, ich weiß, du verdrehst jetzt wahrscheinlich wieder deine Augen, weil ich ein Idealist bin und du – wie du immer so schön betonst – Realist, aber ich bitte dich: Tu mir diesen Gefallen.

Und bevor du auf dumme Gedanken kommst, schlag mir diese Bitte nicht ab. Es reicht, wenn ich ins Gras gebissen habe, ich könnte es mir nie verzeihen, wenn dir meinetwegen etwas zustoßen würde.

Außerdem sollst du die Polizei nicht um ihren Erfolg bringen, ein paar Hochkaräter der Gesellschaft einzubuchten für ihre Verbrechen.

Ich kenne dich so gut, dass ich weiß, dass du die Beweise sicher durchforsten wirst, ich gebe dir hier nur unter Protest nach. Würde ich jemand anderen auch nur halb so integer kennen wie dich.

Ja, mein Koboldmädchen, ich weiß, du denkst, du hasst mich jetzt, weil ich doch nicht die ganze Welt für vertrauensselig halte, aber die Wahrheit ist: Die Beweise und die Personen, die ich an den Pranger stelle, sind so weit in unser politisches Netzwerk verzweigt, dass ich trotz allem auf deine Hilfe angewiesen bin.

Damit meine zusammengetragenen Beweise auch wirklich an die richtigen vertrauenswürdigen Stellen gelangen und alle Betroffenen inklusive mir Gerechtigkeit erfahren.

Eins noch, mein Koboldmädchen: Ich weiß, dass du Zweifel wegen uns hast, das konnte ich dir in unseren letzten Videotelefonaten ansehen und auch hören, und du hast recht. Denn ich liebe dich mehr als du mich. Ich liebe dich als die Frau, die ich immer an meiner Seite haben möchte, doch deine Liebe zu mir ist die eines Bruders, eines Vertrauten.

Diese Tatsache ist mir schon lange klar, und doch bin ich, was dich betrifft, egoistisch. Wäre ich nicht tot, würde ich dich nie freiwillig aufgeben, ich würde für uns kämpfen. In der Hoffnung, das Ruder herumreißen zu können, dass ich mich an diese große Geschichte gewagt habe, ist mein Versuch, vor mir selbst zu rechtfertigen, dass ich dich verdient habe, dass ich gut genug für dich, für uns bin.

Ich kann nur hoffen, dass hier wirklich kein Fehler gemacht wird mit der Auslieferung des Päckchens, denn ansonsten könnte ich mir verdammt gut vorstellen, dass ich, spätestens nachdem du diese Zeilen gelesen hast, zum zweiten Mal ein toter Mann bin, seitdem du diesen Brief begonnen hast zu lesen. Keine schöne Vorstellung.

Sollte ich wirklich nicht mehr auf dieser Welt weilen, dann versprich mir eines: Lebe, liebe und lache für uns beide. Such nach dem Mann, der dein kaltes Herz erwärmt.

(Ich rede dir nur nach, du bist diejenige, die immer wieder betont, wie kalt ihr Herz ist, weil du schon zu viel gesehen und erlebt hast, und meine Ermordung wird da sicher nicht helfen. Aber ich denke nicht so über dich. In meinen Augen bist du die *liebevollste Person, die ich kenne, harte Schale, weicher Kern, du verstehst …)*

Der dein Herz aus dem Takt bringt, der sich in deine Gedanken schleicht und dich nicht mehr loslässt, der dich wütend macht, jemanden, der dich ganz einfach fühlen lässt, auch wenn du dich noch so sehr dagegen sträubst.

Und dann halte ihn fest, und wenn du dich an ihn ketten musst, nur versau es nicht, indem du etwas Dummes unternimmst, wie mich zu rächen oder so. Dafür habe ich dir die Unterlagen nicht geschickt. Du sollst nur den Stein ins Rollen bringen. Und danach dein Leben leben.

Genug der Gefühlsduselei, wobei es wirklich erstaunlich erleichternd ist, mir das Ganze einmal von der Seele zu reden. Okay, noch nicht ganz.

Ich liebe dich, Erin, mein süßer irischer Kobold, ich hoffe, du vergisst mich nicht und du behältst mich in einer kleinen Ecke deines Herzens. Und vergiss nicht, nein, versprich es mir: Lebe …

Andrew

———

Auch nach so langer Zeit brennen meine Augen, aber keine Träne bahnt sich ihren Weg. Meine Hand zittert leicht, während ich den Brief falte und sorgfältig wieder verstaue.

Den Zorn willkommen heißend, der mich zu verschlingen droht, als ich an Andrew denke, lässt mich wieder zur Besinnung kommen. Ich habe eine Aufgabe zu erfüllen. Da ich in dieser Nacht ohnehin kein Auge mehr zutun werde, schwinge ich mich aus dem Bett und mache mich an die Planung für mein nächstes Ziel.

Ich hoffe, dass mich diese Albträume nicht mehr verfolgen werden, wenn ich die Liste erledigt habe. Diese Träume suchen mich seltener heim als früher, aber ihn auch nur noch einmal zu träumen ist einmal zu viel. Es muss einfach funktionieren, danach muss ich frei sein. Bald, Andrew, bald habe ich dich gerächt, zwar nicht so, wie du es gewollt hast, aber so, wie ich damit leben kann.

Deine Bitte, mir jemanden zu suchen, der es wert ist, dass ich mich ihm öffne, nein, das kann ich nicht. Ich ertrage es nicht noch einmal, eine geliebte Person zu verlieren.

Dein Brief hat mich sprachlos gemacht, ich habe nicht vermutet, dass du so vieles schon vor mir gesehen hast. Ich dachte immer, du bist derjenige von uns, der die Augen vor der Wahrheit verschließt und dass du der Schwächere in unserer Beziehung bist …

Wie sehr habe ich mich in meiner Annahme getäuscht.

4. KAPITEL

Erin

»Entschuldigen Sie, Mrs., Sie haben nicht zufällig einen fahrbaren Untersatz zu viel hier auf dem Gelände?«

Die dunkle melodische Stimme lässt mich von dem Vergaser aufblicken, den ich gerade wieder kniend an der Maschine anbringe. In meinem Bauch zieht es, als ich ihn genau betrachte. Ungelenk komme ich auf die Füße, vor mir steht kein anderer als Staatsanwalt Ruark Griffin.

Verlegen wische ich meine dreckigen Hände in die Seite meiner Jeans. Dieser Mann war in seinem Anzug vor zwei Tagen eine Augenweide, aber jetzt in einer schwarzen Jeans und dem blitzblauen Hemd, das seine Augen betont, sieht er einfach zum Niederknien aus. Was genau der Grund ist, weshalb ich mich schleunigst erhoben habe. Die Stilnote, die ich für meinen schwankenden Auftritt bekommen hätte, ließ zwar zu wünschen übrig, doch die ist vernachlässigbar.

Denn ansonsten müsste ich mich näher mit den Emotionen auseinandersetzen, die mich in der Nähe dieses Mannes überfallartig heimsuchen. Ich habe mir geschworen, nie wieder etwas für einen anderen Menschen zu empfinden. Wieso kann ich mich nicht daran halten, weshalb boykottiert mich mein Körper?

Ich kenne diesen Mann doch gar nicht. Ganz davon abgesehen, dass ich nach wie vor keine Ahnung habe, ob er mein Feind ist. Freund kann er keiner sein, denn einen Freund will ich nicht, ganz egal welcher Art. Es reicht ja schon, dass ich meine drei Angestellten nicht mehr nur als Angestellte sehe.

Warum das so ist, damit will ich mich gar nicht näher auseinandersetzen. Ich habe beschlossen, diesen Umstand zu ignorieren, doch bei Ruark sieht die Sachlage leider anders aus. Das zeigt allein schon mein Auftritt von gerade eben. Irgendwie kann ich ihn nicht ignorieren, und wenn mein Verdacht, dass er in engerer Verbindung mit meinen Opfern steht, sich bewahrheitet, dann muss ich mich eingehender befassen.

Allein diesen Gedanken zu haben, macht mich nervös und reizbar, doch das darf ich mir nicht anmerken lassen – unter keinen Umständen. Was ist, wenn es sich doch nur um dumme Zufälle handelt und ich ihn aufgrund meines merkwürdigen Verhaltens auf meine Spur bringe?

»Sieh mal einer an, hat es der werte Herr doch

noch hierher geschafft. Nur das Datum ist leider ein klein wenig daneben.«

In meiner Stimme schwingt ein Hauch mehr Missbilligung mit, als ich wollte.

»Was soll ich sagen, ich habs nicht so mit vereinbarten Zeiten.« Der Mistkerl sieht alles andere als zerknirscht aus, schenkt mir stattdessen ein Tausendvoltlächeln. Mein Magen reagiert mit einem Ziehen darauf, verdammter Scheibenkleister.

Stumm ziehe ich eine Augenbraue in die Höhe, um ihm mein Missfallen deutlich zu signalisieren.

»Ach kommen Sie schon, ist Ihnen das noch nie passiert?«

»Was, dass ich mein Auto einfach einer Wildfremden überlasse, vereinbare, am selben Tag zu einer festen Uhrzeit das Auto abzuholen, und dann erst am übernächsten Tag aufkreuze?« Meine Stimme trieft förmlich vor Sarkasmus, doch er lässt sich nicht beirren.

»Also wenn du das so formulierst, hast du recht, das war ein klein wenig unkonventionell und auch nicht sehr nett einer Fremden gegenüber.«

»Und das ist jetzt der Grund, weshalb SIE mich duzen, oder wie darf ich das verstehen?«

Sein amüsiertes Lächeln und das Blitzen in seinen Augen lassen meine Knie weich werden. Scheiße, verdammt, wieso hat dieser Mann nur so eine starke Wirkung auf mich?

Vielleicht sollte ich einen Arzt aufsuchen, mein Verhalten kann nicht normal sein. Möglicherweise habe ich mir dort oben auf dem Dach, während ich auf der Lauer lag, eine Erkältung oder ein Virus einge-fangen. Das würde mein bescheuertes Verhalten viel-leicht erklären.

»Du sagst es ja selbst, einer Fremden gegenüber kann ich so ein Verhalten nicht an den Tag legen, aber bei einer Freundin wäre es kein Problem – oder zumin-dest kein so großes – und ich darf meine Freundin zum Mittagessen einladen und mich für die Großzügigkeit, dass sie sich so ausgesprochen freundschaftlich um meine Probleme gekümmert hat, bedanken. Aber da ich eine Freundin ja nicht sieze, sondern duze … Du verstehst sicher, worauf ich hinauswill.«

Und schon setzt er wieder dieses gewinnende Lächeln auf nach dem vorangegangenen Monolog, der mich für einen Moment sprachlos zurücklässt. Er sieht so was von selbstzufrieden aus, dass ich ihm am liebsten einen Tritt gegen sein Schienbein verpasst hätte – was natürlich absolut unprofessionell gewesen wäre.

Und eindeutig die passendere Reaktion einer Freundin auf diese bescheuerte Ansage wäre als das Verhalten einer unbekannten Frau.

»Sie sind der geborene Anwalt, ein Wörterverdre-her, wie er im Buche steht.«

»Komm schon, sag endlich du, sonst nehme ich die Beleidigung persönlich und verklage dich.«

Ein genervtes Stöhnen entkommt mir, mehr bin ich absolut nicht gewillt, von mir zu geben.

»Nachdem wir das ja geklärt hätten, wie sieht es aus mit Mittagessen? Immerhin möchte ich meine Schuld begleichen.«

Scheiße, wieso redet dieser Mann wie ein Wasserfall? Hallo, das ist normal Aufgabe von uns Frauen, irgendwie haben wir gerade die klassischen Rollen getauscht.

»Ich kann nicht, ich muss arbeiten«, erwidere ich, froh, dass ich wirklich noch einiges zu tun habe. Außerdem bin ich hundemüde, nachdem ich so früh auf war, um mein nächstes Ziel auszuspionieren.

»Gib dir einen Ruck, Erin, ich beiße auch nicht, außer du möchtest es.«

»Woher weißt du, wie ich heiße, und wie zum Teufel kommst du darauf, dass ich gebissen werden möchte?«

Teil eins der Frage ist so was von legitim, und Teil zwei der Frage kommt mir, ohne dass ich es möchte, über die Lippen.

»Na ja, ich hab mir den Namen von der Rechnung gemerkt. Du bist nicht auf den Mund gefallen, baust heiße Öfen zusammen, und du machst mir keine Avancen so wie all die anderen Frauen. Du legst es nicht drauf an, dass ich mehr Zeit mit dir verbringe. Alles an dir schreit danach, mich, so schnell wie es nur geht, wieder loszuwerden. Und genau deswegen möchte ich dich näher kennenlernen.«

Perplex über die Aufrichtigkeit in seiner Stimme und der Ernsthaftigkeit seines Gesichtsausdruckes nach zu urteilen, starre ich ihn an, während mein Herz für einen Schlag aussetzt. Scheibenkleister, verdammter.

Ich hätte angenommen, er gibt irgendeine ausweichende Stellungnahme zum Besten, aber nein. Bemüht, mir irgendeine Ausrede einfallen zu lassen, weshalb ich sein Angebot nicht annehmen kann, lässt er mich nicht aus den Augen. Sein Blick ruht auf mir, das kleine Lächeln, welches um seinen Mundwinkel spielt, zeigt an, dass er um meine Gedankengänge weiß, wie verzweifelt ich mir eine plausible Entschuldigung zurechtzulegen versuche.

Mir fällt keine ein, sein Lächeln wandelt sich zu einem Grinsen, genervt stöhne ich auf, er hat gewonnen.

Und wenn ich ehrlich bin, will ich mehr über diesen Mann erfahren, muss herausfinden, ob er zum Feind gehört. *Genau, belüge dich nur selbst, er zieht dich an. Deine Vorsätze, niemanden mehr an dich heranzulassen, sind Illusionen, und du weißt es, du kämpfst gegen Windmühlen an, Koboldmädchen.* Seit wann klingt mein Gewissen wie Andrew? Werde ich jetzt vollständig verrückt?

»Morgen Abend, wenn es bei DIR passt, ansonsten kann ich nicht.« Für den Augenblick gebe ich mich geschlagen.

»Abgemacht. Soll ich dich hier um neunzehn Uhr abholen oder bei deiner Wohnung?« Sein Tonfall ist samten und tief, darauf bedacht, mich auf jeden Fall bei der Stange zu halten.

»Neunzehn Uhr klingt gut, und nein, hier ist in Ordnung. Ich wohne hier auch.« Zu spät beiße ich mir auf die Zunge. Wieso habe ich ihm dieses Detail über mich verraten? Sicher kann er von selbst darauf kommen. Oder es auf anderem Weg herausfinden, aber ich hätte es ihm definitiv nicht so auf die Nase binden müssen.

Ich kann mich nur noch einmal wiederholen: Verdammter Scheibenkleister.

»Gib mir deine private Nummer. Sobald ich das passende Restaurant ausgewählt habe, melde ich mich, damit du entscheiden kannst, was du anziehen möchtest.«

»Sag mal, funktioniert diese Nummer ernsthaft?« Ich weiß nicht, ob ich verärgert oder belustigt sein soll über seinen Versuch, an meine Nummer zu kommen.

Das erste Mal seit dem Beginn unserer Unterhaltung zeigt sich so etwas wie der Hauch von Schuldbewusstsein auf seinen Zügen.

Entschuldigend zuckt er mit den Schultern.

»Du kannst mir meinen Versuch nicht verübeln, und ja, normalerweise funktioniert es. Die Damen sind sehr erfreut über mein Zuvorkommen, damit sie sich sicher sein können, dass ihre Kleiderwahl für sie akzeptabel ist und sie sich nicht den restlichen Abend darüber ärgern, nicht doch etwas anderes in dem jeweiligen Ambiente zum Anziehen gewählt zu haben. Aber ich hätte es besser wissen müssen, immerhin legst du es ja eher darauf an, mich von dir fernzuhalten.«

»Du kannst ja in der Werkstatt anrufen, die Telefonnummer ist nicht geheim.« Mit diesen Worten lasse ich ihn stehen und gehe in Richtung Treppe, die mich hinauf in meine Wohnung führt.

»Einverstanden, und wie komme ich jetzt zum Schlüssel für meinen Wagen?«, ruft er mir noch gut gelaunt nach.

»Der steckt im Zündschloss des Wagens«, rufe ich

Ruark gut gelaunt zu. Da ich mir ziemlich sicher bin, wie seine Reaktion ausfällt, wenn er sich bewusst wird, was ich gerade gesagt habe, und der Konsequenzen, die sich daraus ergeben hätten können, kann ich es mir nicht verkneifen, einen Blick über meine Schulter zu werfen.

Sein perplexer Gesichtsausdruck und das wechselnde Farbenspiel in seinem Gesicht lassen mich laut auflachen. Es wechselt von kalkweiß zu einem wütenden Rot.

Jeder hätte den Wagen einfach nehmen können. Selbst wenn er ihn dann als gestohlen gemeldet hätte, wäre der Wagen nie wieder aufgetaucht, dafür gibt es zu viele Umschlagplätze für solche Wagen. In Einzelteile zerlegt und irgendwo anders auf dieser Welt wieder zusammengebaut, und sein Schätzchen wäre weg gewesen.

»Du hast Glück, dass mein Baby noch vor deiner Tür parkt, ansonsten hättest du was erleben können. Dann hätte ich nicht darauf gewartet, bis du mir erlaubst, dich zu beißen.« Seine Stimme ist ein einziges heiseres Geknurre.

Ich beachte Ruark nicht weiter, habe mich schon von ihm abgewendet, hebe nur die Hand zum Gruß und lache laut auf.

Du täuschst dich, wenn du denkst, ich bin das nette Mädchen von nebenan, das wirst du schon noch lernen. Es ist wahrscheinlich gar nicht so eine schlechte Idee, ihn näher kennenzulernen, vielleicht komme ich so hinter seine Motive.

Rede dir nur ein, es ist wegen deiner Rachemission. Dieser Mann interessiert dich und lässt dein Inneres brodeln, Kobold-

---

Ruark

Diese Frau ist einfach nur heiß, ich öffne die Fahrertür meines Mustang, lasse mich in den Sitz fallen. Nicht nur, dass sie mir Kontra gibt, was ich vom weiblichen Geschlecht nicht gewohnt bin. Die Damen versuchen mir eher ein schlechtes Gewissen bezüglich meines Verhaltens einzureden. Sie widerspricht mir offen, provoziert mich und hat auch noch Spaß daran. Was ich getan hätte, wenn der Wagen wirklich weg gewesen wäre, darüber will ich gar nicht nachdenken. Schmerzlich verziehe ich mein Gesicht.

Da ich mein Baby unversehrt angetroffen habe, ist zum Glück alles gut. Sanft streiche ich über das Lenkrad des Wagens. Vielleicht entpuppt sich dieser Platten doch noch als ausgesprochener Glückstreffer. Dieser Tag war bis auf diese Begegnung und den gewonnenen Prozess alles andere als gut.

Nicht nur einmal habe ich die Reaktion der Ninja unterschätzt. Zum Glück bin ich gerne und viel gefahren vor meinem dreißigsten Geburtstag, habe es dann aber sein lassen.

Um mir selbst zu beweisen, erwachsen zu sein und respektabel. Eine dumme Entscheidung, ich liebte das Gefühl schon immer, auf einer nahezu unbezähmbaren Maschine zu fahren. So war es auch mit der Ninja, trotz der mehrfachen Beinahe-Unfälle, die ich auf dem Weg zum Gericht fabriziert habe, war es ein absolut geiles Gefühl.

Das Vibrieren der Maschine, unter mir das Grölen des Motors, die unbändige Kraft, ich habe es geliebt, dieses Baby zu steuern, auch wenn es nur für diesen kurzen Weg gewesen ist.

Wenn ich so darüber nachdenke, hat dieses Motorrad einige Gemeinsamkeiten mit Erin. Wie viele, für diese Erkenntnis werde ich in den nächsten Tagen und Wochen hoffentlich genug Gelegenheiten haben.

Auf jeden Fall werde ich die ein oder andere Ausfahrt mit ihr unternehmen, bevor ich mich entscheide, ob ich sie abgebe oder vielleicht doch behalte.

Die Passanten haben ganz schön geglotzt, als ich sie direkt vor der Tür abgestellt habe. Und die Sicherheitsbeamten erst, bei der Erinnerung beginne ich zu grinsen. Sie waren fassungslos und haben eher mit einem Anschlag gerechnet, ganz verdenken kann ich es ihnen nicht.

Ihr Gesichtsausdruck war aber auch verdammt komisch, als sie gecheckt haben, wer da herangebrettert kam. Weniger amüsant fand ich Richs Verhalten. Er hat mich am Tag vor der Verhandlung zu Hause besucht, weil er etwas mit mir besprechen wollte, was seiner Meinung nicht warten konnte.

Absoluter Schwachsinn, und dann drängte er sich auch noch in den Vordergrund und wollte meine Verhandlung gegen Johnson Junior leiten. Er sah nicht gerade erfreut aus, als ich gerade rechtzeitig durch die Tür kam, bevor sie beginnen konnten.

Zum Glück war es mir möglich das Ruder herumzureißen und diesen arroganten Pisser ins Gefängnis zu stecken. Zwar nicht so lange, wie ich es eigentlich vorgehabt habe, aber diese verkürzte Zeit wird er umso weniger genießen, dafür sorge ich.

Ich liebe unser Justizsystem, doch manchmal …

Spannender fand ich die Reaktion von Robert und seine Unterredung mit Johnson Senior am Ende der Verhandlung. Mir war nicht bewusst, dass sich die zwei gut kennen. Dass sie miteinander bekannt sind, ja, das bleibt in der gesellschaftlichen Hierarchie, in der beide sehr weit oben stehen, nicht aus.

Doch diese Art Vertrautheit ist auf jahrelange Bekanntschaft zurückzuführen.

Ist mein Mentor, den ich als komplett unbeeinflussbar verehre, doch nicht so korrumpierbar wie bisher von mir angenommen? Wahrscheinlich habe ich in meiner Annahme einen wesentlichen Faktor ausgelassen, mein Chef ist genauso ein Mensch wie wir alle.

Wenn er gekonnt hätte, wie er wollte, hätte er mich zusammengefaltet wie einen kleinen Anfänger, aber nicht, weil ich auf eine geringe Strafe gepocht habe, sondern weil sie ihm noch immer viel zu hart erschien. Ich dachte, ich habe mich verhört, und habe sogar noch einmal nachgefragt, was ihn das erste Mal seit Jahren, die ich unter ihm arbeite, laut werden hat lassen.

Rich, diesem kriecherischen Arsch, hat das äußerst gut gefallen, denn er hat unsere Auseinandersetzung beobachtet. Meine Finger haben sich bei seinem Anblick zur Faust geballt, innerlich habe ich mir vorge-

69

stellt, ihm sein selbstgefälliges Grinsen aus der Visage zu wischen.

Leider ist es keine akzeptable Wahl, in meiner Welt der Justiz einem Kollegen eine zu verpassen. Nein, hier regiert das Wort über die Faust. Zu seinem Pech bin ich ihm auch in diesem Bereich weit überlegen.

Soll er sich darüber freuen, dass ich eine Abreibung kassiert habe. Das ist wahrscheinlich das einzige Vergnügen, das er in den letzten Wochen oder Monaten genossen hat.

Egal, er ist es nicht wert, sich über ihn Gedanken zu machen, da gibt es zurzeit einige interessantere Menschen.

Wie den Zahnradkiller. Was will er? Was sind seine Motive? Geht es ihm wirklich nur um wichtige Persönlichkeiten der Gesellschaft? Mich beschleicht das Gefühl, dass mehr dahintersteckt. Und was hat ihn veranlasst, gestern schon wieder zu morden? Erst nach dem Prozess habe ich die Nachricht erfahren, dass es diesmal einen Richter erwischt hat. Ich mochte den Kerl zwar nicht, aber verdammt, das ist sicher kein Grund, jemanden umzulegen.

Leider tappt die Polizei inklusive der Spezialeinheit, die auf ihn angesetzt ist, im Dunkeln. Vor zwei Jahren ist zum ersten Mal eine Leiche aufgetaucht mit einem Zahnrad am Tatort.

Entgegen der folgenden Morde, sowie auch der gestrige, die fast ausschließlich durch einen Schuss verursacht wurden, wurde dieser mit einem Messer ausgeführt. Ein weiterer Mord wich davon ab, der an der einzigen Frau, die bis jetzt zu Tode gekommen ist.

Wie in einem schlechten Film ereilte sie ihr Schicksal in der Badewanne, weil der Föhn hineinfiel, der zufällig angesteckt gewesen ist und dann auch noch … Egal, zuerst hat die Spurensicherung angenommen, es hat sich um einen Selbstmordversuch gehandelt.

Fast wäre die Akte mit diesem Vermerk geschlossen worden, bis der Föhn unter die Lupe genommen wurde, darin fanden sie ein Zahnrad. Die Verblüffung war enorm, bis jetzt ist nicht klar, ob es sich bei dem Mörder wirklich um den Zahnradmörder handelt oder einen Nachahmungstäter, der den Hype, der um diesen Killer ausgelöst wird, ausgenutzt hat.

Die Behörden sind im Darknet auch auf einige Anzeigen gestoßen, in denen Belohnungen auf die Köpfe von – wie wir jetzt wissen – drei der bisherigen Opfer ausgesetzt waren, was wiederum sehr wenig Sinn ergibt.

Auch die besten Profiler, die zurate gezogen werden, können sich nicht erklären, mit wem sie es zu tun haben.

Es steht außer Frage, dass der Gesuchte ein Wandlungskünstler sein muss. Bis jetzt trotz der kleinen Souvenirs, die er hinterlässt, ist die Polizei keinen Schritt weiter.

Beunruhigend ist, dass die Morde in kürzerer Abfolge passieren. Wird der Täter übermütig, ist die Gier seines Blutdurstes unstillbar geworden, hält der Kick, den er erlebt, immer kürzer an? Fragen über Fragen, die nicht nur mich beschäftigen.

Ich kann es kaum erwarten, bis sie ihn endlich erwischen, will ihn unbedingt auf der Anklagebank haben, um ihn ein Leben lang hinter Gittern büßen zu lassen. Der Killer soll in seiner Zelle verrotten, er hat es nicht anders verdient.

Er hat so viele Menschen auf dem Gewissen, so viele Familien trauern um ihre Angehörigen, die dieser Mistkerl ihnen genommen hat.

Und – je länger er dort draußen ist – auch noch nehmen wird. Egal wie, ich werde hinter sein Geheimnis kommen und verhindern, dass er weiter morden wird, geschweige denn jemals wieder ans Tageslicht kommt.

5. KAPITEL

Erin

Ich habe nicht erwartet, dass Ruark sich wirklich bei mir meldet, um mir mitzuteilen, wohin wir gehen. Nach meinem provokanten Benehmen habe ich ehrlich gesagt damit gerechnet, dass er mich auflaufen lässt.

Wenn jemand mit mir diese Nummer abgezogen hätte, egal ob Mann oder Frau, derjenige hätte sein blaues Wunder erlebt. Umso erstaunter bin ich, dass bereits am Vormittag seine Sekretärin bei mir anruft und mich bittet, ein kleines Schwarzes zu tragen.

Ich bin versucht, mit ölverschmierter Kluft vor der Werkstatt auf ihn zu warten. Aber irgendwie habe ich das Gefühl, dass er mich auch in diesem Aufzug dorthin mitschleppt, wohin er mich haben möchte. Allein schon als Revanche für mein Verhalten.

Deshalb füge ich mich, bin aber absolut gespannt,

was Ruark geplant hat. Und bin über mich selbst erbost, dass ich wirklich meine eigenen Regeln nicht nur verletze, sondern gerade dabei bin, sie zu pulverisieren. Denn dieser Mann ist absolut gefährlich für mich.

Und genau der Mann, an den ich fast durchgehend denken muss, hält in diesem Moment neben mir an und öffnet die Fahrertür.

»Ich hätte gedacht, ich muss dich zur Fahndung ausschreiben.«

Ich schenke Ruark nur einen abfälligen Blick für diese Bemerkung, während er sich um seinen Wagen herum bewegt, um mir galant die Tür zu öffnen.

»Du siehst übrigens umwerfend aus, Erin.«

»Danke, dieses Kompliment kann ich nur zurückgeben.« Huldvoll nicke ich ihm zu, während ich mich auf den schwarzen Ledersitz seines Mustangs gleiten lasse. Ruark schließt die Tür hinter mir, bevor er auf seiner Seite einsteigt. Aus dem Augenwinkel nehme ich wahr, wie intensiv er mich von der Seite betrachtet, mein Blick bleibt weiter starr geradeaus gerichtet.

Ich kämpfe mit mir, ob ich mit ihm fahren soll oder doch aus dem Wagen springe und von ihm verlange, mich nie wieder zu behelligen. Er scheint meinen inneren Kampf zu bemerken, denn er bleibt abwartend, sagt aber kein Wort und unternimmt auch ansonsten nichts. Wartet darauf, wie ich mich entscheide.

Seit wann bist du ein Angsthase, Koboldmädchen, ich kenne dich nur unerschrocken, bereit, jedem, der dir dumm kommt, in den Arsch zu treten. Andrews Stimme, die als meine innere Stimme fungiert, gibt den Ausschlag. Meine steife Haltung ändert sich, aufseufzend kuschle ich mich in den bequemen Sitz.

Ruark gibt ein zufriedenes Brummen von sich, bevor er sich von mir abwendet und den Wagen startet. Wir reden kein Wort, während er sich in den Verkehr einfädelt und wir die ersten Meilen zurücklegen. Die Stille zwischen uns ist erstaunlicherweise nicht erdrückend, sondern angenehm. Beide scheinen wir unseren Gedanken nachzuhängen.

»Also«, unterbricht er dann doch das Schweigen zwischen uns, »es freut mich, dass du dich dafür entschieden hast, mit mir essen zu gehen.«

»Ich hoffe, ich habe keinen Fehler gemacht.« So leicht werde ich es ihm nicht machen, ich verstehe es immer noch nicht. Warum lasse ich mich darauf ein? Warum durchdringt dieser Mann, von dem ich so gut wie nichts weiß, meinen Schutzwall? Und warum fühle ich mich in seiner Gegenwart trotz allem wohl? Um mich nicht schon wieder auf diese sinnlose Diskussion mit mir selbst einzulassen, stelle ich Ruark die nächste Frage.

»Wohin gehen wir, ich habe schon richtig Hunger.«

Ein etwas schuldbewusster Seitenblick trifft mich, der mich sofort alarmiert.

»Was das betrifft, hoffe ich, du wirst dich mit dem Essen noch etwas gedulden können. Ich muss zur Eröffnung der Vernissage eines Freundes. Ich weiß, es war nicht sehr nett von mir, dir das zu verschweigen, aber ich wollte unbedingt mit dir ausgehen. Und da ich vermutet habe, du würdest mir keine Möglichkeit für eine weitere Chance gewähren, habe ich mich kurzerhand entschlossen, dich einfach vorher zur Eröffnung seiner Ausstellung mitzunehmen und dich danach wie versprochen zum Essen auszuführen.«

Ein heiseres ungläubiges Lachen entkommt mir, denn er sieht so schuldbewusst aus wie ein kleiner Junge, der gleich mächtig Schelte bezieht. Verwirrt über meine Reaktion blickt er mich an.

»Ich rate dir, so etwas nie wieder zu tun. Sei ehrlich zu mir, du hast ja sonst keine Scheu davor, deine Klappe für deinen Vorteil zu verwenden, oder?«

»Du hast recht, ich bin eigentlich eher der überlegte Typ Mann, der kalkuliert, Risiken abwägt und dann gezielt zuschlägt. Wieso ich mich in deiner Nähe ständig zum Affen mache? Keine Ahnung. Hast du eine Erklärung dafür?«

Aus seiner Stimme klingt wirkliches Interesse für meine Meinung.

»Ich weiß es nicht, vielleicht weil ich eben nicht so bin wie die anderen Frauen, die du datest?«

»Es tut mir leid, dich enttäuschen zu müssen, aber im Normalfall date ich nicht. Im Nachgang ist es viel zu kompliziert und langwierig, die Frauen wieder loszuwerden.«

»Das meinst du jetzt nicht wirklich ernst?«

Entschuldigend zuckt er mit den Schultern.

»Hast du eine Ahnung, wie dämlich sich viele deiner Geschlechtsgenossinnen aufführen, die sich nahezu überschlagen oder sich gegenseitig die Augen auskratzen, nur weil ich der einen zwei Sekunden länger meine Aufmerksamkeit schenke als der anderen?«

Missbilligend schnaube ich und verschränke die Arme vor der Brust.

»Na toll, ich hätte dir doch dein Auto klauen lassen und mich daheim verschanzen sollen.«

Ein Glucksen entkommt ihm, was ich alles andere als amüsant finde.

»Hätte ich mir meine Nägel anspitzen sollen? Denn es klingt, als würde ich in einem Catfight enden, wenn ich mit dir als deine Begleitung gesehen werde.«

Sein dunkles Lachen erfüllt den Innenraum des Wagens und löst eine Gänsehaut bei mir aus.

»Keine Sorge, für deine Zustimmung, mit mir auszugehen, werde ich mich dazwischenwerfen und für dich die Kratzer kassieren. Na, wie klingt das?«

Sein maskulines eckiges Kinn wird weich, nimmt direkt jugendliche Züge an. Wir blicken uns für einen Moment in die Augen, aus seinen blitzt der Schalk hervor. So unvorstellbar es ist, in diesem Moment fühle ich mich unbeschwert und frei. Und vergesse, dass ich mich nur mit ihm abgebe, um mehr über ihn und seine Absichten meine Mission betreffend in Erfahrung zu bringen.

O Erin, muss ich dich schon wieder darauf hinweisen, dass du dich selbst anlügst? Du hast nichts vergessen, du willst es nur nicht wissen, zumindest nicht im Moment, denn so wie du sagst, du fühlst dich wie eine junge unbeschwerte Frau auf einem Date.

Die Fahrt ist schnell vorbei, ungläubig reiße ich die Augen auf, als wir vor einer der Galerien in der Stadt halten.

»Bradley Davis ist dein Freund?«

»Schuldig, wir kennen uns, seitdem wir beide kleine Scheißer waren.«

»Verdammt, ich bin völlig underdressed«, entkommt es mir ungewollt. Normalerweise bin ich nicht so, aber verdammt, ich gehe auf die Ausstellung von Bradley Davis.

»Du bist wunderschön und alles andere als underdressed.«

»Männer«, entfährt es mir fluchend. Die weiteren Schimpfwörter, die mir bereits auf der Zunge liegen, schlucke ich hinunter, da mir der Wallet die Tür öffnet. Ruark übergibt dem zweiten, der an seine Seite herangetreten ist, den Schlüssel. Er lässt es sich nicht nehmen, mir beim Aussteigen behilflich zu sein. Die Stelle meiner Hand kribbelt, an der er mich berührt. Ich schlucke den Kloß, der sich in meinem Hals bildet, hinunter.

Ruark lässt meine Hand los, sobald ich sicher auf meinen hochhackigen Schuhen stehe, legt aber sofort eine Hand um meine Taille und führt mich in die Richtung der Treppen, an deren Ende dieses imposante Gebäude mit seinen unzähligen Kunstwerken auf uns wartet. Was mich weniger begeistert, sind die anwesenden Reporter, die Ruark auffordern, mit mir stehen zu bleiben, um ein paar Fotos zu schießen. Offenbar ist dieser Mann in unserer Stadt wirklich kein Unbekannter.

Das hast du davon, wenn du dich seit Jahren verkriechst und deine Rache auslebst, anstatt das Leben zu genießen, Koboldmädchen. Du bist nicht auf dem neusten Stand, sieh zu, dass dich dieser Umstand nicht deine Rache kostet. Gerade so kann ich mich davon abhalten, mein Gesicht zu einer Grimasse zu verziehen. Das hat mir noch gefehlt, meine innere Stimme und diese verdammten Paparazzi.

Scheibenkleister, ich kann keine Szene machen, damit sie mich nicht fotografieren. So ein Verhalten meinerseits würde sie dazu bloß ermuntern, genau das zu tun.

Ich habe immer versucht, so unauffällig wie möglich zu handeln, nie in das Licht der Öffentlichkeit gerückt zu werden. Was auch der Grund ist, weshalb ich bereits mehrere Anfragen für ein Interview bezüglich meiner Werkstatt abgelehnt habe und auch meine Teilnahme an verschiedenen Ehrungen von Jungunternehmern, in die ich in den letzten zwei Jahren auch immer wieder investiert habe, abgesagt habe.

Auf drei meiner Ziele war im Darknet eine Belohnung ausgesetzt, es wäre eine Schande gewesen, die Morde zu begehen und, wenn ich die Möglichkeit habe, nicht dafür zu kassieren. Außerdem verwirrt es die Beamten, die nach mir suchen, weiter. Das Geld kommt Unternehmen zugute, die unsere Umwelt schätzen oder bemüht sind, das Leben von benachteiligten Menschen zu erleichtern. So rechtfertige ich das Blutgeld vor mir selbst und hoffe, dass es durch meine Taten etwas reiner wird.

Vielleicht damit mein Karmakonto nicht ganz so schnell aufgebraucht ist, und ich die Liste noch vollständig abarbeiten kann. Irgendwann werde ich einen Fehler begehen oder es kommt zu einer dummen Nachlässigkeit und dann werde ich auffliegen, und jeder wird wissen, um wen es sich beim Zahnrad-mörder handelt. Ich habe das Gefühl, die Zeit läuft mir davon, deshalb schlage ich immer schneller zu.

Und jetzt, einfach so, kann ich mich von meiner hart erarbeiteten Unsichtbarkeit verabschieden.

Natürlich bin ich mir im Klaren, dass wir nicht der Aufreißer für eine Story sind, und doch, alles einmal im Netz ist, kann nur mit verdammt viel Aufwand und Kosten daraus verschwinden. So eine Aktion bleibt nie unentdeckt und ruft Personen auf den Plan, die ihr Geld mit dem Auffinden von verschwundenen Personen verdienen. Die diese Informationen einfach im Hintergrund behalten und aus dem Hut zaubern, wenn es sich für sie lohnt.

Deshalb entscheide ich mich zähneknirschend dazu, gute Miene zum bösen Spiel zu machen. In der Hoffnung, keinen groben Fehler zu begehen, der mich am Ende meine Rache kostet.

Ich beschließe, mich nach diesem Abend wieder von allen Menschen fernzuhalten, die nichts mit meinen Feinden zu tun haben, denn sie bringen mir nur Ärger ein. Im Speziellen dieser Mann, der mich innerhalb kürzester Zeit dazu gebracht hat, meine Prinzipien über Bord zu werfen und mich als Frau zu fühlen.

Mein Problem: Kann ich ihm wirklich aus dem Weg gehen, auch auf die Gefahr hin, dass er zu meinen Feinden zählt und ich ihn eigentlich im Auge behalten müsste, damit ich von dieser Seite keine bösen Überraschungen erlebe?

Scheibenkleister verdammter.

Diese junge Frau ist ein absolutes Rätsel für mich. Erin zieht mich mit ihrer Unnahbarkeit an und dem Ausdruck in ihren blitzblauen Augen. Ich bin mir sicher, es wäre ihr alles andere als recht, wenn sie wüsste, wie genau ich sie studiere. Sie täuscht mit Sicherheit viele Leute um sich herum, denn ihre Mimik verrät Erin nicht. Auch ist ihre Körpersprache sehr kontrolliert. Einzig ihre ausdrucksstarken Augen verraten etwas über ihren Gemütszustand.

Die Tatsache, dass ich mich anstrengen muss, um sie auch nur annähernd einzuschätzen, macht sie für mich zu etwas Besonderem. Ich will sie, will mich in ihr vergraben, während sie mir mit ihren Fingernägeln den Rücken zerkratzt und ihre steife Haltung aufgibt.

Ich zwinge mich, meine Gedanken wieder in weniger heiße Bahnen zu lenken, ansonsten werde ich noch aus der Ausstellung geschmissen, weil jeder hier meine Erektion erkennen kann. Denn mein Kumpel beginnt sich aufgrund meiner Fantasien bereits zu regen.

Den Arm auf Erins Rücken legend, geleite ich sie durch die Räume auf der Suche nach meinem Freund aus Kindheitstagen, um danach unbehelligt mit Erin an meiner Seite durch die Ausstellungsräume zu flanieren. Zum Glück erreichen wir, ohne groß aufgehalten zu werden, meinen Freund aus Kindheitstagen und den Schöpfer der Werke in dieser Ausstellung, nur leider befindet er sich gerade im Gespräch mit einer Person, auf die ich gerne verzichten kann.

Für einen winzigen Moment kommt es mir so vor, als würde sich auch meine Begleiterin beim Anblick des Großindustriellen Baker versteifen. Ich verwerfe meine Eingebung rasch. Wahrscheinlich ist Erin einfach nur mit der schieren Anzahl an wichtigen und bekannten Persönlichkeiten überfordert, die sich hier in dieser Galerie zur Eröffnung aufhalten. Etwas, was ich ihr absolut nicht verdenken kann.

Tja und wenn ich könnte, wie ich wollte, dann würde ich auf der Stelle kehrtmachen und mir den folgenden Small Talk mit diesem schleimigen Arschloch nicht geben.

Ein Mundwinkel hebt sich leicht, als ich den Blick von meinem Freund Bradley auffange. Er schwankt zwischen Verzweiflung, Wut und der stummen Bitte an mich, ihn von diesem Aasgeier zu befreien. Da er weiß, dass ich nicht zu den Lieblingen seines Gesprächspartners gehöre, stehen Bradleys Chancen gut, sich mit meiner Hilfe aus den nervigen Fängen dieses schleimigen Mannes zu befreien.

Auf der anderen Seite habe ich diese wunderschöne Begleitung an meiner Seite, und dieser Mann hört sich nicht nur ausgesprochen gerne selbst sprechen, nein, er hält sich auch für Gottesgeschenk an die Weiblichkeit.

Und so wie ich Erin kennengelernt habe, bin ich mir sicher, sobald ihr Tom Baker unangemessen kommt, wird sie sich schon zu behaupten wissen. Mal sehen, wie sie sich in dieser Situation schlagen wird.

Ich freue mich insgeheim diebisch über die Abfuhr, die dieser schleimige Typ kassieren wird.

»Bradley, na, versucht dich Mr. Baker dazu zu verleiten, in seine dubiosen Geschäfte zu investieren, und erzählt dir, wie erfolgreich er die Firma leitet?«

Erin zieht scharf die Luft neben mir ein, während Tom Bakers Gesicht die Farbe einer Tomate annimmt, und Bradley kann sich mit Mühe ein Lachen verkneifen.

»Ruark, wie können Sie mich vor dieser wunderschönen Lady nur dermaßen in Misskredit bringen?«

Baker schnappt sich ernsthaft Erins Hand, um einen Kuss auf ihren Handrücken zu platzieren. Hat der Mann noch nie was von einem wirklichen Handkuss gehört? Da reicht die Dame dem Herrn ihre Hand, er umfasst nur mit den Spitzen ihre Finger ganz zart und berührt mit den Lippen nicht ihre Haut. Nicht so wie dieser Widerling. Es würde mich nicht wundern, wenn auch seine Zunge zum Einsatz kommt.

Meine Haltung versteift sich, ich bin schon bereit einzugreifen, denn sein Verhalten geht eindeutig zu weit, und ich wundere mich über Erins Zurückhaltung. Mit ihrer Antwort habe ich jetzt nicht gerechnet, es fühlt sich an, als hätte sie mir einen Schlag verpasst.

»Mr. Baker, es freut mich, Sie kennenzulernen. Es scheint so, als treibe Ruark gerne Schabernack mit seinen Mitmenschen.«

Widerwillig lässt er von ihr ab, betupft sich die schweißnasse Stirn mit einem Tuch und lächelt Erin dankbar für ihre Fürsprache an. Zuckersüß erwidert sie es und ich stehe fassungslos daneben.

Habe ich mich so in ihr getäuscht? Natürlich habe ich nicht damit gerechnet, dass sie ihm eine verpasst. Aber diese extrem freundliche Art bringe ich einfach nicht mit ihr in Verbindung. Ich kann nicht anders, blicke sie an, runzle leicht die Stirn. Noch immer umspielt dieses nette Lächeln ihre Lippen, doch ihre Augen erreicht es nicht. Nicht nur das, sie sind auch dunkler, stürmischer, interessant.

»Ruark, nachdem du deinen Anstand, wie es scheint, komplett verloren hast, muss ich dich wohl daran erinnern, dass du mich deiner zauberhaften Begleitung vorstellen solltest. Immerhin ist das hier meine Ausstellung und ich bin ja wohl die wichtigste Person im Raum.«

Erins heiseres Lachen fährt mir direkt in den Schritt. Bevor ich mich zu meinem aufdringlichen Freund umdrehe, betrachte ich sie noch einen weiteren Moment. Der Ausdruck in ihren Augen hat sich erneut geändert, sie blitzen voller Schalk und passen sich ihrem Gesichtsausdruck an. Sie erscheint mir die Herausforderung zu sein, nach der ich schon lange suche.

Seufzend drehe ich mich um, denn noch länger kann ich Bradley nun wirklich nicht ignorieren.

»Erin, nachdem sich dieser ungehobelte Klotz, der jedem einzureden versucht, ein Künstler zu sein, schon mehr oder weniger selbst vorgestellt hat, denke ich, ist es an der Zeit, dass wir uns seine Ausstellungsstücke ansehen, um über sie zu lästern. Damit wir danach, endlich, etwas essen gehen können.«

Die umstehenden Personen ziehen scharf die Luft

ein, Erin blickt mich entgeistert von der Seite an, für einen Moment ist sie sprachlos.

Ich behalte meine betont gleichgültige Miene bei. Als Bradley zu lachen beginnt, kann ich mich selbst nicht mehr halten. Die Besucher sehen uns etwas empört an, bis sie bemerken, dass Bradley einer derjenigen ist, der für den Krach sorgt. Meine Begleitung verpasst mir einen harten Knuff in die Seite.

»Verdammt, Ruark, die Leute schauen schon.«

Ich zucke nur mit den Schultern und schenke ihr einen betont schmerzerfüllten Blick, als ich über die Stelle an meiner Seite fahre, die sie eindeutig misshandelt hat.

»Ist doch egal, sollen sie, es ist schließlich meine Ausstellung.« Bradleys Lachen schwingt noch in seiner selbstgefälligen Stimme mit und zieht unser beider Aufmerksamkeit auf sich.

Ich weiß, wie angespannt er immer an einem Eröffnungstag ist und dass er genau so eine Abwechslung benötigt.

»Nachdem mein Freund hier scheinbar immer noch seine gute Erziehung vergessen hat, stelle ich mich wirklich selbst vor. Hi, ich bin Bradley, ein Sandkastenfreund von dem hier. Wobei ich mich die meiste Zeit frage, warum wir Freunde sind. Ich hoffe, du findest meine Stücke nicht ganz so schrecklich wie dein Begleiter. Und wenn du von ihm genug hast, kannst du dich gerne bei mir melden.«

Ich stutze, denn normalerweise ist mein Freund nicht gleich so forsch, wenn es um die holde Weiblichkeit geht.

»Hallo, Bradley, ich bin Erin, wie du ja schon mitbekommen hast. Ich kann dir jetzt bereits sagen, dass ich deine Werke nur beim schnellen Durchgehen sehr ansprechend gefunden habe und ich mich freue, sie mir näher anzusehen. Außerdem bin ich ein großer Fan von dir. Somit stehen die Chancen nicht schlecht, dass ich meinen Begleiter abserviere und mich stattdessen an dich dranhänge, vor allem bei dem Benehmen, das er an den Tag legt.«

Erneut bringt uns das laute Auflachen von Bradley einige irritierte Blicke ein, und ich stehe da wie ein Riesentrottel. Denn auf einmal ist die schlagfertige Erin wieder da.

Mit einem geknurrten »Nur über meine Leiche« schnappe ich mir Erins Arm und ziehe sie mit mir. Sie ruckt an meinem Arm, doch ich ignoriere sie, schleppe sie einfach weiter. In den Heels stolpert sie hinter mir her, ich hoffe, ich überlebe den Anpfiff, den ich gleich kassieren werde. Keine Ahnung, wieso der Höhlenmensch in mir hervorkommt. Nicht einmal meinem besten Freund würde ich sie vergönnen. Sie ist an meiner Seite hier aufgekreuzt und da bleibt sie auch. Soll er sich seine eigene Begleitung besorgen. Ich sehe mich nach einem Raum um, der weniger überlaufen ist, denn ich bin mir sicher, sie hat etwas zu sagen.

Da komme ich an einem Wachmann vorbei, der mich zum Glück kennt. Ich deute ihm mit einem Nicken an, dass ich hier durchmuss. Er scheint zwar etwas irritiert, doch er lässt uns durch.

»Verdammt, was soll das, lass mich sofort los«, fährt sie mich an, kaum haben wir den belebten

Bereich verlassen. Wie ich es also vermutet habe, noch kann uns jemand überraschen. Deswegen reiße ich die nächstbeste Tür auf; ohne mich groß umzusehen, verfrachte ich uns hinein. Ich bleibe mit dem Rücken an die Tür gelehnt stehen. Innerlich verdrehe ich die Augen über die Wahl des Raumes, wir befinden uns in einer Besenkammer. O Mann, klischeehafter geht es ja wohl nicht mehr. Konnte es nicht ein Aufenthaltsraum sein?

Bevor ich mich noch weiter mit der Absurdität der Situation auseinandersetzen kann, klatscht mir schon ihre Handfläche auf die Wange, was meinen Kopf auf die Seite rucken lässt.

Verdammt, das brennt. Sie hat eindeutig durch ihre Arbeit ganz schön Kraft. Autsch.

»Sag mal, hast du sie nicht mehr alle, was sollte das? Und lass mich sofort hier raus. Arschloch.«

»Sorry, es ist mit mir durchgegangen. Ich weiß, ich habe die Ohrfeige verdient, aber musstest du so hart zuschlagen?« Um nicht wie ein Schwächling zu wirken, unterdrücke ich den Impuls, mir an die Wange zu fassen.

»Dann lass mich los oder …«

»Oder was, willst du mich wirklich verprügeln?« Meine Stimme schwankt zwischen Verblüffung und Belustigung, denn ich sehe ihr an, dass ihr genau das vorschwebt.

Ihr entschlossener Blick nimmt Maß, sie verblüfft mich erneut, als sie einen weiteren Schritt auf mich zu macht. Sie meint das ernst. Und ich reagiere total unangemessen, denn mein Schaft wird steif in der

Hose. Sie steht so knapp vor mir, dass sie ihn spüren muss. Und ich kann nicht anders, als ich ihren überraschten Ausdruck bemerke: Ich beuge mich zu ihr.

Erins Augen werden dunkler, ihre Lippen öffnen sich eine Winzigkeit, ihre Atmung wird hektischer. Vorsichtig umfasse ich ihr Gesicht, blicke ihr weiterhin tief in diese wunderschönen Iriden, in deren blauen Tiefen ich mich verlieren könnte. Ich warte noch einen Herzschlag lang, ob sie sich von mir losmachen will oder ob ich Unbehagen erkennen kann, doch da ist nichts.

Langsam senke ich meine Lippen auf ihre, ein elektrisierendes Kribbeln durchfährt mich. Umspiele sie, zärtlich, vertrauensvoll, genieße diesen ersten unschuldigen Kontakt und warte auf ihre Reaktion. Ein gehauchtes Seufzen entkommt ihr, was mich dazu veranlasst, an ihren Lippen zu knabbern. Nach wie vor ist unser Lippenkontakt ziemlich unschuldig und genussvoll. Ich weiß aber nicht, wie lange ich mich noch darauf beschränken kann. Das Verlangen, diesen süßen Mund zu erobern, wird schon jetzt übermächtig.

Erin überrumpelt mich, sie drückt sich enger an mich, zieht mich noch näher. Unsere Körper sind nur noch aufgrund der Kleidung voneinander getrennt. Sie lässt ihre Zunge in meinen Mund wandern, was mich aufkeuchen lässt. Vom Jäger auf der Pirsch werde ich zum Gejagten.

Die letzten Ketten, die mich noch zurückgehalten haben, reißen. Ich drehe mich mit ihr in meinen Armen um, pinne sie mit dem Rücken gegen die Tür, hebe sie an. Sie vergräbt ihre Hände in meinen kurzen

Haaren. Es ist, als wäre ein Wirbelsturm der Begierde in ihr entfacht. Unsere Küsse werden leidenschaftlicher, tiefer und schmecken nach mehr, so viel mehr.

Das energische Klopfen an der Tür reißt uns aus der Zweisamkeit.

»Ruark, verdammt, das ist hier kein Bordell, das ist meine Ausstellung, auch wenn ich annehme, du bist mit Erin dort drinnen. Ja, sie ist verdammt heiß, aber sie verdient absolut etwas Besseres als die Besenkammer.«

Fluchend rücke ich von ihr ab, die Ungläubigkeit über das gerade Geschehene steht Erin direkt ins Gesicht geschrieben. Sie ballt ihre Hände zu Fäusten.

»Alles okay?«, frage ich sorgsam.

»Nein, und jetzt lass mich hier raus, bevor ich dir noch eine scheuere.«

Dass das nicht der Zeitpunkt ist, um mit ihr zu diskutieren, wird mir bei der versteiften Haltung ihres Körpers klar.

Bedauernd über das abrupte Ende öffne ich die Tür zum Gang, wo uns ein angepisster Bradley anstarrt – oder eher mich. Bevor er sich Erin zuwendet, die dabei ist, ihr Kleid glatt zu streichen. Mit einem beschützenden Blick betrachtet er sie und redet auch gleich auf sie ein.

»Alles in Ordnung?« Erins Blick ist gesenkt, sie sieht uns nicht direkt an, als sie den Kopf schüttelt. Bradley tritt an sie heran und bietet ihr den Arm hin, ganz Gentleman, der er ist. Zögernd geht sie auf das Angebot ein. Bevor sie sich von mir abwenden, wirft mir mein bester Freund noch einen bösen Blick zu.

»Also ehrlich, von dir hätte ich mehr erwartet, als diese tolle Frau in der Besenkammer ficken zu wollen.«

Ich erhasche noch einen Blick ihres verstörten Antlitzes und wie ihr Gesicht eine leicht rötliche Färbung annimmt bei Bradleys schonungslosen Worten. Tja, Süße, nicht nur ich trete ab und an in Fettnäpfchen, auch Bradley schafft das ganz vorzüglich.

Die Augen verdrehend, aber mir jeglichen Kommentar ersparend, um Erin nicht noch mehr in Verlegenheit zu bringen, folge ich ihnen.

Dem Wachmann gegenüber kann ich mir aber ein ironisches »Danke, Mann« nicht verkneifen. Wer hat uns auch sonst an Bradley verpfiffen? Der junge Mann hat zumindest den Anstand, betreten zu Boden zu schauen.

Mir bleibt jetzt nichts anderes zu tun, außer wie ein Depp hinter den zweien herzulaufen, wobei die Aussicht auf ihre verführerische Kehrseite auch nicht zu verachten ist. So folge ich ihnen, meine Gedanken bei der verführerischen Frau vor mir, aus der ich einfach nicht schlau werde.

6. KAPITEL

Erin

Die Sonne beginnt langsam aufzugehen, die Stirn gegen das kühle Glas des Fensters gepresst starre ich nach unten auf die nahezu leere Straße. Erste Jogger drehen ihre Runden.

Was war das gestern für ein verrückter Abend. Die Ausstellung, das Aufeinandertreffen mit meinem nächsten Ziel Tom Baker, dem ich am liebsten an Ort und Stelle das Herz aus der Brust gerissen hätte. Das Kennenlernen von Bradley Davis, einem begnadeten Künstler, was Metall betrifft, der auch immer wieder Motorradkomponenten in seine Werke miteinbezieht, und dann noch der Mann, der für den ganzen Schlamassel, der sich in meinem Leben derzeit abspielt, zuständig ist.

Und diese verdammte Besenkammer. Leicht schlage ich mit der Stirn gegen das Fensterglas. Auf der Hinfahrt habe ich mir noch geschworen, mich nach diesem Abend nur mehr auf meine fehlenden Ziele zu konzentrieren, und was mache ich? Das genaue Gegenteil. Der Kerl hat mich überrumpelt und etwas in mir freigesetzt. Wenn wir nicht unterbrochen worden wären, ich hätte die Stärke, mich von ihm zu lösen, nicht gehabt, ich hätte mich dort an der Tür von ihm nehmen lassen.

Hart, tief und leidenschaftlich, denn das versprach bereits unser Kuss, nachdem ich ihn aus dem Ruder laufen ließ. Nicht Ruark, nein, ich. Ich habe keine Ahnung, wie es dazu gekommen ist, dass– anstatt meine Hände gegen seine Brust und somit ihn wegzudrücken – sie sich auf einmal auf seinem Kopf vergruben, in seinen kurzen Haaren befunden haben. Und genau das Gegenteil getan haben, ihn näher herangezogen haben. Der Kuss war so unfassbar heiß, ich wollte sofort mehr.

»Scheibenkleister, verdammt«, rufe ich aufgebracht und stürme aus meiner Wohnung nach unten. Ich muss etwas tun. Denn mich weiter mit ihm und den leidenschaftlichen Küssen auseinanderzusetzen macht die Situation auch nicht besser. Wenn er wenigstens nach diesem Kuss aus meinen Gedanken verschwunden wäre. Aber nein, immer öfter denke ich an ihn.

Du kannst nicht vor deinen erwachenden Gefühlen davonlaufen, Koboldmädchen. Du musst dir eingestehen, dass du ihn willst.

Wütend schnappe ich mir das Putzzeug und lasse meine Wut und Rastlosigkeit an dem Dreck, der sich in einer Werkstatt nun mal zwangsläufig ansammelt, aus. Es ist eigentlich immer sauber in dieser Werkstatt, denn ich hasse Unordnung in meinem Arbeitsbereich.

»Wow, Boss, eröffnest du hier ein Restaurant oder was? Hier könnte man ja vom Boden essen.«

Die Stimme von Leo reißt mich aus meinem Putzwahn. Ein Blick auf die Uhr zeigt mir, dass ich bereits seit vier Stunden hier unten wüte, und noch immer ist meine Rastlosigkeit nicht verraucht. Dafür können wir jetzt sogar vom Boden essen, so besessen war ich in meinem Putzwahn.

»Ich drehe eine Runde mit der Maschine. Die Aufträge sollten klar sein, ansonsten … ihr macht das schon.«

Ohne mich weiter um sie zu kümmern, gehe ich nach oben, um mir meine Motorradmontur anzuziehen. In meiner heutigen Verfassung brauche ich es schnell und riskant, da ist es besser, auf Nummer sicher zu gehen und mich zumindest einigermaßen zu schützen.

Als ich wieder nach unten komme, sehen mich die Jungs fragend an. Ich setze ein gezwungenes Lächeln auf, was sie nur noch besorgter dreinschauen lässt. Natürlich, sie kennen mich so nicht. Ich bin kühl und nicht brodelnd so wie jetzt. Trotzdem gehe ich auf meine Ninja zu, jede Erklärung, die ich ihnen geben könnte, wäre bloß eine Lüge. Darum lasse ich es gleich bleiben.

Ich schwinge mich auf meine Höllenmaschine, denn genau das ist sie. Sie verzeiht keine Fehler, ist unberechenbar. Das Vibrieren unter mir lässt mich lächeln. Adrenalin pulsiert durch meinen Körper. O ja, genau das brauche ich jetzt. Ich drehe den Gashebel und schieße nach vorn. Vor der Einfahrt bremse ich. Es herrscht zwar noch nicht viel Verkehr, aber es wäre nett, wenn ich nicht gleich in meiner Ausfahrt von einem Auto angerempelt werde.

Die Straße ist frei, ich biege auf die Hauptstraße ab. Im Rückspiegel nehme ich eine weitere Maschine wahr. Sie beschleunigt, biegt nicht zur Werkstatt ab, schließt zu mir auf, Unruhe erfasst mich.

Ich halte mich noch an die Geschwindigkeitsbegrenzung. Auf ein Zusammentreffen mit den Bullen kann ich heute verzichten, außerdem dauert es nicht mehr lange und ich kann meinen Geschwindigkeitsrausch endlich ausleben. Nur noch ein paar Meilen.

Als die andere Maschine weiter aufgeschlossen hat, erkenne ich die violetten Farbakzente darauf. Mist, das ist Ruark. Und jetzt?

Scheibenkleister, ich kann hier doch keine Verfolgungsjagd inszenieren. Und darauf würde es hinauslaufen, das verrät mir mein Instinkt, dem ich zwar in seiner Nähe nicht wirklich vertraue, aber außer Acht lassen kann ich ihn auch nicht.

Zähneknirschend beschließe ich, weiter an meiner Route festzuhalten. Vielleicht ist es nur Zufall, dass er an der Werkstatt vorbeikam, und er wollte gar nicht zu mir. Während ich mich mit diesem Gedanken befasse, ist mir klar, wie blödsinnig dieser Gedanke ist. Es gibt viele schönere Gegenden und Straßen, die aus der Stadt führen, an denen Ruark vorbeikommt, da bin ich mir sicher. Ohne den Umweg über meine Wohnung zu machen.

Und wenn er mir folgt, kann ich ihm noch einmal verdeutlichen, was ich von seiner Aufdringlichkeit halte. Nämlich gar nichts. Er soll sich jemanden suchen, der besser zu ihm passt. Auch wenn es keine Rolle spielt, ist mir bei der Ausstellung bewusst geworden, wie wenig ich zu Ruark passe, dem angesehenen Staatsanwalt. Er kann mit seinem charmanten Auftreten, der Intelligenz, die unübersehbar in seinen rauchgrauen Augen erkennbar ist, diesem Wahnsinnskörper und dann auch noch dem Wissen um seinen Reichtum, der so unübersehbar aus ihm spricht, obwohl er nicht damit prahlt, an jedem Finger zehn, wenn nicht sogar eher zwanzig Frauen haben.

Daher verstehe ich auch nicht, warum er sich um eine kratzbürstige Mechanikerin bemüht, die ihm das Leben nicht gerade einfach macht. Wie komme ich schon wieder auf diese Gedanken, ich muss mir diesen Kerl ein für alle Mal aus dem Kopf schlagen. Ich bin so kurz vor dem Ziel, ich darf mir keine Ablenkung erlauben.

Ach Koboldmädchen, belüg dich nur selbst, höre ich Andrews Stimme in meinem Kopf, als stünde er direkt neben mir. *Wie lange willst du noch vor der Wahrheit fliehen? Dieser Mann lässt dich brodeln, so wie du es dir gewünscht hast. Er entfacht eine Leidenschaft in dir, die mir völlig fremd war, die du dir aber so sehr gewünscht hast.*

Eine Hupe reißt mich aus meinen Gedanken. Scheiße, hart ziehe ich an der Bremse und komme mit Mühe, meine Maschine gerade noch so unter

Kontrolle haltend, hinter einem Auto zum Stehen. Das war verdammt knapp. Ich war so in Gedanken versunken, dass ich nicht auf die Umgebung geachtet habe und fast einen Auffahrunfall verursacht hätte.

Neben mir kommt Ruark mit seiner Maschine zum Stehen und reißt das Visier seines Helmes nach oben.

»Scheiße, Erin, was soll das? Willst du dich umbringen, nur damit du Ruhe vor mir hast?«

Erbost öffne auch ich die Klappe des Visieres, um ihm eine schnippische Antwort zu geben.

»Ja, verdammt, ich war ehrlich versucht, genau das zu tun. Wieso verfolgst du mich? Ich habe dir doch deutlich zu verstehen gegeben, dass ich nichts von dir will.«

»So empfindest du das? Vergiss es, du wirst mit mir darüber reden, was gestern passiert ist. So leicht lasse ich dich nicht vom Haken.«

»Das könnte dir so passen, ich fahre alleine und wir haben nichts miteinander zu bereden.«

Ohne mich eines weiteren Blickes zu würdigen, klappt Ruark sein Visier wieder nach unten, würdigt mich keiner Antwort.

Murrend mache ich es ihm nach. Die Fahrzeuge vor uns setzen sich wieder in Bewegung. Für einen Moment bin ich versucht, Vollgas zu geben und vor ihm zu flüchten. Doch ich lasse es bleiben, ich werde mich ihm stellen müssen und ihm dann ein für alle Mal klarmachen, dass er mich in Ruhe lassen soll. Ich ärgere mich selbst über mich, dass ich mich dazu direkt animieren muss. Verdammt, ich habe eine Mission zu erfüllen und keine Zeit für diesen Scheiß.

Während ich auf den Highway auffahre, der uns endlich raus aus der Stadt bringt – denn natürlich fährt Ruark knapp hinter mir her –, höre ich Andrews amüsiertes Lachen in meinem Kopf.

Nach kurzer Zeit nehme ich Ruark nicht mehr wirklich als Komplikation für meinen Trip wahr; zu sehr genieße ich das Vibrieren des starken Motors unter mir und den Rausch der Geschwindigkeit. Meine Gefühle kommen zur Ruhe, die unglaubliche Weite, die wenigen Fahrzeuge, die uns unterkommen, lassen mich – zumindest für kurze Zeit – alle Sorgen vergessen.

Der Himmel stellt sich strahlend blau dar, um uns die Hügellandschaft, die Straßen, die sich schier endlos durch diese Weite ziehen. Um nichts möchte ich diese Momente missen. Auf meiner Maschine in dieser einsamen Landschaft bin ich eins mit mir.

Zu schnell für mein Empfinden erreiche ich die Abzweigung, die mich weiter ins Hinterland führt, und somit auch ihn. Kurz hadere ich mit mir, denn dieser Platz ist mein persönlicher Rückzugsort vor der Welt. Zurückfahren oder einen anderen ruhigen Platz ansteuern widerstrebt mir ebenfalls. Ich nehme die Hand vom Gashebel, setze den Blinker und fahre raus. Ruark folgt mir. Nach ihm umsehen muss ich mich nicht. Wenn ihn das Wummern des Motors nicht verraten würde, dann seine Präsenz.

Die Flora wird immer üppiger, bis wir an dichten Wäldern vorbeikommen. Wir schlagen den Weg zu einem versteckten Pfad ein, langsam und vorsichtig lenke ich meine Maschine darüber. Unsere Ninjas sind für diese Bodenbeschaffenheit nicht geeignet. Unterschwellig bin ich beeindruckt von Ruarks Fahrkünsten, es ist nicht einfach, mit mir mitzuhalten.

Der Weg öffnet sich langsam wieder, die Vegetation gibt eine wunderschöne kleine Lichtung frei. Ich lasse den Motor verstummen, die Vibrationen enden. Den Helm abnehmend, blicke ich mich um, eine ruhige Stille tritt ein. Nur unterbrochen von dem Gezwitscher der Vögel, dem Summen der Insekten um uns herum und dem sanften Plätschern des Baches, der sich durch die Lichtung schlängelt. Tief atme ich die kühle Luft ein. Der Geruch nach Erde und feuchtem Gras lässt mich den Frieden dieses Ortes schmecken. Meine Gedanken, die sich zuvor bewegt haben wie in einem Karussell, werden ruhiger.

»Es ist wunderschön hier.«

»Ja, das ist es.«

Ich schwinge mich von meinem Bike und gehe auf die Trauerweide zu, die direkt am Bachufer steht. Sie erinnert mich ein wenig an den Baum in diesem Kinderfilm mit der indianischen Einwohnerin und dem englischen Eroberer.

Ruark schließt auf, geht dicht neben mir, unsere Finger berühren sich. Wie von selbst finden sie zueinander, verschränken sich. Ein angenehmes Kribbeln geht durch diese Stelle und dann weiter durch meinen ganzen Körper. Ich fühle mich mit diesem Mann verbunden. Auch wenn es mir schwerfällt, diese Wahrheit vor mir selbst zuzugeben. Denn genauso unumstößlich ist die Tatsache, dass ich – was auch immer das hier ist – es beenden muss, bevor es größere

Ausmaße annimmt, noch heute. Denn warum ich ihm meine Hand reiche, ist mir unverständlich. Mein Körper handelt selbstständig, ohne mein wissentliches Zutun, das ist gefährlich.

Ein großer flacher Felsbrocken ragt in den Bach hinein. Ruark zieht seine Lederjacke aus, nur widerwillig trennen sich unsere Finger. Dieser Augenblick reicht aus, um mich leer und unvollständig zu fühlen. Wir setzen uns auf die Jacke, die Ruark als Schutz auf dem Felsen für uns ausgebreitet hat. Sofort ergreift er wieder meine Hand und ich fühle mich ganz.

Was für ein dummer Gedanke, oder? Ich verdränge alles Negative, die Welt holt mich früh genug ein.

Hier sitzen wir, schweigend, umgeben von der nahezu unberührten Natur. Lauschen den Vögeln und Insekten und dem Plätschern des Baches. Ich will den Moment auskosten, diese Nähe, das Gefühl der Zugehörigkeit. Ich lehne meinen Kopf an seine breite Schulter und bin einfach nur. Ruark verschränkt seine Finger fester mit meinen. Sein zufriedenes Brummen dringt an mein Ohr und lässt mich leicht schmunzeln, enger drücke ich mich an ihn. Ruarks Hitze geht auf mich über. Ich weiß nicht, wie lange wir hier schweigend sitzen, die Nähe des anderen genießend.

***

Ruark

»Warum bist du gestern abgehauen?«

»Weil das zwischen uns nicht funktionieren wird.«

»Jetzt gerade funktioniert es doch ausgesprochen gut.«

Das genervte Schnauben, welches ihr entkommt, belehrt mich eines Besseren – obwohl sie noch kein Wort gesagt hat, was sich aber mit Sicherheit gleich ändern wird. Im Stillen verfluche ich mich, nicht den Mund gehalten zu haben. Und unsere scheinbar schweigende Übereinkunft gebrochen haben. Fuck.

»Wieso musst du deinen Mund aufmachen? Wenn du still bist, ist es viel angenehmer mit dir.«

»Sag nicht, du magst meinen Mund nicht, gestern zum Beispiel fandest du ihn alles andere als unangenehm.« Wenn das hier schon in einer Diskussion enden sollte, dann aber bitte richtig. Außerdem kann ich nicht genug von ihrem Anblick bekommen, wenn sie wütend ist. Ihr kämpferischer Ausdruck, das leicht vorgereckte Kinn und die blitzenden sturmblauen Augen.

Erin richtet sich auf, was mir gar nicht gefällt, denn so verringert sich unser Kontakt. Wütend will sie mir auch ihre Hand entreißen, doch das lasse ich nicht zu. Mein Gefühl sagt mir, sie wird wieder vor mir flüchten, und ich habe absolut keine Lust, ihr nachzujagen. Vor allem, wenn der Ausgang dieser Jagd alles andere als sicher ist.

Die kleine Kratzbürste reißt hart an meiner Hand und steht bereits auf dem Boden in dem Versuch, so leichter von mir loszukommen.

»Lass mich auf der Stelle los oder du wirst es bereuen!« Das Grollen in ihrer Stimme finde ich ausgesprochen niedlich.

»Komm mal runter, ich lasse dich nicht wieder

abhauen. Erspare uns das Drama und benimm dich wie eine Erwachsene.«

Ich habe keine Ahnung, welcher Teufel mich reitet, anstatt Erin zu beschwichtigen und mich bei ihr für meinen dummen Kommentar zu entschuldige, sie weiter herauszufordern.

»Was bildest du dir ein? Lass mich auf der Stelle los.«

Anstatt ihrer Aufforderung nachzukommen, rutsche ich ebenfalls vom Felsen und fange ihr anderes Handgelenk ein. Damit hat sie wohl nicht gerechnet, denn ihre Bemühungen, sich aus meinem Griff zu winden, nehmen zu.

Leicht zuckt es um meine Mundwinkel. Mich würde es nicht wundern, wenn im nächsten Moment Dampf aus ihren Ohren quellen würde, so angepisst sieht sie aus.

»Du hast drei Sekunden Zeit, um mich loszulassen.«

»Oder was?« Das Grinsen kann ich nicht aus meiner Stimme raushalten.

»Das wirst du dann schon sehen.« Sie hat aufgehört, gegen mich anzukämpfen, ihre Stimme ist ruhig und beherrscht, als sie zu zählen beginnt.

»Drei.« Denkt sie wirklich, sie kann mich damit einschüchtern?

»Zwei.« Ihre Stimme ist noch eine Nuance schneidender geworden.

»Eins.« Der Ausdruck in ihren Augen und ihre geänderte Körperspannung lassen mich wachsam werden. Erin spielt nicht. Fast zu spät begreife ich, dass ich einen Fehler begangen habe, sie zu unterschätzen.

Erin versucht mir hart zwischen die Füße zu treten. Im letzten Moment kann ich ausweichen, stattdessen trifft sie meinen rechten Oberschenkel. Es fühlt sich an, als würde mich ein Hammer treffen. Trotzdem lasse ich sie nicht los.

»Fuck, sag mal, spinnst du?«, entfährt es mir aufgebracht.

»Lass mich los oder ich tue dir ernsthaft weh, und das möchte ich eigentlich vermeiden.«

»Beruhig dich, verdammt noch mal.«

»Dann lass mich los. Letzte Chance.«

Ich weiß, dass mein nächster Satz Erin provoziert, mich erneut anzugreifen. Aber mittlerweile bin auch ich leicht angepisst, denn ich verstehe ihre Reaktion nicht. Vor ein paar Minuten war sie noch ein anschmiegsames Kätzchen, und jetzt wirkt sie wie eine ausgewachsene Berglöwin.

»Bitte, mit deinen niedlichen Selbstverteidigungstricks kommst du bei mir nicht weit«, schnaube ich verächtlich.

Ich habe mir schon gedacht, dass das nicht alles war, mit dem, was kommt, überrascht sie mich erneut.

Erin geht auf mich los wie eine Wahnsinnige, sie tritt, versucht sich in meinem Griff zu drehen. Mit Mühe kann ich sie halten, und doch schafft sie es, eine Hand wegzureißen, ihr Ellenbogen trifft mich hart in den Magen.

Mein gestöhntes »Uff« bei dem Treffer lässt sie lächeln. Und stachelt mich an. Ich kann mich nicht von einer Frau verprügeln lassen. Es wird Zeit, mich mehr auf ihre Attacken als auf ihren verführerischen Körper zu konzentrieren.

»Na warte«, kommt es geknurrt über meine Lippen.

»Worauf denn?« Erin klingt selbstgefällig.

Schon startet sie eine neue Attacke, im letzten Moment weiche ich ihrer Faust aus, nur um ihr einen harten Stoß vor die Brust zu verpassen. Mein Vorteil besteht in der weiteren Reichweite meines freien Armes und der Hand, die ihre nach wie vor umschlossen hält. Erin taumelt zurück, ruckartig ziehe ich sie jedoch sofort näher an mich heran. Sie versucht mich von den Füßen zu reißen, indem sie einen harten Kick gegen meinen Unterschenkel ausführt. Egal wie hartnäckig sie versucht, von mir fortzukommen, ich lasse sie nicht los. Immer weiter weiche ich zurück, bis ich den unebenen Untergrund des Baches spüre.

Wir rangeln sicher seit einigen Minuten, denn unser beider Atem geht schwer, unsere Brustkörbe heben und senken sich rasch. Das Blut donnert durch meinen Körper, genauso wie das Adrenalin. Wenn ich nicht so angepisst über Erins Verhalten wäre, würde ich dieses Sparring mit ihr genießen. Doch so überschlagen sich in meinen Gedanken die Möglichkeiten, wie ich dieses Kräftemessen am schnellsten beenden kann. Da kommt mir eine Idee – zwar etwas riskant, aber in der Hoffnung, dass sie nicht vor mir davonlaufen kann, wenn ich sie richtig umsetze, denn mit klatschnassen Sachen lässt es sich nicht so toll fahren.

Der Bach hat gut einen Meter Tiefe. Wenn Erin

mich nicht ertränkt – das hoffe ich dann doch nicht, egal wie angepisst sie auf mich ist –, ist es meine Chance, sie zum Bleiben zu bewegen.

Ich mache einen weiteren Schritt nach hinten, das Wasser ist bereits knöcheltief. Erin sieht ihre Chance gekommen und versucht mich mit Schwung zu treffen, darauf habe ich aber nur gewartet. Anstatt mich ihr entgegenzustellen, lasse ich mich treffen und ziehe eine überrascht dreinblickende Erin mit mir. Sie reißt ihre wunderschönen Augen auf, während ich ihr ein schmerzerfülltes Lächeln schenke, denn der letzte Schwinger war alles andere als ohne, bevor wir mit lautem Platschen untergehen.

Prustend kommen wir beide wieder hoch.

»Spinnst du?«, fährt mich die jetzt patschnasse Erin empört an.

Lachend blicke ich sie an.

»Was denn, diese Abkühlung hat uns beiden gutgetan.« Ihr verdatterter Gesichtsausdruck lässt mich in lautes Lachen ausbrechen. Sie sieht so unglaublich jung und süß aus, und ich fühle mich in ihrer Nähe so unfassbar gut.

»Das ist nicht lustig.«

»Doch, das ist es.« Nur mit Mühe bringe ich diese Worte irgendwie zwischen Luftschnappen, Wasserhusten und tränenlachend raus. Mein Lachen scheint ansteckend zu sein, auch Erin fällt darin ein und mein Herz setzt für einen Schlag aus bei diesem Anblick. Sie ist perfekt.

Sobald dieser Gedanke durch mich hindurchschießt, ändert sich die Atmosphäre um uns herum.

Unser Blicke verhaken sich ineinander. Ich sehe nur noch Erin, ihre tropfenden Haare, das gerötete Gesicht, die leicht geöffneten roten Lippen und diese funkelnden blauen Augen, in denen ich mich zu gerne verlieren würde.

Wieder ergreife ich ihre Hand, Erin kommt mir entgegen, verflicht ihre Finger mit meinen. Ich senke meinen Kopf, mit der anderen Hand streife ich über ihre geöffneten Lippen, bevor ich an ihren Hinterkopf greife. Sie reckt sich mir entgegen, ich sehe das Verlangen in ihrem Blick, das auch tief in mir brennt.

Unsere Münder treffen aufeinander, sie schmeckt kühl und heiß zugleich. Nach Frische und Freiheit. Ich lasse meine Zunge tief in ihren Mund gleiten, spiele mit ihrer, necke sie. Mein Faden des Ehrgefühls wird gleich reißen, denn hier hält mich nichts und niemand zurück. *Außer dir, aber du machst mir nicht den Anschein, als würdest du zurückweichen, nicht heute. In dir brennt dasselbe Verlangen wie in mir.*

Erin schlingt ihre Beine um meine Hüften, sie lässt meine Hand los, vergräbt sie stattdessen in meinen kurzen Haaren. Mein Schwanz ist bereits steinhart, er drückt schmerzhaft gegen die Hose. Ohne Erin loszulassen, manövriere ich uns aus dem Bach und versuche so gut es geht das Gleichgewicht zu halten, um nicht erneut – aber diesmal unfreiwillig – in das scheißkalte Nass zu stürzen. Kaum habe ich festen Grund unter meinen Füßen, schälen wir uns aus unseren Klamotten, begleitet von einigen deftigen Flüchen. Die Sachen kleben förmlich an unseren Körpern und machen es uns nicht gerade einfach, sie loszuwerden. Einzig meine Jacke liegt noch verloren und trocken auf dem Felsen. Ich schnappe sie mir mit einer hektischen Bewegung, schmeiße sie auf den Wiesenboden. Ich greife mir Erin und lasse sie darauf nieder.

Der Kontrast unserer nassen und vom Wasser gekühlten Haut und der Hitze unserer Leidenschaft lässt uns erneut übereinander herfallen. Haut auf Haut, Lippen auf Lippen, unsere Zungen tanzen miteinander, necken sich. Wir berühren uns wie zwei Verdurstende, können nicht genug voneinander bekommen. Ich streiche über ihre Arme und Hüften, knete ihre hübschen Brüste zwischen meinen Fingern, streife dabei auch über die Brustspitzen, die sich mir neckisch entgegenrecken. Ich lasse von ihren Lippen ab, widme mich stattdessen den kleinen harten Spitzen, lecke darüber, was Erin wohlig erschauern lässt. Doch dabei belasse ich es nicht, ich kann nicht widerstehen und zwicke hinein. Ein kleiner Schrei entkommt ihren Lippen, Erin bäumt sich mir entgegen.

»Verdammt, das hat wehgetan.«

»Und ich bin mir sicher, du hast es genossen.«

Erins Wangen nehmen einen entzückenderen roten Farbton an, als sie ohnehin schon hatten. Ich werte es als Zustimmung, senke meinen Kopf erneut und lasse ihrer anderen Brustspitze die gleiche Behandlung zuteil werden. Diesmal entweicht ihr ein Stöhnen. Ein erneuter Blick in Erins Augen bestätigt meine Vermutung, noch bevor meine Hand ihre Scham erreicht und die samtige Feuchte, die ihre Klit umgibt, ertastet.

»Erin, wenn du das hier nicht möchtest, sag mir, dass ich aufhören soll.«

Sie blickt mich bloß an, sagt kein Wort, ihre Brust hebt und senkt sich rasch, auch ihre Atmung ist beschleunigt.

Ich tauche mit zwei Fingern in ihre Spalte ein, sie ist so eng, dass ich sie mit den zweien schon aufdehne; ich bewege sie vorsichtig rein und raus. Ihr Wimmern klingt wie Musik in meinen Ohren. Mein Schwanz zuckt in freudiger Erwartung, verlangt danach, sich in Erins Spalte zu versenken.

»Rede mit mir, sag mir, dass du es willst.« Wie zur Drohung ziehe ich meine Finger aus ihr, lasse sie neckisch und ganz leicht über ihren Kitzler gleiten. Das ist dem Kätzchen zu wenig, sie reckt mir ihr Becken entgegen. Mit dem letzten Rest Beherrschung, die in mir verblieben ist, warte ich ab. Ich brauche ihre Einwilligung, Erin muss es einfach aussprechen, dass sie es genauso sehr will wie ich.

»Du kannst mich hier doch nicht einfach so hängen lassen«, jammert sie mir vor.

»O doch, das kann ich, also sag es, verdammt.«

»Ruark, willst du wirklich jetzt aufhören?«

»Nein, natürlich nicht, aber ich werde nicht ohne dein Einverständnis über dich herfallen, also sag es verfickt noch mal.«

Das brennende Verlangen in ihren Augen lässt mich schwach werden, in letzter Sekunde kommt sie mir zuvor.

»Bitte, ja, ich will es genauso sehr wie du. Ich will dich in mir spüren.«

Knurrend packe ich ihre Beine, schiebe mich dazwischen. Erneut hebt sie ihr Becken an, kommt mir voller Verlangen entgegen. Ich setze meinen Schaft an ihrem Eingang an; aufreizend bewegt Erin ihre Hüften, will mich dazu verleiten, schon in sie einzudringen. Einen letzten Moment kann ich noch innehalten und den Anblick, der sich mir bietet, genießen. Meine Hände grabe ich hart in ihre Hüften, während ich mich mit einem brutalen Stoß in ihr versenke.

Erstickt schreit sie auf, als ich ihre samtene Enge dehne und mich tief in ihr vergrabe.

»Verdammt, du bist viel zu groß und es ist viel zu lange her.«

Ihr Geständnis lässt mich innerlich jubilieren. Es gefällt mir, dass sie vor mir schon lange niemanden mehr gehabt hat. Ich gebe ihr ein paar Sekunden, um sich an meinen harten großen Schwanz zu gewöhnen. Ihre inneren Muskeln zucken um mich, ich spüre es bis in die kleinste Zelle meines Körpers.

»Bitte«, kommt es wimmernd von Erin. Scheiße, wenn sie jetzt sagt, ich soll aufhören, werde ich es natürlich tun, aber ich will es nicht.

»Bitte mehr.« Erleichtert atme ich bei ihren Worten aus. Ein Blick in ihr Gesicht überzeugt mich, dass sie es wirklich ernst meint.

Ich ziehe mich ein kleines bisschen aus ihr zurück, nur um mich gleich wieder in sie zu schieben. Vor und zurück, zuerst langsam, doch dann immer schneller und härter. Erins lustvolle kleine Schreie spornen mich an. Haut klatscht auf Haut, Erin umhüllt mich, stöhnend treiben wir uns immer weiter. Ich halte sie fest bei ihren Hüften gepackt, während sie mir die Nägel in den Rücken rammt, um sich an mir festzukrallen. Wir bewegen uns in einen Rhythmus, der so alt ist wie die Welt selbst, den Blick nach wie vor aufeinander gerichtet. Erins Mitte beginnt zu zucken, so wie auch mein Schwanz, ich kann das Sperma bereits spüren, das sich seinen Weg bahnt, um sie zu zeichnen. Erin kommt mit einem Wimmern, was meinen Körper dazu bringt, ebenfalls zu kommen. Es schießt explosionsartig aus mir heraus, ich komme mit einem animalischen Schrei, mein Penis wird von ihren Muskelkontraktionen schier gemolken. Schwer atmend breche ich zusammen. Ich drehe mich mit Erin in den Armen, sodass sie auf mir zu liegen kommt, während die letzten Zuckungen der Orgasmen noch durch unsere Körper wandern.

Keiner von uns sagt ein Wort, ich spüre ihren schnellen Herzschlag an meiner Brust und lausche meinem eigenen donnernden Herzen. Sie so nah bei mir zu fühlen beruhigt mich, lässt mich schläfrig werden. Immerhin habe ich in der Nacht nicht viel geschlafen, zu sehr haben meine Gedanken wegen dieser zierlichen Person verrücktgespielt.

Der Wind streicht wohltuend über unsere erhitzte Haut, die Sonne scheint auf uns herab, die Laute der Natur nehme ich wieder bewusster wahr. Mit dem Wissen, dass ich das hier wiederholen muss und dass ich diese Frau so schnell nicht wieder aus den Augen lassen darf, schlafe ich ein.

7. KAPITEL

Erin

Wie zum Teufel konnte das passieren? Ratlos sitze ich auf dem Felsen und blicke in die Ferne. Habe ich irgendwas nicht mitbekommen und bin mit dem Kopf irgendwo gegen geknallt oder habe ich einen giftigen Pilz hier draußen gegessen? Anders kann ich mir nicht erklären, weshalb ich schon wieder gegen meinen Plan und die aufgestellten Regeln verstoßen habe.

Zum einen bin ich noch hier, und zum anderen habe ich Ruark nicht zu verstehen gegeben, dass das mit uns nicht funktioniert und er Leine ziehen soll.

Nein, stattdessen haben wir Sex gehabt, heißen, Vernunft verzehrenden Sex. Ich spüre ihn jetzt noch in mir, und allein der Gedanke daran reicht aus, dass meine Mitte vor erneutem Verlangen zu pochen beginnt.

Was mache ich jetzt?

»Hey, wieso siehst du so nachdenklich aus?« Ruark tritt nahezu lautlos an mich heran, zu sehr bin ich in meine Gedanken vertieft gewesen, um ihn zu bemerken. Er haucht mir einen Kuss in die Kuhle zwischen Nacken und Hals. Mein Körper erschauert wohlig unter dieser zarten Berührung. Erneut durchflutet mich Verlangen nach diesem Mann, der sich hinter mich auf den Felsen setzt und mich umschlingt. Sein durchtrainierter Oberkörper berührt meinen Rücken, seine sehnigen Oberschenkel pressen sich gegen meine. Ich spanne mich an, versuche so, ihn auf Distanz zu halten. Sein raues Lachen dringt zu mir durch. Locker umschlingt er mich mit seinen Armen, hält mich fest. Ein Gewicht legt sich auf meine linke Schulter, denn darauf bettet er seinen Kopf. Nun liegen auch unsere Wangen aneinander.

Ein frustrierter Seufzer entkommt mir, bevor ich mich entspanne und Ruark mich noch eine Spur enger an sich zieht. Innerlich schelte ich mich eine Idiotin, denn diese Nähe macht eine Abgrenzung nicht einfacher. Weshalb mir die Kraft fehlt, ihm zu widerstehen, kann ich nicht beantworten, mal wieder.

Seine Nähe fühlt sich so unglaublich gut an, genauso wie dieser Ort. Vielleicht lasse ich deswegen meine Deckung so weit unten, versuche ich mir einzureden. Irgendwie gelingt mir dieser Selbstbetrug eher schlecht als recht, denn auch wenn wir uns nicht hier befinden, ist er mir schon zu nahe gekommen und ich habe nichts dagegen tun können. Nicht nur einmal, sondern immer und immer wieder. Wie gut es sich anfühlt, hier bei ihm zu sein. Seinen Geruch in mich aufzunehmen, ihn beschützend in meinem Rücken zu wissen. Ich weiß nicht, was das zwischen uns ist, denn ich will ja eigentlich nichts von ihm, und doch muss ich mir eingestehen, dass er viele Eigenschaften hat, die mich dazu bringen können, dass ich mich in ihn verliebe. Wäre da nicht meine Rache, meine Feinde zu töten, und mein Schwur, mein Herz vor dem erneuten Brechen zu beschützen.

»Woran denkst du? Ich kann spüren, dass du nicht mehr bei mir bist.«

»Ist dein Ego so groß, dass du immer im Mittelpunkt stehen musst?«

»Wenn es dich betrifft, Irish, ja, auf jeden Fall.«

»Du bist ja so gar nicht von dir überzeugt.«

»Normalerweise ja, versteh mich nicht falsch. Ich bin mir bewusst, dass ich ein paar kleine Macken habe, aber über die sehen die Damen normalerweise hinweg aufgrund meines Äußeren, meines Status und sicher auch wegen des Vermögens, das mir den Rücken stärkt, aber aus dir werde ich einfach nicht schlau. Du verpasst mir öfter einen Dämpfer, als mir lieb ist.«

»Ich sage ja… nicht eingebildet.« Meine Nackenhärchen richten sich auf bei den lachenden Tönen, die er von sich gibt. Verdammt, warum klinge ich bissiger als beabsichtigt? Mein Tonfall ist ihm nicht entgangen, was sein brummender, selbstzufriedener Laut bestätigt, der direkt an mein Ohr dringt, und sein Oberkörper an meinem Rücken vibriert. Es scheint, als wolle er mich damit beschwichtigen, oder ich habe einfach eine viel zu blühende Fantasie, was Ruark betrifft, bilde mir

Dinge ein und wünsche mir welche, die gar nicht da sind.

Ja, dieser Mann ist ein Frauenmagnet, das ist mir auch auf der Vernissage aufgefallen. Und selbst wenn sich dort nicht die Hälfte aller Frauen überschlagen hat, um seine Aufmerksamkeit zu erringen, müsste ich blind und auch taub sein. Aber das bin ich – in seinem Fall – leider nicht, sondern dummerweise allzu empfänglich.

»Du mit deinem Sturkopf kannst nur eine waschechte Irin sein.«

»Wie kommst du darauf?«

»Dein Name ist doch irisch. Oder irre ich mich etwas?«

»Nein, du hast recht, er kommt aus dem Irischen.«

»Es gibt ihn auch im Amerikanischen, aber die Bedeutung erscheint mir für dich nicht wirklich passend.«

Ein Schmunzeln kommt mir über die Lippen, denn ja, ich weiß, was mein Name hier bedeutet: kleine Elfe. Klein trifft es schon nicht gerade, und Elfe bin ich nun wirklich nicht.

»Deine Kampfsportkünste sind alles, nur nicht elfengleich. O Mann, ich werde einige blaue Flecken davontragen.« Seine Stimme nimmt einen gespielt weinerlichen Tonfall an; ich kann mich nicht mehr halten und beginne lauthals zu lachen.

»Hey, das ist nicht witzig.«, Er spricht in demselben Ton weiter, was mich nur noch lauter lachen lässt.

Zur Strafe zwickt mir Ruark mit seinen Zähnen in mein Ohrläppchen. Mein Körper reagiert daraufhin sofort mit einem gesteigerten Herzschlag, vor Verlangen ziehen sich meine inneren Muskeln ruckartig zusammen. Verdammter Scheibenkleister, dieser Mann hat so eine enorme Auswirkung auf mich, das ist schon direkt unheimlich.

»Da vergeht dir wohl dein Lachen, aber Strafe muss sein.« Ich kann seine grinsenden Lippen an meiner Wange spüren.

Empört schnappe ich nach Luft. Bevor ich über ihn herfalle – was mein Körper eindeutig begrüßen würde –, stelle ich ihm die Frage, die mir seit unserer Auseinandersetzung auf der Zunge liegt.

»Wo hast du so kämpfen gelernt?« Ich spüre, wie er sich in meinem Rücken strafft und die Schultern zuckt.

»Wo hast du so kämpfen gelernt, Irish?«

»Scheinbar wollen wir beide darüber nichts preisgeben.« Es wurmt mich, dass er mir nicht erzählt, wo er so kämpfen gelernt hat. Aber ich kann ihm das nicht wirklich vorhalten, immerhin will und werde ich genauso wenig preisgeben.

»Sieht so aus. Was ich aber zugeben kann, ist, dass ich selten eine Frau so gut kämpfen gesehen habe, und ich habe dich so was von unterschätzt. Ich dachte, du würdest ein bisschen Hausfrauenselbstverteidigung einsetzen. Dein kontrollierter Blick und deine gleichbleibende Atmung haben mir verraten, dass ich dich nicht unterschätzen darf.«

»Also hätte ich das kleine, zarte, ängstliche Elfchen spielen sollen, damit ich gegen dich gewonnen hätte?«

»Wahrscheinlich hättest du mir zu Anfang ein paar ganz schön fiese Treffer verpasst. Bis ich dich wirklich ernst genommen hätte. Dass du gegen mich gewonnen hättest, glaube ich nicht.«

»Und warum?« Ich bin neugierig auf seine Antwort. Natürlich ist mir während unseres Kampfes aufgefallen, dass er sich zurückgehalten hat, und ja, das hat mich noch wütender gemacht und mich härter angreifen lassen als eigentlich beabsichtigt.

Ich darf diesen Mann nicht unterschätzen. Seine geschliffene Fassade verbirgt unglaublich viel, das wird mir mit jedem Aufeinandertreffen bewusster.

»Weil ich immer darauf bedacht gewesen bin, dich nicht zu verletzen. Aber dem warst du dir bewusst. Du hingegen hast dich ab einem gewissen Punkt nicht mehr wirklich zurückgehalten – oder irre ich mich, Irish?«

»Nein.« Was soll ich auch darauf entgegnen, er hat recht. Täuschen kann ich ihn nicht mehr. Es stellt sich mir die Frage, ob ich diesem Mann in einer erneuten Auseinandersetzung gewachsen bin. Wer ist dieser Mann? Und sollte er sich doch noch als mein Feind herausstellen, dann kann ich nur hoffen, weit von ihm entfernt zu sein und ihn mithilfe einer Kugel aufzuhalten.

Den Gedanken verdrängend kuschle ich mich enger an ihn, genieße die Hitze und Geborgenheit, die Ruark ausstrahlt. Zumindest noch für einen weiteren Moment, denn ich kann es nicht so weit kommen lassen, dass sich dieser Mann in mein Herz stiehlt. Und ich will mir nicht ausmalen, was passiert, wenn ich ihn erledigen muss.

Gib es zu, Koboldmädchen, dein Herz ist schon fast an ihn

verloren, so wie du es an mich nie verloren hast, und wenn du dich in ihm täuschst, dann wird es dich wirklich zerstören.

Der Schatten des Nachmittages fällt bereits auf uns, der aufkommende Wind lässt mich in meiner Nacktheit frösteln.

Ich greife nach meinen Klamotten, beginne, sie mir überzustreifen. Mit jedem Kleidungsstück, das ich anziehe, wird meine Schutzmauer, die ich gegen Ruark und mein Verlangen nach ihm errichte, stärker.

»Erin, schließ mich nicht aus.« Ernst blickt er mir in meine Augen.

»Es tut mir leid, Ruark, aber das mit uns macht keinen Sinn. Es ist besser, wenn sich unsere Wege trennen.«

»Besser für wen? Für mich sicher nicht, und ich glaube, auch nicht für dich. Oder willst du allen Ernstes abstreiten, dass da etwas ist zwischen uns? Ich will dich kennenlernen. Will wissen, ob das zwischen uns nur ein kurzes Intermezzo oder aber etwas Längerfristiges sein kann.« Seine Stimme klingt eindringlich in mir nach. Und eine gewisse verräterische Stelle in meiner Brust fliegt ihm förmlich zu, bevor ich mich zusammenreiße und mir, wie als Statement, den Reißverschluss der Motorradjacke bis oben hin zuziehe, um mir selbst zu beweisen, dass ich meine Schutzmauer vollständig nach oben gezogen habe.

Ärgerlich sieht Ruark zu mir her, die Hände vor der Brust verschränkt. Gott, dieser angepisste Ausdruck in seinem Gesicht … Zudem hat er es nicht für nötig empfunden, sich ebenfalls anzuziehen. Da steht er in seiner nackten, absolut heißen, mich zum Sabbern bringenden Pracht.

Mein Blick wandert an ihm hinab und bleibt auf seinem Penis hängen, der unter meinem Blick zu zucken beginnt. Ich lecke mir über die Lippen, sein Schwanz zuckt nun nicht mehr, sondern beginnt sich aufzurichten.

»Hör verdammt noch mal auf damit«, grollt er, was mir eine Gänsehaut beschert.

»Probleme?«, frage ich ihn zuckersüß.

»Ich schwöre dir, ich leg dich übers Knie, wenn du mich und ihn weiter so reizt. Wie soll ich mit erigiertem Schwanz in meine Hose steigen, das ist scheiß unbequem«, flucht er ungehalten, beginnt sich aber jetzt zumindest doch anzuziehen.

»Dein Sprachjargon passt eher zu einem Hafenarbeiter als zu einem Staatsanwalt«, flöte ich ungerührt weiter. Innerlich atme ich auf, denn die Zicke ist zurück, nichts erinnert mehr an die anschmiegsame Frau von vorhin.

»Treib es nicht auf die Spitze, Irish. Du wirst es sonst bereuen.«

»Nein, werde ich nicht, denn was auch immer du glaubst, was wir deiner Meinung nach haben, endet hier und jetzt.«

»Das ist nicht dein Ernst.«

»Doch, das ist es. Wir passen nicht zusammen, und ich habe keine Lust, meine Zeit mit dir zu verschwenden. Ich suche einen Mann, der zu mir passt, keinen reichen Anwalt, dem die Frauen nachlaufen und der nur auf der Suche nach einem Betthäschen ist und später nach einer Trophywife, die er stolz präsentieren kann.«

»Wow, für so oberflächlich schätzt du mich ein? Natürlich kann ich dir nicht ein Happily ever after versprechen, das wäre von mir auch nicht fair. Ich habe dir vorhin schon gesagt, dass ich gerne die Chance hätte, dich näher kennenzulernen.«

»Die Antwort bleibt dieselbe: Nein. Du bist zu glatt, und ich bin nur eine einfache Mechanikerin. Ich würde mich in deiner Welt nie wohlfühlen. Danke für den Sex, der war erstaunlich gut, das habe ich eigentlich nicht erwartet«, entgegne ich trocken.

Ungläubig schüttelt Ruark den Kopf.

»Habe ich mich in dir getäuscht? Bist du wirklich so eine gefühllose Bitch?«

Unter seinen Worten zucke ich leicht zusammen, und doch geben sie mir die Kraft, ihn weiter von mir wegzutreiben.

»Ich lasse mich von dir nicht beleidigen, das bestätigt mich nur in meiner Annahme, dass das mit uns nie was werden kann. Ich wünsche dir alles Gute. Ich hoffe für dich, du löschst meine Nummer.«

»Scheiße, Erin, so war das nicht gemeint, bitte.«

Ich werfe ihm noch einen verächtlichen Blick zu, schüttle den Kopf und wende mich von ihm ab. Ohne auf seine frustrierten Worte zu achten, schwinge ich mich auf mein Motorrad. Bevor ich mir den Helm überstülpe, werfe ich noch einen Blick auf meinen liebsten Ort, dem ab jetzt ein Makel anhaften wird.

Energisch starte ich meine Maschine und mache mich auf den Heimweg. Meine Sehnsüchte und den

Mann, der mir bereits zu nahegekommen ist, zurück-lassend. Scheiß drauf, ich habe ein Ziel, und das gilt es zu erfüllen. Ein Herz besitze ich ohnehin nicht mehr, das habe ich mit dir begraben, Andrew. Das, was ich fühle, ist wahrscheinlich der sogenannte Phantom-schmerz in meiner Brust, versuche ich mir zumindest einzureden, denn tief in mir weiß ich: Die Wahrheit sieht anders aus.

Ruark

Was sollte das? Sie lässt mich einfach so stehen, hier mitten im Nirgendwo. Läuft einfach so vor mir, vor uns, davon. Mit Mühe halte ich mich davon ab, mich auf meine Ninja zu schwingen und ihr nachzurasen. Stattdessen gehe ich zurück zu dem Felsen, grübelnd lasse ich mich darauf nieder, versuche mir über meine Gefühle klar zu werden.

Erin fasziniert mich, es stimmt, sie ist kein Vorzei-geweibchen, und ja, sie hat mit ihrer Behauptung ins Schwarze getroffen, wenn ich ehrlich bin. In den letzten Jahren ist mir mein Erfolg zu Kopf gestiegen. Über ein gesundes Selbstbewusstsein habe ich immer verfügt, das macht alleindas große finanzielle Polster in meinem Rücken, und ohne allzu eitel sein zu wollen, bestätigt mir die Damenwelt ein sehr gutes Aussehen. Ich bin zu oberflächlich geworden, zu versnobt, möglich, dass ich mich gerade deswegen zu Erin hinge-zogen fühle.

Sie ist keine Barbie, hat keine feinen Manieren. Sie ist echt, pure Weiblichkeit mit einem stählernen Rückgrat. Nicht zu wissen, was sie antreibt, macht mich irre. Ich gehe Geheimnissen leidenschaftlich gerne auf den Grund. Und Irish ist ein einziges Rätsel für mich. Sie hat sich so wunderbar in meinen Armen angefühlt, selbst ihre zickige Art macht mich an. Ihre selbstsichere Art, sich einem muskulösen einen Meter fünfundachtzig großen Mann in den Weg zu stellen mit der Absicht, ihn plattzumachen, tut dem auch keinen Abbruch.

Fuck, mein Schwanz regt sich, wenn ich nur daran denke, wie heiß sie dabei ausgesehen hat. Ihre Haltung, ihr Ausdruck, wenn ich nicht so schnell geschalten hätte, Erin hätte mich vermöbelt.

Seufzend reibe ich mir mit der Hand über die Stirn, und jetzt? Bin ich gewillt, das, was immer das zwischen uns ist, weiter voranzutreiben. Oder soll ich es so, wie sie es von mir verlangt hat, sein lassen?

Habe ich die Geduld, mich auf ein Kräftemessen mit ihr einzulassen, auch wenn ich nicht weiß, ob etwas draus werden kann oder besser werden soll?

Mist, verdammter, warum ist mein Auto an der Stelle damals verreckt und ich musste ausgerechnet bei ihrer Werkstatt vorbei. Hätte ich doch bloß ein Taxi angehalten oder einen anderen Weg eingeschlagen.

Es hilft ja alles nichts, zum Glück ist heute Samstag, aber ich muss trotzdem zurück in die Stadt. Schwerfällig erhebe ich mich und verziehe vor Schmerz das Gesicht. Das kleine Elfchen hat ganz schön Power in die Schläge gesteckt, da werde ich einige schmerzhafte blaue Flecken ausbrüten. Gemächlich schlendere ich zu meinem fahrbaren Untersatz. Leicht wehmütig verziehe ich mein Gesicht, dieser Ort wird mir auf jeden Fall in besonderer Erinnerung bleiben.

Was ich aber wegen Erin unternehmen soll, keine Ahnung. Grölend erwacht meine Maschine zum Leben und zaubert mir ein Lächeln auf die Lippen. Zu schnell beschleunige ich aus dem Stand, was die Ninja unter mir bocken lässt. Laut lache ich auf, während ich sie wieder unter meine Kontrolle bringe. Ich kenne die Antwort bereits, die ich mir vor ein paar Sekunden selbst nicht beantworten konnte. Ich stand noch nie auf leichte Siege und liebe die Herausforderung.

8. KAPITEL

Erin

Ob es eine gute Idee ist, meine Rache an Baker hier an diesem äußerst öffentlichen Ort durchzuführen, wird sich zeigen. Angestellte eines Cateringservices adrett in weiße Jacketts gekleidet mit navyfarbenen Stoffhosen. Die Frauen der Belegschaft tragen stattdessen navyfarbene Blousons und weiße knielange Röcke. Mein Plan war es, mich als eine Angestellte des Cateringunternehmens auszugeben. Der Kopfschuss, der dafür zuständig gewesen ist, dass ihre Anzahl erneut dezimiert worden ist, hat die Sicherheitsvorkehrungen der übrigen verschärfen lassen. Wie nicht anders zu erwarten.

Leider hat mich das Zusammentreffen mit Baker auf der Vernissage als Begleiterin von Ruark meinen Plan gekostet. Wenn er mich erkennt – und das wird er, dieser alte Widerling – und ich wäre als Angestellte hier erschienen, wäre ihm vielleicht zu früh aufgefallen, dass hier etwas verkehrt läuft für ihn.

Baker tritt als Redner auf und ehrt die erfolgreichsten neuen Start-up-Unternehmen in diesem Jahr. In dieser Szene sind viele Nerds vertreten und der Kleidungsstil ist um einiges freier als auf normalen Unternehmerveranstaltungen, deswegen habe ich mich nach meiner Version einer Todesgöttin zu kleiden.

Er wird auf mich zukommen. Mein Aufzug sorgt dafür und die Tatsache, dass er mich kennt, genauso, dass ich ohne Ruark hier bin.

Baker denkt, er ist der Jäger, in Wahrheit ist er der Gejagte.

Ich bin ganz in Metallicgrau gekleidet, und zwar wortwörtlich. Die feinen Metallplättchen klimpern bei jedem Schritt, den ich tue. Die schwarzen Heels mit den silbernen Pfennigabsätzen verziert mit einem grauen filigran gezeichneten Skull tun ihr Übriges. Ich bin der Hingucker schlechthin. Falle auf, passe nicht wirklich hierher, aber dann doch irgendwie.

Die begehrlichen Blicke der Männer fliegen mir zu, und die verachtenden der Frauen, viele von ihnen sind hier, um sich einen kommenden Sugar Daddy zu angeln oder den nächsten Zuckerberg.

Meine Damen, ich weiß, für euch sehe ich aus wie eine Edelnutte, die in fremden Gewässern fischt, denn der Rock ist etwas zu kurz, das Outfit zu aufreizend, ihr müsst keine Angst haben, ich nehme euch die dicken Fische nicht weg.

Die Reden beginnen, sind kurz und erstaunlich geistreich, und dann betritt Baker die Bühne. Gönnerhaft berichtet er über die harte Arbeit, die es benötigt, um erfolgreich zu sein und so einem großen Unternehmen vorzustehen und es auch dort zu halten, dabei ist er nur die Marionette für seine Schwester und seinen Vater am heutigen Abend, die mit dem Aufbau einer neuen Fabrik beschäftigt sind.

Er selbst hat keine Ahnung. Ein Glück für das Unternehmen, dass sein Vater schon vor Jahren fähige Personen auf die Stühle der Führungspositionen gesetzt hat, unter anderem die jüngere Schwester Maria Baker. Es muss Baker Senior schwergefallen sein, die leitende Position an eine Frau zu übertragen und nicht an den Stammhalter ihrem großen Bruder. Baker Senior ist ein ehrenhafter Mann, aber mit alten Moralvorstellungen, der von seinem Sohn nicht viel halten kann, ansonsten hätte er dafür gesorgt, dass Baker Junior den Laden übernimmt.

Bei meinen Recherchen bin ich öfter auf die Vermutung gestoßen, Baker junior ist dem Senior als Kuckuckskind untergeschoben worden. Dieser hat die Anschuldigungen abgeschmettert, wollte aber nie einen Test machen, um die Stimmen, die diese Behauptung aufgestellt haben, zum Verstummen zu bringen, was eigentlich ja schon sehr viel aussagt meiner Meinung nach.

Die Menge um mich herum wird unruhig, während Baker weiter über seine – wers glaubt, wird selig – Erfolge schwadroniert. Alle hoffen, dass er bald zu einem Ende kommen wird, niemand interessiert sich wirklich für seine Rede. Die Anwesenden wissen so wie ich, dass er sich mit fremden Federn schmückt. Ihn offenkundig zu ignorieren trauen sie sich auch nicht, dafür haben sie zu viel Ehrfurcht vor dem Einfluss, den seine Familie ausübt.

Der Junior soll besser von seinen Betrügereien sprechen, die er im großen Stil mit seinen Freunden durchgeführt hat und wie viele Familien er auf dem Gewissen hat, damit er seine Geliebten bei der Stange hält und sie Zeit mit ihm verbringen. Die körperliche Komponente will ich mir nicht ausdenken, ich frage mich, was junge hübsche Frauen dazu bringt, so jemanden wie ihn über sich drüberrutschen zu lassen.

Ich verstehe, wenn Prostituierte jegliche Männer akzeptieren müssen, um zu überleben, und denke nie abfällig über sie. Aber diese Frauen bekommen die nächste fünfreihige Perlenkette, den neuesten Aston Martin in Pink mit vergoldeten Felgen oder ein Chalet in der Schweiz.

Aber wenn ich hier heil rauskommen will, muss ich die sein, auf die alle Augen gerichtet sind. Es darf keinen Zweifel geben, dass ich unschuldig bin. Denn noch stehen zwei weitere Männer, außer Baker, auf der Liste und dann ist meine Rache endlich abgeschlossen.

Mein Opfer verbeugt sich, endlich ist er zu einem Ende gekommen, pflichtschuldig wird geklatscht. Baker lässt die Blicke über die Anwesenden schweifen, dabei erblickt er mich. Obwohl es mir zuwider ist, schenke ich ihm ein gespielt anerkennendes Nicken. Was ihn sich straffen lässt, mit stolzgeschwellter Brust steigt er von der Bühne. Sofort wird er von seinen Sicherheitskräften umringt. Aus den Augenwinkeln nehme ich Baker wahr.

Er ist kleiner als ich in meinen Heels, deswegen kann ich erkennen, wie er sich suchend umsieht. Wie geplant entdeckt er mich zwischen den Leuten. Er will in meine Richtung stürmen, doch jemand von seinem Sicherheitsteam hält ihn zurück. Ärgerlich tritt er von einem Fuß auf den anderen, hält weiter Ausschau nach mir.

Ein letzter Redner betritt die Bühne, aber nur um sich bei den Sprechern des Abends und für die Anwesenheit zu bedanken, wünscht allen noch einen schönen Abend und erfolgreiche Geschäfte für die Zukunft. Währenddessen bewege ich mich vom Zentrum zum Rande des Geschehens, weiter weg von ihm, stelle mich an die Bar und warte.

Der zuvorkommende Bartender stellt ein Glas eisgekühlten Champagner vor mir ab. Ich mag dieses Zeug nicht, es prickelt, obwohl es irgendwie schal schmeckt, dieser Gegensatz irritiert mich.

Ich habe bereits das zweite Glas vor mir stehen, als Baker an meine Seite tritt. Wie gedacht musste er viele Hände schütteln und Konversation betreiben, bis er endlich bei mir angekommen ist. Er soll das Gefühl haben, auf der Jagd zu sein, sich meine Aufmerksamkeit verdienen zu müssen, damit er an der Angel bleibt.

»Meine Liebe, Sie sehen unglaublich aus. Welch besonderer Anblick für meine müden Augen.« Die Männer des Securityteams entspannen sich, denn Baker kennt mich, das läuft ja schon mal nach Plan.

»Mister Baker, ich wusste gar nicht, dass Sie so ein gewandter Redner sind.« Die Gesichtsfarbe des

Mannes läuft an wie bei einer Tomate. Wie leicht manche Männer doch zu beeinflussen sind.

»Meine Teuerste, es ehrt mich, dieses wunderbare Kompliment von Ihnen ausgesprochen zu bekommen.« Mit einem Hundeblick sieht er mir von unten in meine Augen, streckt eine Hand vor. Ich erahne, was er von mir möchte, es kostet mich wie auch schon auf der Vernissage all meine Konzentration, mir meinen Unwillen, mich von ihm berühren zu lassen, nicht anzumerken.

Pflichtergeben – anders kann ich es nicht ausdrücken – reiche ich ihm meine Hand, auf die er formvollendet, zum Glück der Knigge entsprechend, einen Handkuss haucht. Also nicht meinen Handrücken mit seinem Mund berührt und seine schwitzigen Finger meine nur für einen Sekundenbruchteil streifen, ganz anders wie auf der Vernissage.

Baker richtet sich wieder auf und sieht mich auffordernd an. Das ist der Moment, auf den ich gewartet habe.

»Trinken Sie ein Glas Champagner mit mir?«

»Wie könnte ich diese charmante Einladung jemals abschlagen? Nur leider vertrage ich einige der alkoholischen Getränke sehr schlecht. Deswegen lasse ich auf jede Veranstaltung, die ich gedenke zu besuchen, eine meiner favorisierten Flaschen Scotch anliefern.«

Ein Blick in sein Gesicht deutet an, dass er sich ein Lob erwartet, ich frage mich zwar wofür, aber tue ihm den Gefallen.

»Sie sind ein äußerst gewiefter Geschäftsmann, alleine an dieser wirklich fantastischen Idee erkennt man einen Macher.« Ich muss achtgeben, um nicht an meinen eigenen Worten zu ersticken vor Lachen, nur dann wäre die falsche Person tot.

Unter meinem anerkennenden Blick wächst er schier erneut um eine Winzigkeit. Er schnipst nach dem Barmann. Geht es eigentlich noch herablassender, dieser Mann ist doch kein dressierter Hund. Und wieder sieht er mich Bestätigung erheischend an. Die bekomme er nicht von mir, ich kann es mir nicht verkneifen, eine Augenbraue irritiert nach oben zu ziehen. Seine Gesichtsfarbe wechselt in ein dunkles Rot.

»Für Sie auch ein Glas Champagner, Sir?«

»Wissen Sie nicht, wer ich bin?,« brüllt er den armen Mann hinter dem Tresen an, der ihn mit vor Schreck geweiteten Augen ansieht. Der junge Bartender hat wirklich keine Ahnung, wen er vor sich hat. Und ganz ehrlich: muss er auch nicht, denn er hat nichts verpasst. Nach dieser Nacht wird er ihm aber in Erinnerung bleiben.

»Schon in Ordnung«, grätsche ich beschwichtigend dazwischen. Immerhin soll das hier nicht ausarten. Baker ist nahe dran, seinen Sicherheitsdienst auf den Plan zu rufen, um sich aufzuspielen, und das kann ich gar nicht brauchen. Die sollen schön an der Wand stehen bleiben und alles überwachen.

»Ich nehme an, Sie haben von Ihrem Chef nicht alle wichtigen Informationen diesen Abend betreffend erhalten, kann das sein?,« frage ich den jungen Mann mit eindringlicher Miene.

Dieser nickt mir dankbar zu.

»Da sehen Sie es, Mr. Baker, der junge Mann kann nichts dafür, er hat nicht das Glück, Sie als Chef zu haben. Sie würden niemals auf solch wichtige Angaben Ihren Mitarbeitern gegenüber vergessen. Wenn jemand für diese Nachlässigkeit gerügt werden sollte, dann der Chef des jungen Mannes, der ja wirklich ausgesprochen zuvorkommend und höflich mit uns umgeht.«

Baker zupft an seiner Anzugjacke herum, während er sich seine Antwort überlegt. Es ist ihm anzusehen, dass er mit dem Fortgang nicht ganz glücklich ist. Viel lieber hätte er sein Gegenüber noch weiter zerpflückt. Wieso er meint, mit solchen Aktionen Eindruck zu schinden, wird mir aber ein Rätsel bleiben. Vielleicht schätze ich ihn in dieser Situation falsch ein, und in Wahrheit gibt es ihm den nötigen Kick, um zumindest ab und zu das Gefühl von Macht zu haben? Auf jeden Fall finde ich es absolut unentschuldbar, sich so zu benehmen.

»Sie haben recht, meine Liebe, ich muss mich für meinen Ausbruch entschuldigen. Die letzten Tage in der Firma waren sehr stressig für mich.«

»O nein, was ist denn passiert? Entschuldigung, ich wollte nicht so neugierig erscheinen.«

»Das macht doch nichts, meine Liebe. Es freut mich, wenn Sie mehr über mich erfahren möchten. Ich bin gerne bereit, Ihnen alles von mir zu geben … ähm, erzählen.«

Er wirft mir ein Lächeln zu, bei dem ich am liebsten schreiend davonlaufen möchte. Sein Gesicht verzieht sich zu einer Grimasse der Gier. Die unverhohlene Lust steht in seinen Augen, die er immer wieder über meinen Körper wandern lässt. Unbewusst rückt er sich seine Hose zurecht.

»Jetzt haben Sie mich neugierig gemacht«, bringe ich mit Mühe über die Lippen. »Aber sollten wir nicht unsere Getränke ordern? Schließlich machen mich gute Gespräche immer durstig.«

»Sie haben völlig recht, meine Liebe.« Erneut schnippt er mit den Fingern nach dem Barmann. Wie kann dieser Mann so dreist sein, sich für etwas Besseres zu halten?

Eingeschüchtert kommt der junge Mann, der sich ans andere Ende der Bar verzogen hat, auf uns zu.

»Für die Dame bitte noch ein Glas Champagner.« Seine Stimme erklingt fragend in meine Richtung.

»Ja, bitte, das ist sehr nett.«

»Und für mich muss ein Scotch in einer schwarzen Flasche geliefert worden sein, bringen Sie die Flasche her, und ich hoffe für Sie, diese ist noch nicht geöffnet worden, sonst können Sie sich von Ihrem Job verabschieden.«

Das Gesichtsausdruck des jungen Mannes wechselt von Schock zu Erleichterung.

»Nein, Sir, ich habe hierzu strenge Anweisungen erhalten. Leider hat mir mein Chef nicht gesagt, für wen diese Flasche ist, ansonsten wäre mir dieser Fehler von vorhin nicht unterlaufen.«

»Na los, dann gehen Sie schon, sehen Sie nicht, dass die Dame hier schier am Verdursten ist und ihr Glas bereits seit einigen Minuten leer ist«, braust Baker erneut auf.

Die Erleichterung in dem Gesicht des Barmannes verschwindet bei dieser Ansprache und weicht einem schockierten Ausdruck – schon wieder, der arme Mann. Eine Entschuldigung in unsere Richtung stammelnd dreht er sich um und verschwindet durch die Tür ins Lager.

»Ich bedaure, dass Sie diesen schlechten Service erdulden müssen, meine Liebe.«

Innerlich knirsche ich mit den Zähnen. Wie kann jemand so ein präpotentes Benehmen an den Tag legen, sich so aufspielen und dann noch annehmen, im Recht zu sein? Nach außen hin versuche ich den Schein zu wahren und halte mich zurück, um ihm nicht über den Mund zu fahren für seine Impertinenz. Dieser Mann hat nichts auf die Reihe bekommen, ja, er bekleidet einen nach außen hin wichtig erscheinenden Posten, aber das ist nur Schall und Rauch. Es steckt nichts dahinter.

Nicht so wie bei Ruark, der mit jemandem, der nicht in seiner Liga spielt, gleich umgeht, sich auf Augenhöhe befindet. Verdammter Scheibenkleister, wieso funkt mir dieser Mann immer in den unpassendsten Momenten in meine Gedanken?

»Das ist doch kein Problem, Sie haben die Sache für mich ja geregelt. Also?«

Schwer seufzt er, bevor er zu sprechen beginnt.

»Es ist leider keine schöne Geschichte, einige meiner Geschäftspartner sind kürzlich zu Tode gekommen, und das nicht auf natürlichem Wege. Scheinbar neidet uns jemand unseren Erfolg und geht dafür über

Leichen. Und dieser Stress nagt an mir, wie Sie sich vorstellen können, meine Liebe.«

Meine Mimik ändert sich vor Verblüffung, die Offenheit, mit der er über die Angelegenheit spricht, ist erstaunlich.

»O nein, wie ist denn so was möglich? Sie als rechtschaffener Mensch werden doch nicht mit Kriminellen zusammenarbeiten, die so ein Schicksal verdient haben.« Ich kann mich nicht zurückhalten, es auszusprechen.

»Natürlich nicht, meine Liebe, wo denken Sie hin. Alles äußerst rechtschaffene Persönlichkeiten der Gesellschaft. Die nur das Beste für diese Stadt und sogar über deren Grenzen hinaus wollten.«

»Das ist ja schrecklich.« Ich lasse meinen Blick bewusst über seine Sicherheitsleute gleiten.

»Sie haben das gut erkannt, meine Liebe, das ist der Grund, weshalb ich schon seit einiger Zeit meinen Personenschutz aufgestockt habe, ich kann nicht vorsichtig genug sein. Immerhin sind so viele Angestellte von meinem Überleben abhängig. Nicht auszudenken, sollte mir etwas passieren.«

Das hätte er wohl gerne. Sein Größenwahn – und wenn er auch nur gespielt ist – ist wirklich erstaunlich.

Die auffällige schwarze Flasche mit dem Scotch wird vor Baker auf den Tresen gestellt, zusammen mit einem Glas.

»Das wird aber auch Zeit«, blufft er den jungen Mann an.

»Kann ich Sie nicht zu einem Glas dieses mehrfach ausgezeichneten Scotchs überreden?«

»Vielleicht später, doch jetzt genieße ich noch das Glas Champagner.« Das zum Glück gerade vor mich hingestellt wird.

»Ich nehme Sie beim Wort, meine Liebe.«

Lächelnd nicke ich, während ich zuschaue, wie mein Opfer die versiegelte Flasche öffnet und sein Glas großzügig mit der bernsteinfarbenen Flüssigkeit befüllt.

»Denken Sie wirklich, dass auch Ihr Leben in Gefahr ist?«, kann ich mir nicht verkneifen zu fragen, muss gestehen, seine Antwort interessiert mich – diesmal – wirklich.

»Ich bin mir ehrlich gesagt nicht sicher, meine Liebe, es gibt keinen Grund, jemanden wie mich umzubringen.«

Glaubt er das wirklich? Ich meine, hat er all seine Straftaten vergessen? Die Auswirkungen auf Hunderte Familien. Und der Mord an meinem Verlobten, den er mitgetragen hat. Wie kann er sich als unschuldig hinstellen?

»Genug von dieser bedauernden Thematik, trinken wir auf neue Freundschaften.«

»Gerne doch.« Das Klirren der Gläser, die wir aneinander stoßen, erfüllt unsere unmittelbare Nähe, wir heben die Gläser zu unseren Mündern und nehmen einen Schluck.

»Köstlich, ich rate Ihnen, meine Liebe, mit mir dann noch ein Gläschen von diesem Scotch zu nehmen. Sie verpassen etwas.«

Ich schenke ihm ein verführerisches Lächeln, bevor ich einen weiteren Schluck nehme, was auch ihn veranlasst, zu trinken.

»Verraten Sie mir … noch einmal Ihren …Namen, meine … Lie-Lie-be.« Seine Augen weiten sich vor Schreck, er versucht zu sprechen, doch er bringt nichts mehr hervor.

»Strengen Sie sich nicht an, Baker, denn Sie werden den nächsten Tag nicht mehr überleben, nicht einmal die nächsten zehn Minuten. Ich hoffe, Sie haben Ihren Scotch genossen, es war Ihr letzter. Und zur Frage meines Namens: Es ist nicht wichtig für Sie, wie ich heiße, sondern mit wem Sie mich in Verbindung bringen. Ich war Andrew Simmons' Verlobte. Aufgrund Ihres erblassenden Gesichts nehme ich einfach einmal an, Sie wissen, von wem ich rede. Oder ist es das Gift … Na egal. Der Journalist, der Ihre Machenschaften aufdecken wollte. Der einen Skandal losgetreten hätte. Weil ein Dutzend Männer, aber auch eine Frau zu gierig geworden sind. Sich an ihren Mitmenschen bereichert haben, diese in den Ruin oder auch in den Tod getrieben haben.«

Ich stocke, bevor ich mich in Rage rede und sein Zustand jemand anderem auffällt, noch bevor ich das möchte.

»Auf jeden Fall treffen Sie in der Hölle sicher auf Ihre rechtschaffenen Partner. Grüßen Sie sie von mir.«

Ungläubigkeit steht in sein Gesicht geschrieben. Ich schenke ihm ein Zwinkern. Als ich bemerke, dass ihn seine Füße nicht mehr länger tragen, mache ich auf uns aufmerksam.

»Hilfe, bitte helfen Sie uns. Mr. Baker hat einen Anfall.«

Alles scheint sich in Zeitlupe abzuspielen. Seine

Sicherheitskräfte eilen auf uns zu. Bakers Glas rutscht aus seinen Fingern, es zerbricht auf dem Teppichboden. Er sackt zusammen, bleibt bewusstlos liegen. Ich greife nach den Scherben, will sie aufheben. Eine starke Hand zieht mich zurück.

»Nicht, die Möglichkeit besteht, dass Mr. Baker vergiftet wurde. Bitte, fassen Sie nichts an«, erklärt mir einer der Sicherheitsmänner. Während seine Kollegen mit der Herzdruckmassage beginnen, aber keine Mund-zu-Mund-Beatmung durchführen, wahrscheinlich weil sie annehmen, darauf könnte sich noch das Gift befinden. Ich könnte sie beruhigen, ich habe mich lange und genau informiert. Meine größte Sorge war, wie ich es vermeiden kann, dass ein Unschuldiger zu Schaden kommt.

»O mein Gott«, hauche ich in gespielter Unsicherheit. Und schlage mir kurz entsetzt die Hände vor den Mund.

»Wenn das wahr ist, haben Sie mir das Leben gerettet«, hauche ich meinem Retter zu, dankbar blicke ich ihn an. Ernst nickt er mir zu, bevor er einen der Umstehenden anweist, irgendwoher einen Arzt aufzutreiben oder zumindest einen Erste-Hilfe-Koffer.

Der Mann wirkt mir aber nicht so, als würde er noch große Hoffnung für seinen Chef sehen. Das ist anscheinend nicht sein erster Giftmord, den er hier sieht. Ich bin froh, dass ich einen gut ausgeklügelten Plan erarbeitet habe. Und nicht wie zuerst geplant auf einen Handkuss gesetzt habe, den ich als Todeskuss umfunktioniert hätte. Dieser Mann wäre mir sehr wahrscheinlich auf die Schliche gekommen, zu genau beobachtet er die Anwesenden, den Barmann, auch seine eigenen Kollegen und nicht zu vergessen mich. Er behält in den Sekunden vollständigen Chaos die absolute Kontrolle.

Es hat noch einige Stunden gedauert, bis ich endlich nach Hause gehen konnte. Meine Heels hätten mich fast umgebracht. Sie sind zwar wirklich hübsch und passen perfekt zu meinem Outfit, aber sie sind absolute Foltergeräte für meine Füße.

Sobald ich meine Werkstatt betrete, streife ich sie mir von den Sohlen. Erleichtert atme ich auf, endlich verschwindet das taube Gefühl aus ihnen und die Blutzirkulation beginnt wieder richtig zu arbeiten.

Während ich mich für mein Bett fertig mache, gehe ich die Geschehnisse der letzten Stunde erneut durch. Ein Arzt war schnell zur Stelle, konnte nur noch den Tod feststellen. Die zuständigen Officers trafen kurz nach diesem ein.

Danach wurden alle Anwesenden verhört, so wie auch ich. Es fiel mir schwer, die erschütterte Frau zu mimen. Innerlich habe ich gejubelt, immerhin verbleiben nur zwei Personen auf meiner Liste. Und ich gestehe mir selbst ein, ich habe mich gut gefühlt, meinem Opfer in die Augen blicken zu können. Ihm zu sagen, warum das gerade passiert, weshalb er Opfer meiner Rache wurde.

Das war nicht mein Plan; wäre doch etwas schiefgegangen und Baker hätte überlebt, mein ganzer Racheplan wäre frühzeitig dahin gewesen.

Die Tatsache darüber erschreckt mich. Ich wollte ihm seine Überheblichkeit heimzahlen, hoffe, er trifft die anderen in der Hölle und kann ihnen berichten, auf welche Kappe die Morde gingen und warum.

Noch zwei Personen, und dann kann ich endlich abschließen und Andrew ist gerächt. Einer davon ist Ruarks Chef, der Oberstaatsanwalt dieses Bundesstaats.

Wie würde Ruark über mich denken, wenn er all das über mich wissen würde? Wo kommt das denn jetzt auf einmal her? Es ist egal, was er denken würde, denn er wird es niemals erfahren. Immerhin habe ich ihm deutlich gesagt, er soll sich von mir fernhalten, und die ganze letzte Woche habe ich kein Wort mehr von ihm gehört.

Ach Koboldmädchen, warum schlägt dein Herz bei dem Gedanken an ihn schneller und warum schmerzt es dich, weil er sich nicht bei dir gemeldet hat? Du hast das von ihm verlangt, dich nicht mehr zu behelligen. Ist er dir vielleicht doch nicht so egal, wie du es gern hättest – oder eben auch nicht?

9. KAPITEL

Ruark

Das Klopfen an meiner geöffneten Bürotür reißt mich aus meinen Gedanken, die sich mal wieder mit einer verführerischen zickigen Blonden befassen, aus der ich einfach nicht schlau werde. Verwundert blicke ich auf. Immerhin ist es erst halb sieben, es wundert mich, dass sich jetzt schon jemand im Büro befindet außer mir. Vor halb neun beginnt hier selten jemand.

»Was kann ich für dich tun, James?« Er ist einer meiner Ermittler, die ich für spezielle Fälle engagiere. Ich bin ehrlich versucht, ihn auch auf Erin anzusetzen, aber da sie kein Fall ist, wäre das ethisch nicht korrekt von mir. Und wie schon gesagt: Ich liebe Herausforderungen. Ich möchte auf meine Weise hinter ihr Geheimnis kommen, auch wenn die Aussicht auf eine Abkürzung äußerst verlockend erscheint.

»Baker ist tot.«

»Fuck, was?,« brülle ich los. Scheiße, verdammt noch mal.

»Wie konnte das passieren? Du bist doch ein Teil seines Sicherheitsteams gewesen!« Ich weiß, es ist nicht fair, ihn derart anzugehen. Wir kennen uns schon seit Jahren, haben in derselben Einheit gedient. Wir sind auch gemeinsam ausgeschieden, nachdem es mehr um Politik als um die Personen ging, die es galt zu schützen.

Wir haben uns geschworen, unsere Leute in unserem Land zu schützen. James ging in die Privatwirtschaft, er ist als Personenschützer tätig, schnappt immer wieder interessante Neuigkeiten auf. Ich beginne mich dann auf die wirklich widerlichen Drecksäcke einzuschießen und sie hinter Gitter zu bringen. Nur leider passiert das in letzter Zeit immer seltener. So sind wir einem Riesencup auf die Schliche gekommen, die verantwortlichen Personen scheinen wie die Fliegen wegzusterben.

Mittlerweile wissen wir, mehr oder weniger, wer der Verantwortliche ist: der Zahnradmörder. Das geht schon seit einiger Zeit so. Niemand kann sagen, wer der oder die Mörder sind. Sie sind auf jeden Fall verdammt gut und absolute Profis, auch nicht eingeschränkt in ihrer Art zu töten. Wer auch immer dahintersteckt, macht genauso wenig vor Frauen halt. Wir haben so gut wie keine Anhaltspunkte, außer kleine Zahnräder, die immer wieder an den Orten, an denen die Morde passieren, zurückbleiben und womit wir sie in Verbindung bringen können.

Es ist wie ein Chamäleon zu jagen. Ich tippe nach wie vor auf eine Einzelperson, doch wenn ich den Kerl vor mir habe, in meinem Gerichtssaal wird er sich wünschen, nie geboren worden zu sein. Ich hasse diese sogenannten Rächer. Was soll der Scheiß überhaupt?

»Es war ein Giftanschlag, der Täter hat, soweit wir vorerst wissen, keinen Fehler begangen.«

»Wie kann das möglich sein? Wie hat er das Gift verabreicht bekommen?«

»Er hat sich selbst vergiftet.« Ungläubig blicke ich James an.

»Der Täter hat genau über seine Gewohnheiten Bescheid gewusst. Du weißt, Baker lässt sich immer seine Flasche Scotch zu den verschiedenen Festlichkeiten, auf denen er anzutreffen ist, liefern. Um wichtiger zu erscheinen.« Ich nicke ihm bestätigend zu, diese Tatsache ist seit Langem bekannt. Wie oft haben wir uns darüber lächerlich gemacht.

Ich meine, wer kommt denn schon auf diese bescheuerte Idee? Aber auf der anderen Seite, wenn sich Stars Eis vom Nordpol in ihre Auftrittsquartiere bringen lassen, und das noch nicht die schrägsten Dinge sind, wieso sollte sich Baker nicht seine Scotch-flaschen anliefern lassen.

»Und die Methode ist auch sehr sicher. Nachdem er bereits drei – oder sind es nicht sogar vier? – Kellner, Unternehmen und Cateringfirmen verklagt hat, weil sie die Flasche geöffnet und selbst probiert haben, vergreift sich keiner mehr an dieser auffällig schwarzen Flasche.«

»Genau das ist der Punkt. Also kann sich der

Mörder absolut sicher sein, wirklich sein Opfer damit zu töten. Vor allem da auf den Schachteln, die von Bakers Personal gepackt wird, noch zusätzlich Warnhinweise geklebt werden sowie ein Zeitungsartikel, damit es nicht als Scherz abgetan wird und nicht die nächsten Personen ihren Job oder gar ihre Firma verliert, weil dieser Idiot sie bis aufs Unterhemd verklagt.«

»Ich habe nie verstanden, wieso er damit eigentlich durchgekommen ist, und das nicht nur einmal, aber wenn ich mir jetzt die Liste der Personen, mit denen er in Zusammenhang steht, anschaue … Oder liege ich falsch und es wurde kein Zahnrad gefunden?«, frage ich James.

»Nein, du liegst richtig. Es wurde gefunden auf dem Inneren des Bodens befestigt, damit es keine verräterischen Geräusche verursacht. In schönstem Metallicgrau, damit es trotz des schwarzen Glases, sobald der Inhalt entleert wurde, um jeden Preis auffällt.«

Vor Unglauben kann ich nur den Kopf schütteln.

»Unglaublich, es wird wirklich auch auf das kleinste Detail geachtet. Er hat also nicht die geringste Chance gehabt.«

»Nein, das Gift wird zwar noch analysiert, aber sobald er den ersten Schluck in seiner Kehle hatte, war das sein Todesurteil.«

»Ist dir sonst noch etwas aufgefallen?«

»Na ja, wirklich aufgefallen … Er hat mit einer Frau gesprochen. Sie war absolut nicht sein Kaliber. Ich bin ja erst seit einigen Tagen in dem Team um

Baker gewesen. Aber sie wäre mir zuvor aufgefallen, und sie verhielt sich für einen Mord, der vor ihren Augen passierte, zu kühl.«

»Wie sah sie aus?« James fischt sein Handy raus und hält es mir hin.

»Das ist sie, sie sah so unfassbar heiß aus, dass ich ein Foto von ihr gemacht habe, als sie den Rednern auf der Bühne gelauscht hat.

Ungläubig reiße ich meine Augen auf. »Scheiße.«

»Die ist ein Hammer, oder? Sie passte nicht auf diese Start-up-Veranstaltung und dann doch auch wieder.«

Ich berichtige ihn nicht, soll er glauben, es geht mir um die Bombenfrau, deren Bild er mir vor die Nase hält. Mein Fluch gilt der Frau, die in der letzten Woche immer wieder durch meine Gedanken gespukt ist.

Ihr leidenschaftlicher Blick, während ich mich tief in ihr versenke. Ihr Wimmern und Stöhnen, das mich angefeuert hat, mich immer und immer wieder in ihre feuchte Mitte zu vergraben. Fuck, mein Schwanz beginnt zu zucken und ihre Aufmachung auf dem Foto tut sein Übriges dazu. Es mischt sich auch Ärger darunter, während ich das Foto eingehender betrachte. Wie kann sie es wagen, so das Haus zu verlassen?

Ihr Aufzug schreit gerade danach, sie hart gegen die nächste Wand gelehnt zu nehmen, egal ob jemand dabei zusieht – oder besser: Es soll jeder zusehen und wissen, dass sie mir gehört. Hoppla, wo kommt denn dieser Gedanke auf einmal her? Ich bin nie besitzergreifend, was Frauen betrifft, aber diese spezielle Frau trifft da ganz schön einen Nerv bei mir.

Ich wende meinen Blick ab, bevor ich mich noch anfange wie ein Höhlenmensch zu benehmen, um mir auf die Brust zu schlagen und meinem Freund zu drohen, er soll dieses Fotos löschen. Denn wenn er auch nur daran denkt, es als Wichsvorlage zu verwenden, hacke ich ihm seine Finger ab. Von seinem fehlenden Augenlicht rede ich gar nicht erst.

»Wie meinst du das ›zu kühl‹?«

»Sie wirkte nicht auf mich, als wäre dies die erste Leiche, die sie zu Gesicht bekommt. Was ich aufgrund ihres Aussehens und ihrer Art, mit der Situation damit umzugehen, aber erwartet habe. Ich habe lange wach gelegen und darüber gegrübelt, was mich gestört hat, denn sie verhielt sich so wie auch die anderen Anwesenden, nur mit dem feinen Unterschied, dass ihre Augen unberührt gewirkt haben.«

Mein Hirn beginnt in Windeseile das eben Gesagte aufzunehmen und seine eigene Theorie zu konstruieren.

»Du musst dich täuschen. Wie soll so ein zierliches Persönchen mit den unzähligen Morden in Verbindung stehen? Möglich wäre eine Art Verdrängungsreaktion.«

»Ich meine doch gar nicht, dass sie die Mörderin ist, und zu diesem Schluss bin ich auch gekommen. Sie wurde den ganzen Abend von unzähligen Blicken verfolgt, wirkte zu keiner Sekunde verdächtig. Baker ist auf sie zugegangen. Sie hat wahrscheinlich einfach das Pech gehabt, dass er sie als seine Jagdbeute auserkoren hat.« James zuckt mit den Achseln und tut Erin somit ab.

Innerlich atme ich erleichtert auf, aber warum nur?

»Wie sollen wir weiter vorgehen?«

»Ich sage, wir überlassen die Angelegenheit der Polizei und suchen in dem Fall nicht weiter nach dem Mörder. Die einzige Chance, die wir haben, ist, das nächste Ziel oder die Ziele herauszufinden und uns auf die Lauer zu legen. Einer Spur, die es nicht gibt, nachzujagen, halte ich nicht für sinnvoll. Wir verschwenden nur unsere Zeit. Es kann nicht sein, dass wir keine dieser Personen hinter Gitter bekommen. Sie sollen ihre Strafe abbüßen, verflucht noch mal, sterben wie die Fliegen.«

»Ich werde sehen, was ich tun kann.« Mit diesen Worten dreht sich James um und verlässt mein Büro.

Schwer seufzend lehne ich mich in meinem Bürostuhl zurück und kneife mir mit einer Hand in den Nasenrücken. Was übersehen wir, was übersehe ich? Mittlerweile sind es elf Personen. Ich habe das Gefühl, als würde mir die Zeit zwischen den Fingern zerrinnen, und schon bald wird es enden. Aber ich tappe nach wie vor im Dunkeln. Die Polizei geht von einem durchgeknallten Massenmörder aus, der etwas gegen die feine Gesellschaft hat.

Doch ich weiß es besser: Diese Morde haben eine Geschichte. Wenn ich erst weiß, worum es dem oder den Tätern geht, kann ich das Mysterium lösen, dessen bin ich mir mittlerweile ziemlich sicher. All diese Morde stehen in Verbindung, das gibt mir Rätsel auf, das ich aber leider nicht heute werde lösen können. Bei dem Gedanken an ein Rätsel erscheinen sofort Irishs geheimnisvolle blaue Iridien vor meinem inneren Auge.

Mein Entschluss steht fest. Mit voller Energie widme ich mich den anfallenden Aufgaben. Je schneller ich hier fertig bin, desto schneller kann ich eine gewisse Person aufsuchen.

»Deine Schonfrist endet heute, Erin.«

Erin

Dass ich Baker auf diese Weise ums Eck bringen musste, verlangsamt mich. Ich werde mich in den nächsten Wochen bedeckt halten müssen. Es wäre zu riskant, gleich wieder zu morden. Der Nächste auf meiner nicht mehr ganz so langen Liste wird Ruarks Boss sein.

Vielleicht ist es gar nicht schlecht, etwas langsamer vorzugehen, kommt mir der Gedanke. Die Sicherheitsstandards werden sich erneut erhöhen, schätze ich, und die Wachsamkeit der beauftragten Firmen oder angeheuerten Personen in der nächsten Zeit sehr hoch.

Alles andere wäre Selbstmord. Das Einzige, was mir Sorge bereitet, ist auf der anderen Seite die Polizei und die Sondereinheit. Meine Morde haben es schon mehrfach auf das Titelblatt der großen Zeitschriften geschafft, genauso wie ins Fernsehen. Die Personen, die nach mir suchen, werden immer mehr. Sind immer besser ausgebildet.

Noch gehen sie davon aus, dass die Opfer willkürlich ausgewählt werden. Hauptsache, die Ziele sind reich und einflussreich. Geht ihnen auf, dass die Morde im Zusammenhang und hinter ihnen eine Geschichte steht, dann werden die Verantwortlichen nach gemeinsamen Hintergründen suchen. Und diese werden sie über kurz oder lang zu mir führen.

Es ist ein Drahtseilakt ohne Netz, ein Spiel auf Zeit, von dem ich keine Ahnung habe, wann der Countdown bei null ankommt. Ich wusste, worauf ich mich einlasse. Und ich weiß, was ich noch opfern muss.

Wehmütig blicke ich von der Balustrade nach unten in die Werkstatt, in der ein munteres Treiben herrscht. Die drei Jungs zanken sich wie die kleinen Kinder, ob ihnen die Ducati XDiavel S gefällt oder ob sie die italienische Ingenieurskunst verhöhnt. Irgendwie sind sie ein wenig auf dem falschen Dampfer, denn bei der angesprochenen italienischen Ingenieurskunst geht es um Autos. Die Farbe ist zwar wie eigentlich auch ein Markenzeichen von Ducati ein kräftiges Rot, das Schwarz der XDiavel hat aber doch auch was für sich. Mehr meinem Typ entsprechen die Streetfighter oder auch die Superleggera.

»Hey, Boss, was meinst du?«, schallt es von unten zu mir hoch.

»Ach Jungs, ihr kennt doch meine Meinung: Alles unter 200 PS ist kein Motorrad für mich.«

Ihr Lachen begleitet mich, während ich mich umdrehe und mich wieder in meine Räume verziehe. Wehmut befällt mich.

Ich hoffe, ich kann ihnen den Laden übereignen, bevor sie mich festnehmen. Auch wenn ich mir einzureden versuche, dass ich mit meinen Racheplänen unentdeckt durchkomme. Sie werden die Zusammenhänge begreifen und dann auf mich kommen. Der alte Leitspruch wird auch auf mich zutreffen. Verbrechen zahlen sich nicht aus.

Ich denke, das ist auch der Grund, warum ich mir ausgerechnet eine Motorradwerkstatt aufgebaut habe. Genauso gut hätte ich etwas ganz anderes aufbauen können. Und doch habe ich mich für etwas entschieden, was mich förmlich fliegen lässt.

Mir immer wieder einen Adrenalinkick verschafft und die Freiheit. Die Lichtung, die mir Ruhe und Frieden vermittelt, doch die ich zukünftig auch mit Bedauern und Wehmut aufsuchen werde dank eines gewissen Staatsanwaltes. Mein Herz zieht sich vor Wehmut zusammen. Ich nehme all diese Erinnerungen wie diese kurze Episode gerade eben mit meinen Jungs und schönen Momente in mir auf wie ein Schwamm, um davon zu zehren.

Für die Zeit, die ich in orangen Overalls verbringen werde, umgeben von Gittern, grauen Wänden und Trostlosigkeit. Auch wenn ich es zu verdrängen versuche, die Frage ist nicht ob, sondern nur wann.

Wirst du endlich vernünftig, Koboldmädchen? Such dir ein Land ohne Auslieferungsabkommen und geh. Ich habe nie verlangt, dass du mich rächst.

Ich kann nicht abhauen, ich habe geschworen, dich zu rächen. Erst wenn ich die letzten zwei Namen von meiner Liste gestrichen habe, sehe ich zu, dass ich verschwinde. Vielleicht habe ich Glück, vielleicht aber auch nicht.

Oder hoffst du, dass sich ein gewisser Jemand doch über dein

Verbot, dich wiederzusehen, hinweggesetzt und deine Nummer nicht gelöscht hat, so wie du auch seine trotz Ankündigung nicht aus deinem Telefonbuch entfernt hast? Ich kann dich verstehen, er passt gut zu dir, besser als ich. Ich wünsche mir dein Glück, du sollst für uns beide leben und glücklich sein, wie oft muss ich dir das noch sagen?

»Verdammter Scheibenkleister«, fluche ich vor mich hin, jetzt werde ich auch noch verrückt – oder warum führe ich in Gedanken vermehrt Gespräche mit Andrew, und das mittlerweile sogar schon in Dialogform?

Das laute Geschrei einer Metalband, die aus den Boxen von unten zu mir rauf dröhnt, lässt mich genervt aufstöhnen.

Okay, eines der wenigen Dinge, auf die ich verzichten kann. Ich schnappe mir meine Kopfhörer und lasse mir ein Bad ein. Die letzte Nacht war eindeutig zu kurz. Das Adrenalin hat lange in meinem Körper angehalten, bevor es sich verflüchtigte. Es ist bereits früher Nachmittag und ich bin absolut erledigt. Vielleicht sollte ich mich nach meinem Bad hinlegen und einfach bis morgen früh durchschlafen. Ich werde den dreien nachher einfach schnell eine Nachricht auf ihre Handys schicken, dass ich heute nicht mehr vorhabe, nach unten zu kommen. Sie sollen die Werkstatt abschließen, wenn sie gehen, ist ja nicht das erste Mal.

Ich betrachte mich in meinem Badezimmerspiegel, die letzten Spuren meiner Auseinandersetzung mit Ruark sind fast verblasst. Ganz leicht schimmern sie an meiner Hüfte oder auch an meinem Handgelenk hervor. Nur zu erkennen, wenn man genau hinsieht, und erneut schleicht sich dieser Mann in meine Gedanken, aus denen ich ihn vor einer Woche verdrängt habe. Irgendwie schafft er es immer wieder hinein. Meine Augen kann ich nicht viel länger offen halten. Ich beschließe, mich einfach schnell unter die Dusche zu stellen, denn wenn ich mich in die Badewanne lege, befürchte ich, schlafe ich einfach ein. Aufgrund von Übermüdung blöderweise zu ertrinken, passt nicht in meine Planung, deswegen die Dusche. Ich drehe das Wasser auf kalt, um meine Lebensgeister zumindest ein wenig anzukurbeln. Wieder erscheint mir Ruark, diesmal sehe ich ihn, wie er voller Verlangen auf mich herabsieht. Bereit, seinen harten pulsierenden Penis in mir zu versenken. Ich spüre ihn an meinem feuchten Eingang, seine Hitze an meiner gekühlten Haut. Doch das ist nur oberflächlich, denn innerlich brenne ich nach ihm.

»Verschwinde aus meinen Gedanken, verdammt noch mal«, rufe ich ärgerlich aus, bevor ich das Wasser auch schon erbost abdrehe. Eilig klatsche ich mir etwas Grapefruitduschgel in meine Hand, um mich einzureiben. Zur Strafe stelle ich das Wasser direkt auf eiskalt, um gar nicht mehr an etwas oder jemand anderen denken kann. Sondern nur an die Aufgabe, so schnell wie möglich das Duschgel von meinem Körper zu waschen, damit ich das Wasser abstellen und endlich in mein Bett verschwinden kann, bevor ich erfriere. Gesagt, getan.

Ohne weitere gedankliche Zwischenfälle, die einen sexy Staatsanwalt beinhalten, schaffe ich es, mich abzuduschen. Mit den Zähnen vor Kälte klappernd, trockne ich mich ab, auch die Nachricht an die Jungs ist einigermaßen schnell verschickt. Meine Finger sind so klamm, dass das Tippen nicht wirklich leichtfällt. Dann endlich kuschle ich mich in meine Decke. Das Zittern hält noch ein wenig länger an, aber solange mein Körper damit beschäftigt ist, sich aufzuwärmen, und ich mir in Gedanken immer wieder vorsage, es wird gleich besser, kann ich keine Gedanken an einen gewissen Mann verschwenden. Zu den Geräuschen meiner klappernden Zähne schlafe ich ein.

Mein Unterbewusstsein weckt mich. Hier oben ist jemand, nur sollte hier niemand sein. Ich halte meine Atmung bewusst flach, stelle mich weiter schlafend. Hebe meine Augenlider einen Millimeter an, gerade so weit, um ein wenig von der Umgebung zu sehen. Es ist noch hell, das heißt, ich kann nicht lange geschlafen haben.

Bevor ich realisiert habe, wer sich hier bei mir in meinem Schlafzimmer befindet, setze ich mich auch schon ruckartig auf.

»Wie bist du hier reingekommen?«

»Ist es normal, dass du um diese Tageszeit schläfst? Es ist gerade einmal neunzehn Uhr.«

Ein Blick auf den Radiowecker, der sich neben mir

auf dem Nachttischchen befindet, bestätigt seine Worte.

»Ist es normal, dass du bei fremden Leuten einbrichst? Ich denke, du stehst auf der Seite des Gesetzes.«

Ruark zuckt mit den Schultern. Während seine Augen über meinen Oberkörper huschen und auf meinen Brüsten verharren. Die Bettdecke befindet sich nur noch auf meinen Beinen, nachdem ich mich aufgesetzt habe, und das dünne lavendelfarbene Top lässt mehr von mir erkennen, als dass es verbirgt.

Ich hebe eine Braue, während ich nach der Decke greife und sie bewusst nach oben ziehe, um wieder vollständig bedeckt zu sein.

»Du verdirbst mir wirklich die Laune, Irish.«

»Und du spannst gerade gewaltig meinen Geduldsfaden«, entgegne ich angepisst. »Sagst du mir jetzt endlich, was du hier machst und wie du an den Jungs vorbeigekommen bist.«

»Woher weißt du, dass deine Angestellten noch da sind? Immerhin schließt du ja schon früher.«

»Ganz einfach, Sherlock, wenn sie nicht mehr da gewesen wären, hättest du mich rausklingeln müssen, um hier raufzukommen, oder du wärst eingebrochen. Das traue ich dir aber aufgrund deines Berufsstandes nicht zu.«

»Du würdest dich wundern, was alles in mir steckt, Erin. Täusche dich nicht in mir.«

Das habe ich nicht vor! Diesen Gedanken behalte ich aber für mich. Stattdessen ziehe ich meine Augenbraue erwartungsvoll in die Höhe, ich weiß, das ist eigentlich eher ein Männerding, aber wenn du so lange wie ich fast ausschließlich mit Männern zu tun hast, nimmst du gewisse Angewohnheiten an.

Bei Gott, es ist ein Wunder, dass ich mir nicht dauernd in den Schritt fasse, um mein Ding zurechtzurücken. Immerhin haben mir einige meiner Kameraden nicht nur einmal bescheinigt, ich hätte die Eier eines Elefanten. Ich habe immer entgegnet: Wer braucht schon Eier, wenn er Eierstöcke hat.

Schelmisch blickt er mich an.

»Sie wollten dich nicht mit mir alleine lassen. Ich habe ihnen keine Wahl gelassen. Entweder sie verschwinden und lassen mich rein oder ich komme morgen mit einem Durchsuchungsbefehl wieder und stelle den ganzen Laden auf den Kopf.«

»Das ist nicht dein Ernst.« Entgeistert ob seiner dreisten Lüge blicke ich ihn an. »Und das haben sie dir wirklich abgekauft?«

»Du kränkst mich, Irish. Ich kann sehr überzeugend sein, immerhin gehört das zu meinem Job.«

»Darauf würde ich nicht allzu viel geben. Kommen wir zu meiner zweiten Frage: Was willst du hier?«

»Willst du gar nicht wissen, ob ich meine Drohung wahr gemacht hätte?«

»Nein, will ich nicht, und nein, hättest du nicht.«

»Wie kannst du dir da so sicher sein?«

»Du bist kein guter Lügner«, lüge ich jetzt dreist und hoffe, dass ich nicht rot anlaufe, denn diesmal habe ich kein Make-up aufgelegt, das meine verräterischen Reaktionen kaschiert.

Sprachlos blickt er mich an, bis ihm mein Schmunzeln auffällt, das ich einfach nicht verbergen kann.

»Madame, du bist aber auch nicht von schlechten Eltern. Alle Achtung, dein Pokerface war wirklich gut, nur dieses verräterische Zucken um deine Mundwinkel und der Schalk, der aus deinen Augen sprüht, hat dich verraten.«

»Danke für das Kompliment, großer Meister, ich nehme einfach einmal an, es soll eines sein. Immerhin verdienst du damit ja deinen Lebensunterhalt.«

»Wieso bist du so zickig, außerdem versuche ich nur in absoluten Notsituationen zu lügen.«

»Und den Securitymenschen auf der Vernissage anzulügen, war so eine Notsituation.«

»Aber natürlich, immerhin musste ich dich so schnell wie möglich vor den vielen begehrlichen Blicken der anderen Männer in Sicherheit bringen.«

»Das hat ja toll funktioniert. Warst nicht du es, der dann über mich hergefallen ist?«

»Ich habe nur gesagt vor den verlangenden Blicken der anderen, nicht vor meinen.«

»Deine Logik soll mal jemand verstehen. Wie schaffst du es, die Geschworenen von der Schuld der Angeklagten zu überzeugen, wenn dein Verstand etwas verdreht ist?«

»Wollen wir jetzt ehrlich über meine Arbeit sprechen?«

Diesmal zucke ich mit den Schultern. »Du hast mir ja noch nicht gesagt, was du hier willst, deswegen…«

»Du bist wirklich eine Zicke. Ich weiß gar nicht,

warum ich mir die Mühe gemacht habe, dich aufzusuchen.« Sein Tonfall klingt bereits dezent angepisst.

»Da sind wir schon zwei«, gebe ich bockig zum Besten. Ich kann mich mit meinen sarkastischen Sprüchen einfach nicht zurückhalten. Es ist, als fordere er mich mit jedem Wort, das er spricht, heraus. Und das Schlimme: Unser Schlagabtausch bereitet mir zunehmend Vergnügen.

Ernsthaftigkeit spiegelt sich in seiner Mimik, Ruark verschließt sich vor mir, verdammt, er weiß es schon.

»Was hattest du gestern Abend mit Baker am Hut? Wieso warst du überhaupt dort?«

»Ernsthaft? Du tauchst hier auf und fragst nach einem Mann, der gestern – soweit ich es mitbekommen habe – ermordet wurde? Der neben mir gestorben ist. Und nein, eigentlich fragst du mich nicht nur. Die Fragestellung klingt mehr nach einem Verhör. Ich wusste nicht, dass du zur Polizei gewechselt hast.«

»Ja, genau das frage ich dich, und hör auf, so sarkastisch zu sein, das steht dir nämlich nicht.«

Diese Aussage trifft mich hart. Zischend ziehe ich die Luft ein.

»Ich habe dir nichts zu sagen. Wenn du mir nur Vorhaltungen machen willst, dann verschwinde einfach wieder. Du bist hier nicht erwünscht.«

»Das sehe ich etwas anders, Erin. Und ich werde nicht von hier weggehen, bevor ich nicht ein paar Antworten von dir erhalte, die mich auch zufriedenstellen.«

Wie zur Bekräftigung seiner Worte zieht er sich einen Stuhl, der eigentlich als Ablage für meine Kleidung dient, heran. Ruark setzt sich breitbeinig darauf, lehnt sich zurück. Die Arme vor der Brust verschränkt sieht er mich kämpferisch an. Wir starren uns in die Augen, ohne ein Wort zu sagen.

Keiner von uns verzieht eine Miene. Die Sekunden dehnen sich zu Minuten, und doch herrscht eisige Stille zwischen uns, die Luft ist so dick, man könnte sie förmlich schneiden. Und dann macht Ruark etwas, was mich aus meiner ärgerlich konzentrierten Mimik reißt: Er beginnt mit seinen Augenbrauen zu wackeln und Grimassen zu schneiden.

Ich kann mich nicht mehr halten, er sieht einfach zu komisch aus, und ich breche in lautes Lachen aus, in das auch er mit einfällt.

10. KAPITEL

Erin

Ich beginne zu erzählen, wie sich der Abend aus meiner Sicht abgespielt hat, lasse aber die pikanten Details aus.

»Ich habe vor einigen Wochen schon die Einladung zu dieser Start-up-Feier erhalten. In den letzten Jahren habe ich immer wieder vielversprechende Start-ups unterstützt.«

Überrascht sieht er mich an.

»Nicht nur du hast Geld, Mister.« Ich zwinkere ihm zu. »Zwar besitze ich nicht so viel wie du, aber ich kann mir doch das ein oder andere Accessoire leisten.«

»Du bist immer wieder für eine Überraschung gut.« Anerkennung spricht aus seiner Stimme, seine Augen leuchten warm auf. Die Bewunderung ist wie Balsam auf meiner Seele, ich kann mich nicht mehr

157

erinnern, wann ich dieses Gefühl der Wertschätzung verspürt habe.

»Wieso bist du dann nur eine Zicke und keine eitle Zicke?«

»Ich bin halt eigenwillig. Eine eitle Zicke sein ist zu einfach und macht keinen Spaß. Du bist zu eingeschränkt in deinen Handlungen, denn am Ende läuft es immer auf deinen Reichtum hinaus«, meine ich schulterzuckend.

Ruark grinst mich an, bevor seine Miene wieder ernst wird.

»Wie ging es weiter?«

»Ich habe mit einigen Personen Small Talk betrieben, bis die Reden begonnen haben. Ich war dieses Jahr positiv erstaunt, denn sie waren gut. Kurzweilig, spannend und mit Leidenschaft vorgetragen. Bis Baker an die Reihe kam. Seine Ansprache war langatmig, von Selbstüberzeugung geprägt, er hörte sich einfach selbst gerne reden. Wir waren, denke ich, alle froh, als er geendet hat. Mir fiel sein Blick auf. Ich habe ihm zwar zugelächelt, wie ich es bei einem jeden gemacht habe, bei Baker war es aber reine Höflichkeit.«

Ich verziehe kurz mein Gesicht bei der Erinnerung, wie seine Augen mir gefolgt sind. Natürlich kann ich Ruark nicht sagen, dass ich es darauf angelegt habe, dass er mich als Beute betrachtet hat.

»Nach seiner Rede habe ich mich immer weiter nach außen an den Rand geschoben. Nenne es einen Fluchtinstinkt, denn ich habe keine Lust gehabt, ein Gespräch mit diesem Mann zu führen, und irgendwie habe ich es im Gefühl gehabt, dass er mich aufsuchen wird.«

Ruark bedeutet mir, weiterzusprechen, bleibt aber weiterhin still, scheint nur meiner Erzählung zu lauschen. Ich lasse die Decke, die meinen Oberkörper bedeckt, ein wenig nach unten gleiten, tue aber so, als würde mir dieser Umstand nicht auffallen. Dass die Ansätze meiner Brüste jetzt wieder nur von dem durchscheinenden Top bedeckt sind, bleibt ihm jedoch nicht verborgen. Ich muss versuchen, ihn ein wenig von den folgenden Erzählungen abzulenken. Sicher ist sicher, er hat schon zu viele Lügner die Wahrheit beteuern hören. Das ist der Grund, warum ich die Wahrheit erzähle, nur hin und wieder ein paar Dinge auslasse.

»Aber ich habe kein Glück gehabt, nach Baker ist nur noch ein weiterer Mann auf die Bühne getreten, der sich für die Teilnahme aller bedankt hat und uns noch einen schönen Abend gewünscht hat. Diese kurze Zeit hat leider nicht ausgereicht, um völlig aus seinem Blickfeld zu verschwinden. Ich habe daher die kleine Bar an der Wand aufgesucht und mir einen Champagner reichen lassen.«

Kurz halte ich inne, wie um mich erinnern zu müssen, doch ich weiß ganz genau, wie die nächsten Minuten abgelaufen sind.

»Ich habe gerade das zweite Glas bekommen, als sich Mr. Baker zu mir gesellte, danach führten wir unsere Unterhaltung. Er bestand auf seinen Scotch, brüllte den armen Barmann an, weil dieser keine Ahnung gehabt hat, wen er da vor sich stehen hatte.«

Meine Stimme wird leiser, als ich fortfahre, halte den Blick gesenkt.

»Er hat mir angeboten, einen Scotch mit ihm zu trinken, doch ich habe abgelehnt.« Jetzt blicke ich auf, sehe direkt in Ruarks gewitterblaue Augen, meine Erzählung lässt ihn nicht kalt.

»Aber ich wollte es, denn ich mag keinen Champagner.«

Ruark wird blass, er schluckt, sein Adamsapfel hüpft dabei unkontrolliert.

»Scheiße, zum Glück hast du es nicht getan.«

Leicht nicke ich, ein flaues Gefühl steigt in mir hoch.

»Ja, denn sonst würde ich jetzt nicht hier sitzen.« Ich schlinge die Arme um mich, als müsste ich mir bei meinem Eingeständnis selbst Halt geben. Ruark zögert nicht, er kommt zu mir, hebt die Bettdecke an, legt sich zu mir, zieht mich fest in seine Arme und streicht mir beruhigend übers Haar, während er mich mit der anderen ganz fest hält.

Wieso fühlt es sich so unglaublich falsch an, ihn zu belügen? Denn auch wenn ich ihm zum größten Teil die Wahrheit über den Ablauf schildere, ist es doch nicht die ganze Wahrheit, ich bin die Mörderin von Baker – und nicht nur von ihm, will ich am liebsten rausschreien.

Verdammt, was macht dieser Mann mit mir? In seiner Nähe fällt es mir so unglaublich schwer, an meine Rache zu denken. Ich spreche eilig weiter, damit mir vielleicht nicht etwas absolut Unpassendes rausrutscht. Wie du riechst, so unglaublich gut, lass uns lieber kuscheln und Sex haben, denn dieser Mann hat verdient, was er bekommen hat.

»Er hat mit mir angestoßen und noch einige zweideutige Bemerkungen vom Stapel gelassen, während er den ersten Schluck getrunken hat. Ich war echt angepisst und habe ihm meine Meinung gegeigt. Er fand das nicht wirklich interessant und hat noch einen weiteren Schluck genommen. Und dann fragte er mich nach meinem Namen, denn er hat mich die ganze Zeit nur mit »meine Liebe« angesprochen. Er fing undeutlich an zu sprechen und konnte die Worte nicht mehr klar aussprechen, er benötigte mehrere Anläufe für einige der Wörter. Zuerst war ich verwirrt, doch dann rief ich um Hilfe, und danach ging alles unglaublich schnell.«

Kurz blicke ich zu ihm auf, bevor ich meinen Kopf wieder auf seine Brust bette und weiterspreche.

»Sein Glas fiel auf den Boden und zerbrach, ich wollte es aufheben, doch einer seiner Sicherheitsleute, die an einer Wand Aufstellung genommen haben, hielt mich davon ab. Er sprach von einem Mordanschlag.«

Bei meinen Worten drückt mich Ruark schier in seinen Körper hinein, als wolle er mich mit seinem Körper beschützen. Ob das eine bewusste oder unbewusste Reaktion von ihm ist, frage ich mich im Stillen.

Dabei bin ich doch eine Mörderin, von Rache getrieben, ich habe es nicht verdient, so von ihm gehalten zu werden. Auch wenn diese Menschen so viel unglaublich Schlechtes getan haben und wegen ihnen so viele Menschen keinen weg als den Freitod gesehen haben, gibt es mir nicht das Recht, über ihr

Leben zu richten. Doch welcher Richter hätte diese Menschen schon verurteilt, wenn sogar Ruarks Boss Robert Adams korrumpierbar ist.

»Baker hat mir zuvor erklärt, warum er so ein großes Team an Security bei sich hatte. Einige seiner Geschäftspartner wurden in den letzten Monaten getötet, und er befürchtete, der Nächste zu sein. So wie es aussieht, hatte er wohl recht damit.«

Brummend stimmt er mir zu.

Hier beende ich meine Ausführungen, Ruark streicht mir selbstvergessen über den Rücken. Keiner sagt mehr ein Wort. Ich sollte dem Mann neben mir auf der Stelle anweisen, zu verschwinden, doch es fühlt sich einfach zu gut an, in seinen Armen zu liegen, die Nähe eines anderen Menschen zu spüren. Auch wenn ich ihn gerade angelogen habe und seine Fürsorge nicht verdiene.

Vielleicht sollte ich diesen Moment zulassen, ihn in mir aufnehmen, um später davon zehren zu können. Nur noch eine Minute länger rede ich mir ein. Lasse mich fallen in die Wärme seiner Berührungen und seines Schutzes. Sein Duft nach Mann, Minze und Freiheit lässt mich wieder einschlafen, fest an ihn gekuschelt.

Ruark

Ich blicke auf die schlafende Schönheit in meinen Armen hinab. Entweder ich bin komplett verrückt oder James hat recht gehabt. Irgendetwas hat mit Erins Aussagen nicht gepasst. Aber ich kann nicht den Finger darauf legen, kann nicht begründen, was mich stört. Doch da ist etwas, sie verbirgt etwas vor mir.

»Du bist eine rätselhafte, undurchschaubare und gefährliche Frau, Irish, ich hoffe, ich werde mich nicht an dir verbrennen.«

Das hoffe ich wirklich, denn sie weckt etwas tief in mir. Ich will alles über sie erfahren, Gutes sowie Schlechtes. Ich bin mir sicher, mit ihr wird es nie langweilig werden.

Es wurmt mich, dass derjenige – wer auch immer hinter den Zahnradmorden steckt – mir nicht nur einen, sondern zehn Schritte voraus ist.

Der Mörder entpuppte sich zu unserem neuen internen Gesprächsmotivator Nummer eins. Egal ob Richter, Staatsanwalt oder Beamter, jeder hatte eine eigene Meinung zu ihm. Warum es immer eine reiche und bekannte Persönlichkeit der Stadt oder sogar noch bekannter betraf.

Die Verwunderung, dass bis jetzt keine verwendbaren Spuren an den Tatorten zurückgeblieben sind, nur diese bescheuerten Zahnräder, die aber leider ebenfalls keine Rückschlüsse auf den Täter zulassen oder wo er sie erworben hat. Wir tappen alle im Dunkeln. Ich bin erstaunt gewesen über die Reaktionen einiger meiner Kollegen. Respekt schwang in vielen Stimmen für diesen Mörder mit.

Ironischerweise tauchten nach den Morden Hinweise über die Opfer auf, ließen sie nicht mehr mit dieser blütenweißen Weste in Einklang bringen, die sie so gerne nach außen hin präsentierten.

Das bringt diesem Mörder unerklärlicherweise einige Sympathiepunkte ein. Natürlich wäre es mir lieber, wir hätten die Opfer des Zahnradmörders ordnungsgemäß hinter Gitter gebracht, sobald wir über deren Straftaten informiert wurden.

Aber niemand darf eigenständig Lynchjustiz betreiben. Ich sprach meine Meinung offen gegenüber meinen Konversationspartnern aus. Meine Meinung brachte mir keine breite Zustimmung ein – im Gegenteil, viele finden unser System veraltet und zu korrupt. Ich wurde nachdenklich, doch der Fall um die Zahnräder lässt mich nicht los. Bob fiel meine Besessenheit auf, er holte mich zu sich in sein Büro, wies mich an, die Finger davon zu lassen. Der Fall sei zu groß, und ich bin nicht der Richtige, wenn er je vor Gericht kommt und dort verhandelt wird.

Ich zweifelte an meinen Fähigkeiten. Warum sonst sollte mir mein Mentor und Chef mitteilen, dass ich von diesem Fall besser die Finger lassen sollte. Ich fühlte mich als Versager, nichts anderes konnte ich in seinen Augen sein meiner Meinung nach, denn sonst hätte er mich weiter gepusht, um Näheres in Erfahrung zu bringen über die Morde und deren Hintergründe.

Die Selbstzweifel haben nicht lange angehalten, ich wollte Bob beweisen, dass er unrecht hatte. Stürzte mich mit mehr Eifer denn je in meine Fälle, um mir zu beweisen, dass ich gut bin in meinem Job, einer der Besten und ganz egal welchen Fall bearbeiten kann. Im

Geheimen blieb ich auch, was den Zahnradmörder betrifft, informiert.

Ein alter Schulfreund, der jetzt im Polizeidienst steht, versorgt mich seit den letzten vier Morden mit den Akten und allen neuen Erkenntnissen, natürlich inoffiziell.

Der nächste Mord – es war der fünfte – ließ mich die ganze Angelegenheit in einem etwas anderen Licht sehen. Ich begann damit, Zweifel gegen meinen Mentor zu hegen. Der Mann, der den Tod fand, ist ein guter Freund von ihm gewesen. Sie haben sich oft miteinander getroffen und auch geschäftlich einiges am Laufen gehabt. Ich habe nicht nur einmal zufällig ein paar Gesprächsfetzen aufgefangen. In diesen Gesprächen sind auch zweimal Namen genannt worden: der einer Frau Judy Mills, die in ihrer Badewanne ermordet wurde, und eines Mannes, der seit gestern ebenfalls nicht mehr unter den Lebenden weilt. Zufall mit Sicherheit nicht.

Die Nachricht vom Tod seines guten Freundes erreichte Robert, als er sich gerade in einer Besprechung mit mir befunden hat. Er war absolut entsetzt, seine Hand begann zu zittern, und er schien nicht zu realisieren, dass er die nächsten Worte laut und nicht in Gedanken ausgesprochen hatte.

»Scheiße, das ist kein Zufall mehr. Bin ich der Nächste? Holt mich das Karma ein?«

Ich fragte ihn, ob alles in Ordnung sei. Er sah mich überrascht an, so als hätte er vergessen, dass ich mich mit ihm in einem Raum befinde.

Ich wollte unser Gespräch verschieben, doch er

bestand darauf, es fortzuführen. Er wirkte fahrig, war nicht bei der Sache, vermittelte aber den Eindruck, dass er nicht allein gelassen werden wollte.

Ich tat daraufhin etwas, was ich nie für möglich gehalten habe: Ich schnüffelte meinem Boss hinterher und musste dabei einige für mich erschreckende Antworten akzeptieren.

Bob ist alles andere als der rechtschaffende Mann, für den ich ihn immer gehalten habe. Ich wollte nie für ein korruptes Arschloch arbeiten, habe mich gebrüstet, unter diesem Mann, der für mich pure Integrität darstellte, zu arbeiten.

Und dann falle ich offenbar auf einen der Schlimmsten rein? Mein Entschluss stand fest: Ich wollte mit eigenen Augen sehen, dass er nicht für die Menschen in diesem Land, sondern für sich und eine Handvoll davon arbeitet.

Das ist mir auch gelungen. Ich habe mich mit einem Mann befasst, der ganz oben in der Nahrungskette unseres Landes steht. Sein illegitimer Sprössling ist bereits mehrfach beschuldigt worden, Frauen unter Drogen gesetzt zu haben und sie dann zu vergewaltigen.

Egal wie stichhaltig die Beweise gewesen sind, er ist immer mit einem blauen Auge davongekommen. Am Tag der Verhandlung ist dann das Missgeschick mit meinem Reifen passiert. Ich bin mir sicher, am Tag zuvor, als ich ihn auf meinem Parkplatz abgestellt habe, war noch alles in Ordnung.

Nur komisch, dass mich mein Kollege Rich an diesem Tag aufgesucht hat, weil er wegen eines anderen Falles etwas besprechen wollte, was aber auf jeden Fall noch hätte bis zum nächsten Tag warten können. Oder auch ohne Probleme am Telefon geklärt hätte werden können.

Es ist ein verdammtes Glück gewesen, dass ich diese Straße entlanggegangen bin, nachdem ich den Platten bemerkte und somit auf Erins Werkstatt gestoßen bin. Obwohl es natürlich auch schon Momente gab, in denen ich es bereut habe.

Ohne die Ninja hätte ich es nie rechtzeitig zum Gericht geschafft. Ich habe den Gerichtssaal schier in letzter Minute betreten. Das ungläubige Gesicht von Rich, der sich schon auf meinem Platz befunden hat, war unbezahlbar. Gerade so konnte ich meinen Zorn bezwingen. Was hat er sich dabei gedacht? Er wollte meine Verhandlung führen.

Ich habe mich beim Richter entschuldigt und Rich dann mehr oder weniger nett aus dem Saal geschmissen. Sein Blick glitt zu dem Angeklagten und seinem Verteidiger, die beide ihre Verblüffung über mein Auftauchen nicht verbergen konnten.

Das siegessichere Lächeln auf meinen Lippen konnte ich daraufhin nicht zurückhalten, denn mit mir als Staatsanwalt hatten sie nicht gerechnet.

Während ich den Angeklagten und seinen Anwalt schier in der Luft zerfetzt habe, ist mir auch aufgegangen, dass Bob hinter all dem stecken musste. Robert hat im Hintergrund die Fäden gezogen, die Fälle zugeteilt oder auch einmal geändert. Mir ist das Muster nicht aufgefallen. Erst durch meine Recherche bin ich darauf gekommen, dass ich zumeist die Fälle zugeteilt bekommen habe, wenn jemand von Bobs Freunden schon mal auf die Füße getreten wurde und diese warum auch immer vor Gericht standen. Ich gewinne die meisten meiner Fälle, bin stolz darauf. Rühme mich, fair zu sein, wirklich immer auch die Hintergründe zu recherchieren.

Die Motive meines Chefs und Mentors habe ich nie infrage gestellt bis zu dem Tag, als er dieses Selbstgespräch geführt hat.

Zähneknirschend habe ich ein milderes Strafmaß angegeben, als ich es hätte tun sollen, bin damit einer Eingebung gefolgt. Allein die Erkenntnis, dass etwas faul war und dass ich mich wahrscheinlich von meinem Job verabschieden konnte und ich nichts mehr gegen die Ungerechtigkeit tun kann, hielten mich davon ab, bei dem eigentlich geplanten Strafmaß zu bleiben.

Einzig der Gedanke, dass jeder Tag, den er in dieser Zelle verbringt, die Hölle für ihn werden wird, dafür werde ich sorgen, besänftigt mich.

Meine Mimik derart unter Kontrolle halten zu müssen – nicht nur vor Gericht, sondern auch im Büro –, ist richtig kräftezehrend. Sich so zu geben, als wäre alles in Ordnung, und im Hintergrund seit Wochen gegen den eigenen Chef und einige der Kollegen zu ermitteln. Vielleicht ist auch das ein Grund, warum ich die Gegenwart von Erin so genieße.

Die ungekünstelte Art, mit der mich Erin wie einen normalen Menschen behandelt, ist so unglaublich wohltuend für mich. Bei ihr kann ich normal sein, für ein paar Stunden abschalten, bevor ich mich wieder in dieses Vipernest, genannt mein Arbeitsplatz, begeben muss.

Auf jedes Wort, auf jede Geste achte, um mich nicht verdächtig zu machen. Ich werde beobachtet, jeder Schritt von mir. Das ist auch der Grund gewesen, weshalb ich nicht am selben Tag bei Erin meinen Mustang abgeholt habe. Ich habe mir ein Donnerwetter von Bob anhören können, inklusive hämischer Blicke von Rich. Rob hat mich zwar für die Verspätung zur Sau gemacht, aber ich würde wetten, es war eher, weil ich aufgetaucht bin und dann trotzdem nicht Rich die Verhandlung habe führen lassen. Er kann ja schlecht sagen, dass ich besser nicht dort als Staatsanwalt erschienen wäre. Einzig das Strafmaß konnte er mir ankreiden, aber nicht, weil es an der unteren Grenze war, denn das hätte ich gemacht, sondern weil es ihm immer noch viel zu hoch war.

Ich konnte daraufhin meine Klappe nicht halten und fragte, wie er das wohl den ganzen Opfern erklären wollte, dass seiner Meinung nach das Strafmaß zu hoch sei. Oder ob ich etwas nicht mitbekommen habe und Vergewaltigung mittlerweile als Kavaliersdelikt angesehen wird. Robert wurde blass unter meinen Worten. Ohne ihn oder Rich noch eines weiteren Blickes zu würdigen, verließ ich sein Büro und stürmte raus. Schwang mich auf mein Motorrad und brauste bis spät in der Nacht durch die Gegend. Die lange Fahrt half mir, meine Gedanken zu ordnen und meine weiteren Schritte zu planen.

Der warme Untergrund bewegt sich leicht, gibt brummende Geräusche von sich, als ich mich ein wenig davon wegbewege, was mich sofort vom Halbschlaf in einen wachen Zustand versetzt.

Verdammter Scheibenkleister, fluche ich innerlich, die gemütliche warme Matratze stellt sich als Ruark heraus, der sich neben mir in meinem Bett befindet – oder genauer gesagt habe ich als Kopfpolster verwendet. Ich schüttle ihn an seiner Schulter, sobald ich mich aufgesetzt habe und seinen klammernden Armen entkommen bin.

»Lass mich schlafen«, kommt es brummelnd von ihm, also ist er schon mal kein Morgenmensch.

Eine Welle der Sorglosigkeit, der Leichtigkeit überkommt mich, ich denke nicht über meine nächsten Handlungen nach.

Ich ziehe die Bettdecke ein wenig nach unten. Ein Blick auf seinen Penis, der bereits auf Halbmast steht – es lebe die Möglichkeit einer Morgenlatte – lässt mich grinsen.

Wer weiß, wenn ich ihm gebührend einen guten Morgen wünsche, vielleicht ist er dann nicht mehr so brummig am Morgen.

»Was tust du?«, fragt er, seine Stimme noch heiser vom Schlaf.

»Bleib einfach ruhig liegen und schlaf weiter.«

»Wie soll ich weiterschlafen, wenn du mich anstarrst, als wäre ich ein Bonbon?«

»Du wirst es schon überleben.«

»Meinst du wirklich, ich bin mir … Aaah.«

Bevor Ruark noch weiterredet, habe ich mich zwischen seine Beine platziert. Meine Lippen stülpe ich über seinen Schaft, beginne heftig daran zu saugen, halte mich nicht lange mit Nebensächlichkeiten auf.

Es befeuert meine eigene Lust, dass Ruark so schnell auf mich reagiert und sich das Stöhnen nicht verkneifen kann. Durch meine Saugerei ist sein Penis vollkommen erigiert.

Ruark blickt mich mit lustverhangenen Augen an, gibt immer wieder gutturale Laute von sich. Ich ergötze mich an seiner Lust. Einen Kuss auf die Spitze seines Glieds setzend lasse ich von ihm ab.

Ich kann den protestierenden Ausdruck bereits in Ruarks Mimik erkennen, er will, dass ich weitermache, ihn noch länger mit meinem Mund bearbeite. Bevor er tief in meinen Rachen spritzt.

»Du sollst nicht den ganzen Spaß alleine haben.«

»Wenn du weitermachst, verspreche ich, ich werde mich danach bei dir revanchieren.«

»Das ist nicht, was mir gerade vorschwebt, aber ich werde mit Sicherheit bei Gelegenheit darauf zurückkommen.«

»Was hast du vor?«

»Lass dich überraschen.« Lasziv bewege ich mich ein Stück seinen Körper hinauf.

Meine Mitte streicht über seinen Schaft, Ziel erreicht. Ich führe eine Hand zwischen unsere Körper, umfasse seinen dicken, hart aufgerichteten Schwanz. Genießerisch lasse ich mich auf ihm nieder, senke mich ein paar Zentimeter auf seinen Schaft hinab.

Er weitet mich, genießerisch beiße ich mir auf die Lippen, schaue ihn dabei an. Er drängt sich tief in mich, hebt sein Becken an, um weiter in mich einzudringen, doch in dieser Position habe ich die Zügel in der Hand. Deswegen gehe ich mit seiner Bewegung mit, entziehe mich ihm ein kleines Stückchen, als Strafe sogar mehr, nur noch seine Spitze steckt in mir.

»Ich bestimme, und du bist ein braver Staatsanwalt, der mich einfach machen lässt.«

»Aaah …« Den Kopf frustriert nach hinten werfend und mich missmutig anblickend, sieht Ruark zu mir auf.

Das Schmunzeln auf meinen Lippen weicht einem entzückten Ausdruck, sobald ich mich wieder weiter auf ihm niederlasse. Ich habe nicht vor, mich zu foltern, doch wenn ich Ruark ein wenig reizen kann, umso besser.

Immer weiter lasse ich mich sinken, spieße mich Zentimeter für Zentimeter mehr auf ihm auf, bis ich seinen Schaft vollständig in mir aufgenommen habe. Unsere Unterkörper berühren sich, ich werfe meinen Kopf in den Nacken, genieße meine Position und das Gefühl der Macht, die ich gerade verspüre. Langsam gleite ich auf und ab, um danach schneller zu werden oder gar mein Becken auf seinem Schaft zu drehen. Diese Bewegungen verschaffen uns eine köstliche Reibung. Ich biege mich weiter nach hinten, stütze mich mit den Armen auf seinen Oberschenkeln ab, während ich ihn reite.

Unsere Erregung steigert sich immer weiter, Ruark kann seine Finger nicht länger bei sich behalten. Er fährt die Konturen meines Körpers nach, verweilt an meinen Brüsten, streicht immer wieder über meine hart aufgerichteten Knospen.

Bis er mich fest an meinem Hintern packt und für einen Moment nach oben hebt, während er uns beide ein Stückchen Richtung Kopfgestell hinauf manövriert. Er liegt nicht mehr unter mir, sondern kann sich an der Bettstütze aufrichten, kann mich dadurch besser berühren. Es sind nicht mehr seine Hände, die meine Brüste umspielen, sondern seine Lippen und seine Zunge, die immer wieder ein Stöhnen meinerseits einfordern. Seine Berührungen ziehen mich so in den Bann, dass ich beinahe vergesse, ihn zu reiten.

Als Strafe zwickt er mir in die Spitze meiner Brust, entlockt mir ein Wimmern. Er blickt mir von unten herausfordernd in die Augen, gibt mir zu verstehen, dass ich weitermachen soll. Ich komme ihm nach, nehme die Bewegungen wieder auf.

Sein zufriedenes Brummen dringt an mein Ohr, immer heftiger reite ich ihn, kann den Höhepunkt schon fast spüren, ich ändere die Bewegung meines Beckens, kippe es etwas nach vorn, damit auch meine Klit mehr Aufmerksamkeit erhält.

Nachdem ich mich noch einige weitere Male in rascher Folge auf und ab bewegt habe, kann ich es nicht mehr zurückhalten, der Orgasmus überwältigt mich. Meine Muskeln ziehen sich zusammen, und auch Ruark ist soweit, mit einem Schrei bäumt er sich auf, kommt ebenfalls kurz nach mir. Erschöpft lasse ich mich auf ihn sinken, seinen Penis noch tief in mir steckend. Zufrieden lächelnd hauche ich einen Kuss auf seinen verschwitzten Oberkörper.

»Ganz ehrlich, so darfst du mich jederzeit wecken.« Schmunzelnd kuschle ich mich enger an ihn.

»Schön, dass du wach bist. Ich schlafe noch eine Runde weiter, wenn du nichts dagegen hast.«

Sein Oberkörper vibriert von seinem Lachen, ich nehme es kaum noch wahr, bleierne Müdigkeit befällt mich. Diese anstrengende Morgensportaktivität hat es eindeutig in sich.

11. KAPITEL

Erin

*V*erstört blicke ich ihm nach. Habe ich mich wirklich zu einem weiteren Date mit ihm bereit erklärt? »O verdammter Scheibenkleister. Ich bin so unglaublich bescheuert. Scheiße.« Da hilft kein Scheibenkleister mehr. Ich kann meine Zustimmung nur meiner scheinbar nicht vorhandenen Denkfähigkeit nach dem Orgasmus zuschreiben, den er mir bereitet hat, oder besser den Orgasmen.

Diesmal hat er mich geweckt und mir versprochen, mich zu einem Orgasmus zu lecken, wenn ich ihm ein weiteres Date gewähre. Was soll ich sagen, dieser Mann hat eindeutig eine sehr talentierte Zunge.

Du wirst es schon noch zugeben, dieser Mann bedeutet dir etwas. Die Killerin entdeckt wieder Erwarten ihr verloren geglaubtes Herz.

Meine Gedanken werden wirklich immer abstruser, wenn es um Ruark geht. Wohin verschwindet die berechnende Person nur, wenn er zu lange in meiner Nähe ist? Löst sie sich auf oder verfällt auch diese Seite von mir seinem Charme?

Das Klingeln des Handys unterbricht meine Gedankengänge. Die angezeigte Nummer lässt mich stutzen.

»Hast du etwas vergessen?«

»Wow, welch umwerfende Begrüßung.«

»Du bist vor nicht einmal zwei Minuten gegangen.«

»Da siehst du, wie sehr ich mich nach dir verzehre.« Sein heiseres Lachen klingt dunkel zu mir durch. Meine Pussy zieht sich bei dem Laut voller Verlangen zusammen und die feinen Härchen in meinem Nacken richten sich auf.

Mein Körper und die sexuellen Begierden haben so lange geschlafen, waren nicht mehr existent, doch seit sich dieser Mann in mein Leben gedrängt hat, ist es, als ob ich dauerbereit für ihn wäre. Wie kann das sein, und warum habe ich so absolut keine Kontrolle darüber?

»Du wirst doch nicht nur deswegen angerufen haben?« Ich wandere mit dem Handy in der Hand zum Fenster, das den besten Blick auf den Hof hat. Lässig an seinen Mustang gelehnt steht er da, sieht zu mir hoch. Mein Herz macht einen verräterischen Satz. Kann ich es wirklich noch vor ihm beschützen?

»Also?«, dränge ich ihn erneut.

»Ich wollte dir nur sagen, egal welche Ausrede du dir in den nächsten Stunden zusammenreimst, ich werde keine davon akzeptieren.«

»Wie willst du mich daran hindern?« Auf seine Antwort bin ich wirklich gespannt, deswegen lasse ich einen leicht provozierenden Ton in meinen Worten mitschwingen.

»Ich habe deine Jungs bestochen, mir sofort Bescheid zu geben, wenn du deinen Hintern auch nur aus der Werkstatt rausbewegst, und ich habe etwas absolut Gesetzeswidriges getan.

»Und was wäre das, Herr Staatsanwalt?«

Er hebt die Hand, seine Finger sind zu einer Faust geballt. Er öffnet sie, während er mir erklärt:

»Ich habe die Schlüssel deiner Ninja geklaut.«

»Du verdammter Scheißkerl«, zische ich jetzt absolut erbost über sein Handeln. »Was fällt dir ein.«

Er nimmt die Hand wieder runter, umschließt den Schlüssel, der nach wie vor am Bund um seinen Zeigefinger baumelt, und zuckt völlig unbeeindruckt seine breiten Schultern.

»Ich mag die Lichtung wirklich sehr, doch ich habe für heute etwas anderes geplant, und ich habe deswegen keine Lust, dir stundenlang hinterherzujagen. Heute möchte ich dir einen meiner liebsten Plätze zeigen.«

»Wenn ich dich zwischen die Finger bekomme, kannst du etwas erleben, das verspreche ich dir.«

»Darauf hoffe ich doch«, schnurrt er schier. Und was macht mein Körper? Von einer ärgerlichen

Haltung springt er sofort in die Haltung eines Luders, das sich im Geiste schon die nächste sexuelle Begegnung ausmalt.

»Ich hoffe für dich, dort gibt es keine Menschen, nicht so wie beim letzten Mal.«

Ein jungenhaftes Grinsen erscheint auf seinem Gesicht, er weiß, er hat gewonnen.

»Nein, nachdem ich weiß, wie du dich unter oder über mir anfühlst, teile ich dich auch nicht für ein paar Stunden mit meinen Freunden, um eine gepflegte Unterhaltung zu führen.

»Jemand wie du hat wirklich Freunde?« Wo kommt diese Frage denn plötzlich her? Anstatt mich darüber aufzuregen, dass er einfach so davon ausgeht, dass wir später wieder Sex haben werden, reden wir über Persönliches. Zu akzeptieren, dass wir gegenseitig unsere sexuellen Begierden stillen, ist die eine Sache, aber persönliche Nähe noch einmal etwas ganz anderes.

»Deine Frage könnte mich tatsächlich beleidigen, Irish. Wenn ich mich nicht viel mehr darüber freuen würde, dass du etwas Persönliches über mich in Erfahrung bringen möchtest.«

»So war das aber nicht gemeint«, versuche ich mich aus der Affäre zu ziehen.

»Wers glaubt.« Ruark beendet das Telefonat, bevor ich noch etwas erwidern kann. Ich beobachte, wie er sich von der Motorhaube abstößt, mir den Rücken zuwendet, die Tür öffnet und in seinem Wagen Platz nimmt.

Der starke Motor erwacht röhrend zum Leben. Der Wagen spiegelt den Mann, der ihn fährt, perfekt wider.

Er ist heiß, sexy und stark, eine teuflische Mischung.

Seufzend beschließe ich, mich meinem Schicksal zu ergeben und mich dem Frauenzeugs zu widmen, das einfach ein Ritual ist für ein Date mit eindeutigem Ausgang.

Ewig nach den richtigen Dessous suchen, gefolgt von dem passenden Outfit, und dann baden, rasieren, parfümieren und aufhübschen. Zu viel Zeit sollte ich mir bei all den Vorbereitungen nicht lassen, denn Mr. Heiß und Sexy hat mir keine Uhrzeit genannt, und ich denke, er wird eher früher als später wieder hier auftauchen.

Wie recht ich mit meiner Annahme gehabt habe. Ich bin kaum mit dem Tuschen der Wimpern fertig gewesen, als er mir mit Gehupe schon seine Ankunft signalisiert. Und als wäre das noch nicht alles gewesen, haben die Jungs, die knapp nach seinem Verschwinden hier aufgetaucht sind, zu mir hoch gerufen, ob ich wohl da bin.

Mein genervtes »Ja« wurde ignoriert, stattdessen die Musik aufgedreht, bis exakt eine Stunde später wieder geklopft wurde und durch die geschlossene Tür lautstark nachgefragt wurde, ob ich schon geflüchtet bin oder immer noch da bin.

Diesmal begleitete ein »Verdammt« mein »Ja«. Dieses Spiel ging noch ein drittes Mal. Danach drohte ich ihnen damit, ihre Eier abzuschneiden, sollten sie mich erneut nerven.

Vielleicht ist meine Drohung der Grund gewesen, weshalb Ruark, ein paar Minuten, nachdem die volle Stunde und somit die nächste Fragerunde abgehalten hätte werden sollen, vorfährt.

»Hey, Boss«, schreien alle drei Jungs unisono zu mir rauf. »Dein Taxi ist da.«

Ich reiße genervt die Wohnungstür auf, nachdem ich in meine geblümten braunen Westernstiefel gestiegen bin.

»Scheiße, verdammt, wer bezahlt euch eigentlich, er oder ich?«

Verblüfft blicke ich die drei an, denn sie zeigen alle auf Ruark, der mich, mit den Daumen in seinen Gürtelschlaufen gehakt, lächelnd ansieht. Er sieht einfach zum Anbeißen aus. Die abgewetzte Bluejeans, dazu ein schwarzes Hemd, das seinen breiten Brustkorb umspannt, der Dreitagebart, der sein kantiges Kinn ziert.

»Wieso bezahlst du meine Mitarbeiter?«, frage ich ihn voller Erstaunen.

»Na ja, denkst du wirklich, sie würden dich so einfach an mich verpfeifen?«

Mein böser Blick wandert wieder zu den Jungs.

»Wie viel?«

»Tausend«, kommt es kleinlaut von ihnen.

»Was? Habt ihr denn gar nichts von mir gelernt?«, frage ich echt etwas beleidigt, dass sie mich für einen Tausender verpfeifen.

»Für jeden von uns«, geben sie mir grinsend zur Antwort.

Laut lache ich auf.

»Das klingt doch schon viel besser.« Ich zwinkere ihnen zu und bin jetzt zumindest etwas besänftigt, während Ruark eingeschnappt wirkt.

Ich steige die letzten Stufen der Treppe immer noch lachend hinunter, gehe auf mein Date zu und hake mich bei ihm ein.

»Also dann.« Auffordernd blicke ich zu ihm hoch.

»Ich weiß ehrlich nicht, ob ich jetzt beleidigt oder geehrt sein sollte.«

»Fühl dich geehrt. Mit dreitausend kann ich gerade so leben, ohne dass mein Ego angekratzt ist.«

»Und wie steht es mit meinem Ego?«

»Sie hätten noch viel mehr von dir gefordert, wenn sie dich nicht ein bisschen mögen würden.«

Erstaunen zeigt sich in Ruarks Blick, er schaut zu den Männern rüber, die äußerst selbstzufrieden wirken.

»Scheiße, du hast recht.«

»Sag ich doch. Na los, lass uns abhauen.«

Unter grölenden und alles andere als jugendfreien Rufen werden wir verabschiedet. Manchmal sind sie wirklich noch kleine Jungs. Ich werde sie vermissen. Nein, ich streiche den Gedanken aus meinem Kopf; in den letzten Stunden bin ich meine Situation immer und immer wieder durchgegangen. Ich frage mich, wie andere Frauen sich gedanklich beschäftigen, während sie sich auf ein Date vorbereiten. Ich habe die Dauer genutzt, um meine Pläne gedanklich anzupassen.

Dabei bin ich zu dem Schluss gekommen, dass ich für einige Wochen stillhalten muss, und diese Zeit nehme ich mir, bevor ich die letzten zwei Ziele von meiner Liste streiche und von hier verschwinde. Deswegen haben diese Erwägungen keinen Platz. Ich werde für diese kurze Zeit im Hier und Jetzt leben und es genießen, wie die junge Frau, die ich bin. Ohne den Ballast, den ich mit mir rumschleppe.

Ruark

Erin von der Seite betrachtend grüble ich über den Gedanken nach, dass sie mir gelöster erscheint als in der ganzen Zeit, die ich sie kenne, wenn wir nicht gerade nach dem Sex gesättigt nebeneinanderliegen. Sie wirkt wie eine junge Frau, die sich auf das Date mit ihrer Verabredung freut und nicht mehr oder weniger dazu genötigt wurde.

Sie sieht einfach bezaubernd aus. Die hellen Jeansshorts, die ihr bis zur Mitte der Oberschenkel reichen, ein tief ausgeschnittenes Top gehalten von breiten Trägern, mit floralem Aufdruck in Weiß. Das Shirt harmoniert perfekt mit ihren Stiefeln. Ihre blonden Haare fallen ihr in lockiger Pracht über die Schultern. Große Kreolen baumeln an ihren Ohren, breite Lederbänder an den Handgelenken vervollständigen ihr Outfit. Ihre Kusslippen hat sie auch noch extra betont, wirken verführerisch feucht. Fuck, ich bin kurz davor, auf die Seite zu fahren, sie aus dem Auto zu zerren, ihren Rücken auf die Motorhaube zu legen und sie zu nehmen, dicht gefolgt von der Fantasie, in ihre Haare zu packen, ihr Gesicht gegen meinen Schritt zu drücken, damit sie mich lutscht, während ich weiterfahre.

Was sich als ausgesprochen dumme Idee entpuppen dürfte, denn ein Unfall wäre garantiert.

»Solltest du dich nicht auf die Straße konzentrieren?«, kommt es tadelnd von Erin.

»Hättest du dich etwas weniger reizvoll herrichten können?«

»Wir können nicht alle haben, was wir wollen. Nur würde ich gerne lebend ankommen, wo auch immer du mich hinbringst.«

»Das Problem ist: Selbst wenn du dir einen Kartoffelsack überstreifst, wäre ich verrückt nach dir, denn ich weiß ja, was sich darunter befindet und wie du dich anfühlst.«

»Interessante Kleiderwahl, vielleicht sollte ich das beim nächsten Mal versuchen.«

»Also gibt es ein nächstes Mal?«

»Wenn du uns nicht umbringst mit deiner Unkonzentriertheit, würde ich sagen, besteht die Möglichkeit.«

»Ich nehme dich beim Wort.«

Bemüht richte ich den Blick stur geradeaus, trete das Gaspedal noch ein wenig nach unten. Wer weiß, wie lange es mir gelingt, konzentriert auf die Straße zu achten, ohne sich meiner liebsten Ablenkung zu widmen. Auf jeden Fall wäre es besser, dann schon fast am Ziel zu sein, um nicht doch noch einen Unfall zu bauen, weil ich mich wieder dem Objekt meiner Begierde zuwende.

Ihr heiseres Lachen verfolgt mich, Irish scheint genau zu wissen, was mit mir los ist. Ob das gut enden wird?

Erin

Nach zwanzig Minuten und wahrhaftig ohne Unfall nähern wir uns unserem Ziel. Es ist ein altes großes Hochhaus an einem Eck gelegen, daneben erstreckt sich ein Park. Diese Gegend ist teuer, verdammt teuer, ich blicke an meinem Aufzug hinab. Das hier könnte genauso gut ein sündhaft teures Hotel sein. Wir fahren in eine gesicherte Parkgarage ein und steuern eine private Parkbucht an; am Abstellplatz daneben erkenne ich Ruarks Ninja. Ich ziehe eine Augenbraue nach oben, während ich ihn von der Seite mustere.

»Du bringst mich in deine Wohnung?«

»Bevor ich mich dazu entscheide, dich für mich zu beanspruchen, möchte ich sehen, wie du darin aussiehst.«

»Beanspruchen, dein Ernst?«

»Um dich werben werde ich nicht, das dauert mir mit dir Zicke zu lange, da wären wir wahrscheinlich alt und grau, bis du endlich nachgibst. Dich vor vollendete Tatsachen zu stellen, funktioniert eindeutig besser.«

Immer noch sprachlos folge ich ihm zu dem Lift, nachdem wir aus dem Auto ausgestiegen sind.

Die Lifttür schließt sich, es gibt nur drei Knöpfe: Garage, Erdgeschoss/Rezeption und Penthouse und eine Zahlentafel, auf der er eine Nummer eintippt.

»Gibt es hier nicht mehr Wohnungen?«

»Doch, aber das ist der Privataufzug, der zum Penthouse gehört.« Der Aufzug setzt sich in Bewegung.

»Sie hätten dich doch mehr bluten lassen sollen, dreitausend waren eindeutig zu wenig. Wenn ich ihnen das unter die Nase reibe, werden sich die Jungs grün und blau ärgern. Die perfekte Retourkutsche also.«

Ruarks dunkles Lachen, das den kleinen Raum vollständig ausfüllt, bereitet mir einen wohligen Schauer.

Mit einem Ping kündigt der Aufzug das Ende unserer Fahrt an. Die Lifttür öffnet sich, um uns eine weitere Tür zu präsentieren. Ruark zieht einen Schlüssel hervor und steckt ihn ins Schloss und dreht ihn. Erst nachdem diese Tür ebenfalls geöffnet ist, können wir in seine Wohnung eintreten.

»Auf deine Sicherheit achtest du scheinbar doch sehr.« Ich kann mir die Spitze in seine Richtung nicht verkneifen im Hinblick auf sein Aufmerksamkeitsdefizit dem Straßenverkehr gegenüber.

»Haha«, kommt es trocken von Ruark, was mich in schallendes Gelächter ausbrechen lässt.

Ohne mir groß die Chance zu geben, mich umzusehen, zieht er mich mit sich.

»Bevor du mir dein Schlafzimmer zeigst, würde ich mich schon sehr gerne in deiner Wohnung umsehen.«

»Du und deine schmutzigen Gedanken. Mein

Schlafzimmer siehst du erst später, wenn du schon darauf bestehst.«

»Wohin bringst du mich dann?«

»In die Küche.«

»Was mache ich in der Küche?«

»Kochen, was ist das für eine Frage?«

»Ich koche nicht.«

»Aber ich koche und du wirst mir assistieren.«

»Bist du dir da so sicher? Ich schaffe es sogar, mit einem aufgestellten Topf Wasser meine Küche abzufackeln.«

Sein entsetzter Blick amüsiert mich königlich.

»Zumindest beinahe. Mithilfe eines großen Wasserkübels konnte ich das Schlimmste verhindern.«

In der Küche angekommen, sieht er mir in die Augen, sucht darin die Wahrheit und findet sie.

»Scheiße, das ist dein Ernst.«

»Ja. Glaubst du, darüber würde ich scherzen? Ich esse gerne, aber ohne Lieferservice und Brote mit Wurst und Käse wäre ich schon längst verhungert.«

Die Küche hat einen Tresen, und davor stehen zwei Hocker, es sieht aus, als diene sie zum schnellen Frühstücken. Oder als Durchreiche bei größeren Zusammenkünften. Dahinter erstreckt sich ein großes, lichtdurchflutetes Esszimmer. Mit einem Tisch, an dem locker zehn Personen Platz finden.

»Sitz.« Mit dem Finger bedeutet er mir, auf einem der Hocker Platz zu nehmen. Er scheint doch an seiner Einrichtung zu hängen und es nicht auf einen Versuch ankommen zu lassen, kluger Mann.

Ich verkneife mir mit Mühe ein Grinsen und einen

doofen Kommentar, dass er mich mit einem Befehl zum Sitzen zu bewegen versucht. Ich bleibe stattdessen einfach vor dem Hocker stehen, stütze nur einen Fuß darauf ab.

»Was möchtest du trinken?«

»Ich nehme, was du da hast. Was gibt es zu essen?«, frage ich neugierig, denn wenn ich so darüber nachdenke, habe ich gestern Mittag das letzte Mal eine Mahlzeit verspeist, und das war ein fertiges Sandwich, bevor ich mich ins Bett gelegt habe.

Heute bin ich auch noch zu nichts gekommen, zu sehr abgelenkt von dem Mann, der so verführerisch vor mir steht, dass mir bereits das Wasser im Mund zusammenläuft.

»Was hältst du von einem Steak mit Gemüse und Salat?«

»Das klingt fantastisch.«

»Wie magst du dein Steak?«

»Medium Rare, bitte.«

»Alles klar. Hier.« Er stellt eine Flasche Craft Beer vor mich hin.

»Du überraschst mich, ich hätte eher mit einem Rotwein gerechnet.«

»Trinke ich auch, aber zu einem Steak ist mir ein Craft lieber. Koste, und sag mir, ob es dir schmeckt.«

»Solange kein Honig drinnen ist, wird es schon passen.«

»Das wäre Verschwendung, wenn du es nicht magst und nur trinkst um des Trinkens willen.«

»Ich kann dich beruhigen, ich mag es gerne. Der

karamellige Geschmack und das Blumige. Also sei beruhigt, es ist nicht an mir verschwendet.«

Ich proste ihm zu, nehme einen großen Schluck des gekühlten Bieres. Erst als ich einen genießerischen Laut von mir gebe, ist Ruark zufrieden und nimmt selbst einen.

Ich schaue ihm gerne zu, wie er in der Küche werkelt. Nach kürzester Zeit breitet sich der Geruch nach Fleisch und Gemüse aus, lässt mir das Wasser im Munde zusammenlaufen.

»Kannst du den Tisch decken?«

Seine Frage reißt mich aus meinen Gedanken.

»Natürlich.«

»In der Kommode rechts von dir findest du Besteck und Servietten.«

So wie Ruark gesagt hat, finde ich alles vor.

»Wo soll ich aufdecken?«

»Hier am Tresen ist es gemütlicher als am großen Tisch.«

Ich stimme ihm zu und lege das Besteck und die Servietten am Tresen ab. Kaum habe ich mich auf den Hocker gesetzt, stellt er auch schon den herrlich duftenden Teller mit dem Steak und dem Gemüse vor mich hin. Brot mit Kräuterbutter fehlt genauso wenig wie ein Salat.

»Wow, es sieht köstlich aus«, lobe ich ihn und bin schon sehr gespannt, wie es schmecken wird.

»Danke, hau rein«, sagt er und setzt sich mit seinen Tellern neben mich.

Das lasse ich mir nicht zweimal sagen und schneide ein großes Stück vom zarten Fleisch ab und führe es zu meinem Mund. Genießerisch gebe ich einen laut vollster Zufriedenheit von mir. Es schmeckt fabelhaft. Auch das Gemüse ist auf den Punkt perfekt gegart.

Lächelnd sieht mir Ruark bei meinem ersten Bissen zu.

»Ich an deiner Stelle würde anfangen zu essen, ansonsten schnappe ich mir deine Portion auch noch.«

»Also habe ich nicht zu viel versprochen?«

Ich schüttle nur den Kopf, reden wird überbewertet. Ich genieße lieber mein Essen und hoffe fast, er schlägt meinen Rat aus, denn ich würde mich nur zu gerne noch über seine Portion hermachen.

Leider fängt er dann doch an zu essen.

Schweigend genießen wir.

Erst nach dem letzten Bissen beginne ich wieder zu reden.

»Sollte dir dein Job als Staatsanwalt mal zu nervig werden, als Koch stehen deine Chancen auch nicht schlecht.«

Sein dunkles Lachen schallt durch den Raum.

»Danke für das Kompliment. Was meinst du, soll ich uns noch ein Bier holen und wir setzen uns ins Wohnzimmer?«

»Klingt gut.«

Er drückt mir mein Bier in die Hand, schnappt sich meine andere und marschiert mit mir in eines der Nebenzimmer. Dieser Raum ist größer als das Esszimmer, dominiert von einer riesigen Couch. An der Wand hängt ein Fernseher, der absolut dazupasst. Das ist eindeutig die Spielhöhle eines Mannes. Dunkle Braun- und Holztöne dominieren den Raum, genauso wie schwarzes Metall. Einzig ein paar kleine Farbtupfer in Mint sorgen für eine Aufhellung. Dieser Raum besitzt eine kühle Note, fühlt sich aber wider Erwarten gut und heimelig, nicht bedrückend, an.

»Sollen wir uns einen Film ansehen?«

»Ja, gerne, nur bitte keinen Romantik- oder Horrorfilm und nichts zu Sci-Fi-Abgedrehtes.«

»Dann wird es wohl ein Actionfilm?«

Wir nehmen beide auf der langen Stirnseite der Couch Platz mit etwas Abstand zueinander; Ruark greift nach der Fernbedienung und stellt einen der Streamingdienste ein.

»Wie wäre es mit MEG?«

»Oh, das ist der Film mit Statham, nicht wahr?«

»Was habt ihr Frauen nur alle mit diesem Glatzkopf?«

»Er ist heiß.« Entschuldigend zucke ich mit den Schultern.

Grummelnd drückt er auf den Playknopf und startet den Film, bevor er sich zurücklehnt.

Nachdenklich blicke ich ihn an. Kann es sein, dass er eingeschnappt ist? Schwachsinn – denke ich bei mir und mache es mir bequem. Der Film ist spannend, und doch kann ich meine Augen kaum noch aufhalten, immer weiter rutsche ich von einer sitzenden in eine liegende Position.

Ich genieße den Moment, doch eines fehlt mir: seine Nähe. Soll ich oder soll ich nicht?

Ach verdammt. Ich rutsche zu ihm rüber, bette meinen Kopf in seinen Schoß und schaue weiter in

Richtung des Fernsehers. Mein Pulsschlag beschleunigt sich. Wird er mich abweisen?

Seine Hand berührt mich an der Hüfte, sucht sich seinen Weg unter mein Shirt und bleibt auf meinem Bauch liegen. Zärtlich streichelt er darüber, selbstvergessen. Jetzt ist der Moment perfekt.

12. KAPITEL

Erin

»Willst du mir nicht endlich verraten, wo du so gut kämpfen und schießen gelernt hast?«

»Das bleibt ein Geheimnis, sonst müsste ich dich töten.«

»Ehrlich, eine geistreichere Erwiderung fällt dir nicht ein, Irish?«

»Nein, denn es ist die Wahrheit.«

»Du bist wirklich unverbesserlich, und ich dachte, die letzten sechs Wochen haben dir gezeigt, du kannst mir vertrauen.«

»Glaub mir, ich vertraue dir, soweit es mir überhaupt möglich ist.«

»Das ist echt ein erbärmliches Zeugnis, das du mir hier ausstellst.«

»Nein, ist es nicht. Ich habe mir geschworen, mich

nicht näher auf dich einzulassen. Wollte dich so schnell wie möglich wieder aus meinem Leben streichen, weil ich von Anfang an wusste, du wirst mir gefährlich. Und wie gut habe ich meine Vorsätze umgesetzt? Die Erbärmliche bin wohl eher ich.«

Gefühlte Stunden kommt keine Antwort von Ruark, Unsicherheit überkommt mich. Hätte ich ihm den Einblick in mein Inneres verwehren sollen? Ich wollte ihm ein kleines Stückchen Ehrlichkeit schenken. Er wird mich zurückweisen, ich weiß es, und ich verstehe es sogar. Sein Schweigen halte ich nicht länger aus.

»Hör zu, vergiss.«

»Nein«, unterbricht er mich. »Ich war nur überrascht, du hast mit mir noch nie so offen über deine Gefühle für mich gesprochen, das hat mich einfach überrascht.«

»Ich… Es gibt etwas in meiner Vergangenheit, und dieses Etwas lässt mich nicht los, erst wenn ich es beende, darf ich versuchen zu leben. Und kann mich auf das Leben einlassen.«

»Erin, bitte sag mir, wovon du sprichst, ich kann dir sicher helfen. Du weißt, ich besitze einiges an Einfluss. Ich bemerke doch immer wieder, dass du weit weg von mir bist, und auch, dass es jemand anderen gibt.«

»Du bist süß, Ruark. Ich danke dir für die angebotene Hilfe, aber in dem Fall kannst du mir nicht helfen.«

»Liebst du diesen Jemand?«

»Ja, ich liebe ihn.«

»Sag mir, dass das mit mir nicht nur ein Spiel für dich ist.«

»Nein, es ist kein Spiel für mich.«

»Was ist es dann? Und wo ist dieser Bastard, den du liebst und mir vorziehst?«

»Er ist tot, Ruark.«

»Scheiße, das wollte ich nicht.«

»Ich weiß. Du konntest von Andrew nichts wissen – wie auch? Ich umschlinge mich mit meinen Armen, gestehe mir diesen Moment der Schwäche zu.

»Verdammt, dann sag mir, was zum Teufel du vor mir verbirgst. Dass er tot ist, ist nicht alles, oder? Ansonsten würdest du nicht so abblocken, und du hättest nicht gesagt, dass du noch etwas erledigen musst.«

»Das kann ich nicht.« Ein trauriges Lächeln schleicht sich auf meine Lippen.

Die letzten Wochen waren wunderschön und normal. Wir haben viel Zeit miteinander verbracht. Entweder bei Ruark oder bei mir, haben Ausflüge unternommen, es uns gemütlich gemacht und hatten an jeder erdenklichen Stelle in seiner und meiner Wohnung Sex, sogar die Werkstatt haben wir unsicher gemacht. Die Gedanken an meine Rache bestimmten nicht mehr meine Tage, sondern dieser Mann.

Doch unsere Unterhaltung zeigt mir deutlich, dass diese Zeit enden muss. Die Frustration über meine ausweichende Antwort steht ihm ins Gesicht geschrieben.

»Kannst oder willst du es nicht?«

»Beides.«

»Das ist nicht dein Ernst? Du wirfst das mit uns einfach weg? Scheiße, ich kenne noch nicht einmal einen Grund. Du gibst mir keine Möglichkeit, deine Motive zu verstehen. Wie konnte dieses dämliche Gespräch nur so aus dem Ruder laufen?«

»Glaub mir, es fällt mir nicht leicht«, versuche ich zu erklären. Instinktiv greife ich mit einer Hand an seine Wange, streiche zärtlich darüber, muss seine Haut an meiner spüren.

Unwirsch entzieht er sich mir. Der Schmerz über die Ablehnung trifft mich mitten ins Herz. Ich habe es nicht anders verdient. Diese Wochen waren geborgte Zeit; ich wusste es schon von Anfang an, dass es nicht gut zwischen uns enden kann. Zumindest einer wird verletzt zurückbleiben, nur erlag ich der irrigen Annahme, es betrifft nur mich. Dass auch Ruark nicht so einfach davonkommt, schmerzt mich zusätzlich.

Er ist nicht der Playboy-Staatsanwalt, dem die Frauen zu Füßen liegen. Er ist anständig, mit Wert- und Moralvorstellungen. Verdammter Scheibenkleister, warum kann er nicht einfach ein Aufreißer sein, der sich mit mir ein paar schöne Wochen machen wollte? Aber nein, diesem Mann liegt etwas an mir.

Auch wenn es Andrew unfair gegenüber ist, aber warum habe ich dich nicht schon vor Jahren getroffen, bevor das Töten seinen Lauf genommen hat?

»Es tut mir leid, ich denke, ich sollte gehen.«

»Du kannst jetzt nicht einfach so gehen.«

»Siehst du es nicht? Ich tue dir nicht gut. Es war niemals meine Absicht, dich zu verletzen.« Scheiße, ich muss hier raus, meine Stimme zittert bereits.

»Glaubst du wirklich, dass du einfach so aus dieser Tür gehst und alles ist vergessen?«

»Nein, aber ich hoffe, du kannst mir verzeihen.«

Ohne auf eine Antwort zu warten, schnappe ich mir meine Handtasche und rufe den Lift, der mich nach unten bringt.

Weg von Wolke sieben und zurück in die kalte grausame Realität. Ich hasse mich mittlerweile selbst für meine Unentschlossenheit. Nur wenn ich wüsste, wie ich dagegen ankommen kann, immer her mit den guten, aber bitte funktionierenden Ideen.

Ruark

Perplex starre ich Erin nach. Ich verstehe nicht, was so dermaßen schiefgelaufen ist. Wie hat dieses Gespräch, das eigentlich ganz gut begonnen hat, so dermaßen aus dem Ruder laufen können?

Die letzten Wochen waren unglaublich. Ich hätte nie gedacht, mit einer Frau so viel Spaß zu haben. Die Anziehung, die ich für sie von Anfang an empfand, verstärkte sich über die Wochen nur noch.

Ich habe sogar die Nachforschungen Rob betreffend zurückgestellt, um so viel Zeit wie möglich mit Irish zu verbringen.

Meine Neugierde hat alles verdorben, doch ich konnte nicht anders, als sie zu fragen, wo sie so gut schießen und kämpfen gelernt hat.

Unser heutiges Ausflugsziel: eine Paintballarena

etwas außerhalb. Ich treffe mich einmal im Monat mit Exkollegen. Letztes Mal habe ich abgesagt, dieses Mal waren auch ein paar Frauen und Freundinnen der anderen dabei. Deswegen hielt ich es für eine gute Idee, Erin mitzunehmen.

Als wir ankommen, finde ich ihre zögerliche Reaktion süß. Ich verspreche ihr, sie müsste nicht mitmachen, aber die anderen Frauen sind auch keine Profis und somit könnte sie es ja mal versuchen.

Wenn die Frauen dabei sind, spielen wir meistens zwei Runden – einmal partnerschaftlich mit den Frauen, dieses Spiel endet meist recht zügig. Danach sind wir Jungs dran, während die Mädels schwatzen.

Ich erkläre Erin, wie das Spiel funktioniert, wie die Paintballwaffen funktionieren und worauf sie achten muss, dann geht es auch schon los. Am Anfang noch unsicher, wagt sie sich bald aus meiner Deckung hervor. Sie schießt selten, zielt auf die Männer. Erzielt auch einige Treffer. Wir werden im Paarspiel zweite, weil ich einfach nicht die Augen von ihr wenden kann. Und mich abschießen lasse.

Die Jungs ziehen mich auf, dass ich mich besser auf das Spiel konzentrieren sollte und weniger auf meine Begleitung. Die Frotzeleien lassen Erin erröten, ich kann darüber nur lachen. Es gefällt mir, dass uns die restliche Truppe als Paar ansieht. Die Frauen nehmen Erin in ihre Gruppe auf und wollen wissen, wie sie es geschafft hat, mich an die sprichwörtliche Kette zu legen. Und ich? Mir gefällt, wie sie über Erins sogenannten Verdienst sprechen, überlege sogar, das Spiel mit den Jungs sausen zu lassen, um nicht von ihrer Seite weichen zu müssen. Es fehlt ohnehin ein Spieler, damit wir zwei Gruppen mit der gleichen Anzahl am Feld haben.

Daher überrascht mich Erins Bitte umso mehr.

»Ist es möglich, dass ich bei euch mitmachen kann? Ich möchte gerne noch eine Runde spielen.«

»Ich kann die Jungs fragen, aber bist du sicher? Es kann gut möglich sein, dass du sehr schnell wieder neben den Damen auf der Bank landest. Du darfst keine Extrabehandlung erwarten. Dieses Spiel nehmen wir um einiges ernster als das vorherige.«

»Ich denke, ich komme klar.«

»Na gut, wir sind ohnehin eine ungerade Zahl. Also sollte es kein Problem geben.«

Ich verschweige ihr, dass ich für sie sogar auf das Spiel verzichtet hätte und darauf hoffte, dass die Jungs etwas dagegen haben, denn die Aussicht, dass sie sich wie wilde Tiere auf Erin stürzen würden, behagt mir nicht.

Doch ich habe natürlich kein Glück, sie stimmen allesamt freudig dafür, dass Erin teilnimmt.

Ich will unbedingt mit ihr in einem Team spielen, auch dagegen hat sie etwas, was meine Freunde dazu veranlasst, sich lautstark über mich Pantoffelhelden das Maul zu zerreißen. Grummelnd gebe ich nach. Die Gruppe mit Erin im Team weiß, dass sie im Nachteil sind, doch sie nehmen es wie Männer. Es scheint ihnen mehr Spaß zu bereiten, mich leiden zu sehen als zu gewinnen.

Dann geht es auch direkt los, und was in der nächsten halben Stunde geschieht, lässt uns alle verblüfft und sprachlos zurück. Unsere Teams bestehen aus je acht Personen, die sich bereits lange kennen, miteinander in jeglicher Konstellation gespielt haben und auch gemeinsam früher verschiedene Einsätze hinter sich gebracht haben.

Irish schaltet zwei meiner Teamkollegen rascher aus, als jemand von uns auch nur reagieren kann. Ich fasse mich schneller als der Rest und treffe einen vom gegnerischen Team.

Danach gehen wir alle dieses Spiel mit einer neuen Ernsthaftigkeit an. Meine Gruppe, weil sie weiß, dass Erin ein ernst zu nehmender Gegner ist, und ihre Gruppe, weil sie neuen Mut schöpfen, auch mit ihr an der Seite zu gewinnen – oder gerade wegen ihr.

Unsere Gruppen entpuppen sich als gleich stark. Immer mehr Zuschauer gesellen sich an den Rand und verfolgen unser Spiel. Jeder weiß, dass wir gut sind, wenn nicht sogar die Besten. Uns sehen immer wieder Gruppen zu, doch wir sind keine Sensation mehr, nicht so die Frau, die mit uns mithalten kann. Und uns sogar übertrifft, denn wir kennen einander, unsere Stärken und Schwächen. Sie muss diese Schwächen erst herausfinden, um ihren Vorteil daraus ziehen zu können. Muss jeden von uns analysieren, nicht so wie wir. Wir müssen nur ihre Schwäche herausfinden.

Schuss um Schuss fällt, schlussendlich sind nur noch Erin und ich übrig. Wir bewegen uns vorsichtig auf dem Gelände voran, keiner will dem anderen sein

Versteck verraten und beide wollen wir für unsere Teams gewinnen.

»Gibst du auf?«, ertönt es links von mir. Ich positioniere mich, um sie in mein Schussfeld zu bekommen.

»Nur wenn du vor mir aufgibst. Du hast keine Chance gegen mich.«

Ihre ausbleibende Reaktion macht mich unruhig.

In mir schrillen die Alarmsirenen laut »Falle!«, doch ich bin zu spät.

»Du hast keine Chance gegen mich.« Ihre Stimme ertönt in meinem Rücken. Ein Schuss mit dem Marker löst sich und trifft meinen Rücken. Der Jubel der gegnerischen Mannschaft ist groß. Genauso wie der Triumphschrei, der aus Erins Kehle kommt. In den auch die anderen Frauen miteinfallen.

Ich blicke mich nach ihr um und stelle mit Verblüffung fest, dass sie ihren gesamten Schutz abgelegt hat und nur mit einer Paintballpistole bewaffnet hinter mir auf einer kleinen Erhöhung steht.

»Wie bist du da so schnell hingekommen? Und warum habe ich dich nicht gehört?«

Erin grinst mich bloß an. »Das möchtest du wohl wissen, aber ich verrate meine Geheimnisse nicht.« Die Freude auf ihrem Gesicht, die geröteten Wangen und die zerzausten Haare lassen sie unglaublich jung aussehen und völlig unbedarft.

»Bro, die Braut ist der Hammer! Wo hast du sie her? Hat sie eine Schwester oder Cousine die du mir vorstellen kannst?«

»Das kannst du dir gleich wieder abschminken, sie gehört zu mir.«

»Alter, da wäre ich mir nicht so sicher. Nach diesem Auftritt ist jeder hier schon in sie verliebt oder auf dem besten Weg dorthin.«

»Vergesst es, jeder, der etwas bei ihr versucht, bekommt es mit mir zu tun.«

»Nimm das doch nicht so ernst. Aber die Braut ist echt crazy. Zieht einfach so ihre Schutzausrüstung aus, damit sie sich leiser bewegen kann. Stellt dir eine Falle, indem sie dich anspricht. Sie ist sofort in deine Richtung gesprintet. Schau sie dir an, sogar ihre Schuhe hat sie ausgezogen, um sich nicht zu verraten.«

Verblüfft blicke ich an Erin hinunter, die sich ausgelassen von ihren Mitspielern feiern lässt. Er hat recht, sie trug auch keine Schuhe.

»Sobald sie hinter dir war, hat sie sich auf die Anhöhe gestellt, du hast den richtigen Riecher gehabt. Wir haben dir angesehen, dass dir an der Situation etwas faul vorkam, aber du warst zu langsam. Sie hat deine Schwäche für sie eiskalt ausgenutzt, um dich zu erledigen. Ich weiß nicht, wer sie ist, aber sie ist ein verdammter Profi. Mein Rat an dich: Pass gut auf dich auf.«

Mein Freund schlägt mir mit einer seiner Pranken auf die Schulter, bevor er sich von mir abwendet und zu den anderen geht, um Erin für den Sieg zu beglückwünschen.

Seine Worte lassen mich ratlos zurück. Er hat recht, Irish ist ein Profi, anders hätte sie eine Reihe von Exsoldaten nicht ausschalten können. Sicher, unsere

Dienstzeit ist schon etwas her, aber gewisse Dinge und Instinkte verlernt man nicht. Das ist mitunter auch der Grund, weshalb wir uns regelmäßig treffen. Damit wir unserer Fähigkeiten nicht verlernen, nehmen wir auch immer wieder an Turnieren teil, um nicht einzurosten.

Auch unterschätzen wir sie nach den zwei raschen Treffern nicht mehr. Diese Frau stellt mich immer wieder vor neue Rätsel. Entschlossener denn je beschließe ich, ihren Geheimnissen auf den Grund zu gehen.

***

Erin

Warum ist unser Gespräch so dermaßen aus dem Ruder gelaufen? Seitdem ich in meiner Wohnung angekommen bin, grüble ich darüber nach. Ich wusste ja, dass dieser harmonische Zustand nicht von Dauer sein kann und dass mich die Realität einholen würde. Aber nicht so und auch nicht so schnell. Wehmütig denke ich an den Verlauf des Tages zurück und was vor dem Gespräch passierte.

Beschwingt von meinem Sieg genoss ich die Anerkennung von Ruarks Freunden. Dieses Spiel hat mir so unglaublich viel Spaß bereitet. Am Anfang reagierte ich noch zögerlich, wusste ich ja nicht, worauf ich mich einlasse. Ich versuchte mich so halbwegs anzustellen bei dem Spiel, an dem auch die Frauen teilgenommen haben.

Ruarks Erklärungen und Beteuerungen, auf mich

achtzugeben, fand ich so unglaublich süß, dass ich es nicht übers Herz gebracht habe, ihn zurückzuweisen, geschweige denn ihm zu verraten, dass ich mit einem Paintballgewehr oder auch einer Pistole umgehen kann und keine Einweisung benötige. Dieses erste Spiel hat mein Verlangen nach mehr geweckt, und die ganzen Frauen mit ihren Fragen haben mich dermaßen genervt, dass ich nicht anders konnte, als ihn zu fragen, ob ich nicht mitspielen kann.

Natürlich hätte ich mich zurückhalten können und ihnen nicht gleich zeigen müssen, dass sie in mir einen ernst zu nehmenden Gegner haben. Doch dann wäre es langweilig geworden. So war das Spiel gleich von Anfang an spannend und beide Gruppen wollten und konnten gewinnen. Es war Zufall, dass zum Schluss nur noch Ruark und ich übrig blieben.

Ich überlegte, wie ich an ihn rankommen könnte. Es stellte sich heraus, dass ich es nur mit Schnelligkeit und Köpfchen würde schaffen können. Deswegen entschied ich mich, alles auf eine Karte zu setzen und ihn aus der Reserve zu locken, dazu musste alles genau getimt ablaufen, und das Glück benötigte ich ebenfalls auf meiner Seite. Hätte er mich gefunden, während ich mich gerade meiner Schutzkleidung entledigte, wäre das wirklich schmerzhaft für mich geworden.

Sobald alles für meinen finalen Zug bereit war, sprach ich ihn an, um zu wissen, wo er sich versteckt hielt. Und dann rannte ich los, mit dem Ziel, mich so zügig und leise hinter ihm zu bewegen, um meine Chance zu erhalten.

Es war knapp. Hätte sein Instinkt ihn auch nur eine

Sekunde früher gewarnt, dann hätte Ruark gewonnen. Er war bereits dabei, sich umzudrehen, als ich geschossen habe.

Ich genoss den Triumph, das Adrenalin rauschte durch meinen Körper, ich stieß einen Schrei der Genugtuung aus, in den auch die anderen Frauen miteinstimmten. Meine Teamkollegen feierten mich und unseren Sieg, auch Ruarks Mitstreiter beglückwünschten mich zu meinem Sieg. Nur Ruark stand in einigen Metern Entfernung da, beobachtete mich mit gerunzelter Stirn.

Verdammt, habe ich mich mit dieser Aktion verraten? Dass ich keine gewöhnliche Frau bin, weiß er ja mittlerweile. War diese Einlage zu viel? Dabei habe ich es so unglaublich genossen, mich messen und mein Können unter Beweis stellen zu können.

Seine Stirn glättete sich wieder, er kam auf mich zu, um mir einen leidenschaftlichen Kuss auf die Lippen zu drücken. Grölend und pfeifend pushten uns seine Kollegen, was uns zum Lachen brachte.

Wir verbrachten noch ein wenig Zeit mit ihnen, bevor wir in Ruarks Mustang stiegen und in Richtung seiner Wohnung aufbrachen.

Heute sind wir wieder bei ihm, wir wollen den Abend gemütlich mit einem Film ausklingen lassen und seine Wohnung besitzt den größeren Fernseher, deswegen haben wir uns heute für seine Wohnung entschieden.

Als wir in der Tiefgarage ankommen, blicken wir uns hungrig in die Augen. Wir schaffen es aus dem Auto raus, bis in den Lift. Dort gibt es kein Halten mehr. Ich lasse mich auf die Knie fallen, öffne mit fahrigen Bewegungen den Knopf und den Reißverschluss seiner Jeans. Er hilft mir, holt seinen Penis unter dem Stoff hervor. Ich fahre mir mit der Zungenspitze über die Lippen, sehe ihm von unten in die Augen, während ich mit meiner Zunge über seinen erigierten Schaft fahre, mit der Spitze gegen seine Eichel klopfe, um danach hart zu saugen zu beginnen. Ich entlocke ihm ein Stöhnen, das Ping kündigt die Ankunft im obersten Stockwerk an. Zum ersten Mal schätze ich diesen Privataufzug wirklich. Ruark kramt den Schlüssel hervor, um uns in seine Wohnung zu lassen. Ich denke nicht daran, von ihm abzulassen, zu sehr genieße ich es, ihn in meinem Mund zu haben.

»Scheiße, Erin, hör auf oder ich komme bereits jetzt.«

Ich verstärke meine Anstrengungen weiter, lasse nicht von ihm ab. Nehme ihn immer tiefer in meiner Kehle auf, dränge mich immer dichter gegen seinen Bauch. Langsam beginne ich zu würgen, er ist einfach zu groß und dick. Aber ich will nicht aufhören, ich will, dass er in meinem Mund kommt, will, dass er so die Kontrolle verliert und mir seinen Saft gibt.

»Fuck.« Er zieht mich nach oben, beachtet meinen Protest nicht, drängt uns aus dem Lift heraus, drängt mich mit dem Rücken hart gegen die nächste Wand. Küsst mich hart, während wir uns die Klamotten schier vom Leib reißen. Als wir beide nackt sind, hebt er mich hoch. Die raue verputzte Wand scheuert über meinen empfindsamen Rücken, doch dieser Umstand macht mich nur noch mehr an. Ich schlinge meine

Beine um seinen Rücken und meine Hände um seinen Hals. Ruark küsst mich hart, schmeckt sich auf meinen Lippen, was ihn die Kontrolle verlieren lässt. Er beißt mir in die Unterlippe, ich gebe einen Schmerzlaut von mir, schmecke Blut, hart stößt er seine Zunge in meinen Mund, penetriert mich damit, küsst mich immer härter und leidenschaftlicher. Ich vergrabe meine Nägel in seinem Rücken, kann mich nicht länger zurückhalten. Auch Ruark gibt sein letztes bisschen an Beherrschung auf und stößt sich kraftvoll bis zum Anschlag in mich. Er erstickt meinen Aufschrei mit seinem Mund. Stoß um Stoß dringt er in mich, immer wieder, immer schneller. Meine Muskeln krampfen um seinen Schaft, entlocken ihm ein heiseres Stöhnen.

Ich kann das Verlangen spüren, das in ihm aufsteigt. Meine Nervenenden vibrieren, mit einem letzten harten Stoß ringt er uns beiden einen harten Orgasmus ab, lässt mich eine Explosion erleben. Ich ersticke meinen Aufschrei, indem ich ihm hart in die Schulter beiße, was ihn dazu bringt, tief in mir zu kommen.

Erschöpft bringen wir es irgendwie zustande, unsere Gliedmaßen zu entwirren, schweißnass und wackelig auf den Beinen schaffen wir es ins Bad, um uns zu reinigen.

»Du machst mich fertig, Irish.« Ruark schaut mich zärtlich an, streicht mir eine Strähne aus dem Gesicht und klemmt es hinter meinem Ohr ein.

»Das kann ich nur zurückgeben.« Im Spiegel betrachte ich mein glücklich lächelndes Ich. Die strahlenden blitzenden blauen Augen und der Blick, der liebevoll wird, wenn er auf Ruark fällt, und verlangend, sobald ich meine Markierung an seiner Schulter erblicke, die ihn als meins zeichnet.

Was hat dieser Mann in den letzten Wochen nur mit mir angestellt? Er hat meine Schutzmauern eingerissen und ich … ich habe ihm danach auch noch Tür und Tor zu meinem Innersten geöffnet.

Ob das gut gehen kann? Ich bezweifle es. In diesem Moment bin ich so unglaublich glücklich, das kann nicht von langer Dauer sein.

Wir kommen überein, uns unsere Klamotten anzuziehen, um nicht gleich erneut übereinander herzufallen, immerhin wollen wir noch einen Film sehen. Ich denke, es ist uns beiden ein wenig unheimlich, dass wir wie Teenager jede Minute, die wir miteinander verbringen, mit Sex ausfüllen könnten – nach wie vor.

Dieses Verlangen für einen Mann zu empfinden, ist mir neu, und ihm scheint es nicht anders zu ergehen. Ruark hat mir nach zwei Wochen, die wir miteinander verbracht haben, mit Erstaunen gebeichtet, dass er normalerweise nicht länger als zehn Tage sexuelles Interesse für eine Frau verspürt. Sie beginnen ihn dann zu langweilen, aber bei mir ist das Gegenteil der Fall: Er kann nicht genug von mir bekommen, sei es im Bett oder außerhalb.

Er hätte nie gedacht, dass er mit einer Frau so viel Spaß haben kann. Ich war ehrlich erstaunt über seine ehrliche Reaktion, er klang richtiggehend entschuldigend. Aber er wollte mir das nicht vorenthalten. Ich fühlte mich geschmeichelt.

Wir machen es uns auf der Couch gemütlich und sehen uns einen unserer heiß geliebten Actionfilme, für die wir beide ein Faible haben, an. Und dann zerstört er mit einer einzigen Frage alles.

Ich kann ihm aber keinen Vorwurf daraus machen, denn auch mir brennt diese Frage auf der Zunge, sobald mein vor Verlangen benebeltes Gehirn wieder einigermaßen normal in seiner Anwesenheit funktioniert. Auch ich will wissen, warum er und die anderen Spieler so gut sind.

Schon während des Spiels mit den Frauen schrie alles in mir: Achtung, das sind Profis. Ich sah ihnen zu, studierte sie. Wenn ich diese Gelegenheit im ersten Spiel nicht gehabt hätte, meine Chance, gegen sie zu bestehen, wäre ungleich schlechter gewesen. So konnte ich zumindest einen Teil meiner Gegenspieler einigermaßen einschätzen.

Er muss wie ich Soldat gewesen sein, der geübte Umgang mit Waffen, und sei es auch nur, um mit ihnen Paintball zu spielen. Seine Techniken im Nahkampf, die Fähigkeit, kühl und logisch in schwierigen Situationen zu handeln und denken zu können, zeugen von langem Training.

Dass er eine Schwäche für Rätsel und Geheimnisse hat, hätte mich rechnen lassen müssen, dass er mir unangenehme Fragen stellen wird, die ich nicht beantworten kann.

Und doch hat er mich kalt damit erwischt, die Erinnerung versetzt mir einen Stich.

»Willst du mir nicht endlich verraten, wo du so gut kämpfen und schießen gelernt hast?«

Es war zu früh, ich habe einfach nicht damit gerechnet.

Mach dir doch nichts vor, auch drei weitere Monate hätten an der Situation nichts geändert, Koboldmädchen, du bist verliebt.

Verdammter Scheibenkleister, wo kommt denn dieser irrsinnige Gedanke her? Aber ist er wirklich so abwegig?

Ist es nicht längst zu spät, sich noch länger vorzumachen, dass mir dieser Mann nichts bedeutet?

Die Antwort liegt ja eindeutig auf der Hand.

Scheiße, ich glaube, ich habe mich verliebt. Wie konnte das passieren?

13. KAPITEL

Erin

Lange liege ich noch wach, bin entsetzt über meine Erkenntnis, die ich so lange verdrängt habe. Ich, die sich geschworen hat – oder besser, die angenommen hat –, gar kein Herz mehr zu besitzen, das sie an jemanden verlieren kann. So sehr habe ich mich getäuscht.

Ich kann daran nichts ändern, muss sehen, dass ich mich wieder auf das Wesentliche konzentriere. Auf die zwei verbliebenen Zahnräder in der Maschinerie der Korruption.

Es wird mir nicht leichtfallen, mich genauer mit Robert Adams zu befassen, ihn zu beschatten, wenn ich weiß, dass Ruark in seiner Nähe ist. Ich kann und darf aber nicht noch länger zögern. Diese gut sechs Wochen sollten, hoffe ich, ausgereicht haben, um die Sicherheitsvorkehrungen eingespielt zu haben, sodass es in der nächsten Zeit keine gröberen Änderungen geben wird und ich somit alles Wissenswerte während meiner Beschattung herausfinde, um mich meinem nächsten Ziel zu nähern.

Doch damit befasse ich mich morgen; heute betrauere ich den erneuten Verlust meines Herzens und lasse den Schmerz, der sich in meiner Brust ausbreitet, zu. Warum bin ich so dumm gewesen und habe geglaubt, ich komme unbeschadet aus der Angelegenheit heraus? Ich habe von Anfang an gewusst, dieser Mann wird mir Schwierigkeiten bereiten. Wieso habe ich nicht mehr darauf gedrängt, auf Abstand zu bleiben, ihn nicht an mich heranzulassen?

Gut, am Anfang war ich mir nicht sicher, ob es sich bei ihm auch um einen Feind handelt, und habe mich deshalb darauf eingelassen. Das ist aber nur die halbe Wahrheit, gestehe ich mir selbst ein, denn ich wollte ihn näher kennenlernen. Er zog mich an von Beginn an, löste etwas in mir aus. Ich war zu begierig darauf, zu erfahren was es war; jetzt weiß ich es. Der Wunsch nach Nähe und der Wunsch zu vertrauen.

Wie oft habe ich in den letzten Wochen das Sehnen verspürt, ihm alles zu erzählen? Von Andrew, den Beweisen und meinen Rachemorden. Wie oft wollte ich ihn warnen vor seinem korruptem Boss? Und wie oft habe ich alles, was mir auf der Zunge lag, wieder hinuntergeschluckt, mich stattdessen an ihn gedrängt und alles getan, um zu vergessen, was ich beinahe getan hätte?

Durch ein Fenster des Cafés beobachte ich die Büroräume, in denen Robert und seine Mitarbeiter –

also auch Ruark – untergebracht sind. Dieser Ort ist seit Neuestem mein Stammlokal. Hier gibt es hervorragenden Kaffee, die Sandwiches sind auch nicht schlecht sowie alle möglichen süßen Leckereien, mit denen ich mich seit Neuestem vollstopfe. Über den Grund erlaube ich mir nicht weiter nachzudenken.

Ruark hat immer wieder versucht, mich auf dem zu Handy erreichen. Auch in der Werkstatt ist er schon des Öfteren aufgetaucht.

Ich habe meinen Jungs unter Todesdrohung zu verstehen gegeben, dass sie mich bei ihm verleugnen müssen, ansonsten können sie sich einen neuen Job suchen. Sie haben erkannt, dass ich es verdammt ernst meine, und mir versichert, er komme nur über ihre Leichen an mich heran.

Sie wollten wissen, ob er mir wehgetan hat. Diese Frage konnte ich ehrlich mit Nein beantworten. Meine Antwort hat sie zumindest etwas beruhigt und in mir ein warmes Gefühl hinterlassen. Ich weiß, dass sie mich mögen, aber dass sie sich solche Sorgen um mich machen, finde ich tröstlich.

Wie gerne würde ich Ruark die Schuld für meinen Kummer geben. Das ist aber nicht möglich, denn die Einzige, die dafür verantwortlich ist, bin ich. Bevor mich erneut Schuld und Trauer überkommt, richte ich meine Aufmerksamkeit wieder auf das Gebäude gegenüber.

Ruark verlässt das Gebäude gemeinsam mit seinem Chef. Auf dem Bürgersteig bleiben sie zueinander gewandt stehen. Die ausladende Körpersprache der beiden Männer deutet auf eine Meinungsverschieden-heit hin.

Schade, dass ich nichts verstehen kann. Sie trennen sich, Robert steigt in die geparkte Limousine. Begleitet von drei Personenschützern. Das sind aber nicht alle. Es sind noch fünf Personen in ziviler Kleidung, die ihn beschützen. Sie sind verdammt gut, ein eingespieltes Team. Dieser Mann scheut keine Kosten und Mühen, wenn es um seinen Schutz geht.

Es hat etwas gedauert, bis ich sie enttarnt hatte, und hat mich ganze zwei Tage gekostet. Die zivilen Personen werden immer ausgetauscht, sie sehen wie zufällige Passanten aus. Ich erkannte sie erst, weil ich schon lange vor und lange nach der Abfahrt des Wagens noch die Gegend beobachtet habe.

Zwei von den Zivilen warfen mir immer öfter prüfende Blicke zu. Ich wirke verdächtig auf sie – wie auch nicht? Wenn ich hier tagein, tagaus sitze und die Leute beobachte. Ich frage mich, wann sie sich in meine Richtung aufmachen werden, um mich anzu-sprechen. Ich hätte es so gemacht.

Blicklos starre ich erneut aus dem Fenster, nehme nichts wahr. Meine Gedanken kreisen um den Mann, den ich einfach nicht daraus verdrängen kann.

»Was machst du hier?«

Ich merke, wie mir das Blut aus dem Kopf weicht, und verfluche mich im Stillen, nicht aufgepasst zu haben.

»Ich trinke einen Kaffee und esse eine Kleinigkeit, was dagegen?«

»Und das machst du ausgerechnet in dem Café?«

»Warum nicht, ist doch ein freies Land.«

»Erin, du weißt genau, was ich meine.«

»Wirklich, weiß ich das?«

»Sei nicht so eine Zicke.«

»Oder was?«

»Oder du wirst es bereuen.«

»Soll mir diese Drohung etwa Angst machen?«

»Nein, aber ich kann mich auch umdrehen und wieder gehen.«

»Ja, bitte tu das.«

»Wolltest du mich denn nicht sehen? Ist das nicht der Grund, warum du hier sitzt?«

Das Blut, das zuvor aus meinem Kopf verschwand, kehrt nun mit rascher Geschwindigkeit darin zurück. Ich beiße mir auf die Zunge, um ihm nicht zu bestätigen, dass genau das der Grund ist.

Denn seinen Chef kann ich von vielen Positionen aus beobachten. Ruark zu beobachten, und dann noch so, dass ich es vor mir selbst nicht wirklich zugeben muss, ist eine andere Geschichte. Zwei Fliegen mit einer Klappe, sagt zumindest mein tiefstes Inneres. Es hat mich auch zu dieser Aktion angestiftet, denn insgeheim wusste ich, es wird der Tag kommen, an dem er mich entdeckt. Vor allem da ich ja auch noch an einem kleinen Tisch direkt hinter der Glasscheibe sitze, ein Ort, von dem mich die vorbeigehenden Passanten sehr gut sehen können.

Warum habe ich mich am Telefon oder in der Werkstatt verleugnen lassen? Einzig damit wir uns in dem Café über den Weg laufen.

»Ich weiß nicht, was ich mit meinem Hiersein

bezwecke. Ich wollte dich sehen, aber nicht mit dir sprechen.«

»Wieso tust du das? Uns beiden geht es nicht gut mit der Trennung – wenn man bei dem, was wir hatten, von Trennung überhaupt sprechen kann.«

»Entschuldigung, kann ich Ihnen noch etwas bringen?«

»Für mich einen Kaffee schwarz, und du?«

»Danke, ich bin versorgt.« Das Auftauchen der Kellnerin gibt mir ein paar wertvolle Sekunden, um mich zu sammeln. Ich will nicht mit ihm reden. Wieso hat er mich auch entdecken müssen, warum habe ich mich so dumm positioniert? Ich bemerke seinen stechenden Blick, der auf mir ruht. Ertrage es aber nicht, ihm in seine Augen zu blicken, will die Verletztheit über meine Zurückweisung darin nicht sehen.

»Willst du mich denn nicht ansehen?«

Seufzend drehe ich mich zu ihm hin, bevor ich Ruark ansehe. Wappne mich gegen die Vorwürfe, die ich in seinen Iriden lesen werde. Ein zickiger Spruch liegt mir bereits auf den Lippen. Der Ausdruck, der mich erwartet, lässt mich zurückweichen, denn ich sehe darin reine Zärtlichkeit. Verdammt, was stimmt mit diesem Mann nicht?

Nur knapp halte ich mich davon ab, aufzuspringen, ihn anzuschreien und ihm genau diese Frage an den Kopf zu knallen und noch so vieles mehr.

Er hat eine Bessere verdient, keine Mörderin, die sich auf einer Rachetour befindet. Die ihm nie die statistisch errechneten eins Komma drei Kinder mit

Haus und weißem Gartenzaun bieten wird – den Hund nicht zu vergessen.

All das und noch so viel mehr hat dieser Mann verdient.

»Das war eine dumme Idee, ich hätte nicht herkommen sollen.«

Ich stehe von meinem Platz auf, greife nach meiner Tasche, bin im Begriff, an ihm vorbeizugehen. Mit festem Griff hält er mein Handgelenk umfangen. Ruark macht keine Anstalten, mich loszulassen, ich halte inne.

»Ich weiß nicht, wovor du davonläufst, Erin, aber so schnell gebe ich nicht auf. Du kannst deinen inneren Dämonen gerne ausrichten, dass ich um dich kämpfen werde. Wo das mit uns hinführen wird, keine Ahnung, vielleicht sind wir uns nach ein paar Tagen, Wochen oder Monaten leid. Dann haben wir es wenigstens versucht. Aber vielleicht ist das etwas wirklich Einmaliges zwischen uns und diese Chance lasse ich dich uns nicht nehmen.«

Mein Hals wird eng bei seinen Worten. Unbewusst habe ich meine Hände zu Fäusten geballt, mir die Fingernägel in mein Fleisch gestoßen, so fest habe ich zugedrückt, um nicht laut zu schreien. Er soll so etwas nicht sagen und schon gar nicht meinen. Dass dem so ist, steht ihm ins Gesicht geschrieben. Pure Ernsthaftigkeit strahlt daraus.

»Ich bin nicht gut genug für dich, schleppe zu viele dunkle Geheimnisse mit mir herum. Du verdienst jemanden, der schätzt, was er an dir hat. So leid es mir tut, aber ich werde nie die Person sein, die zu dir passt und die du brauchst.«

»Ich verstehe nicht, wo die Kämpferin hin ist. Die sich nimmt, was sie möchte. Vor mir sehe ich eine ängstliche Frau voller Zweifel und Selbsthass, wo kommt diese Frau her? Wo ist die Frau hin, die mir nicht nur einmal den Arsch aufgerissen hat?«

»Diese Frau versucht dich vor ihrer Welt zu schützen.«

»Sehe ich so aus, als müsste ich beschützt werden?«

Traurig lächle ich ihn an.

»Es war ein Fehler, hierherzukommen. Es tut mir leid, ich habe nicht damit gerechnet, dass du mich entdeckst.«

»Ich habe dich schon vor drei Tagen entdeckt. Also sag mir nicht, dass es dir leidtut und es sich um einen Fehler handelt. Du handelst viel zu kalkuliert.«

»Aber warum …«

»Warum ich erst heute auf dich zugegangen bin? Ich habe gehofft, du machst den ersten Schritt, aber heute … Ich konnte nicht anders.«

Resignierend schüttle ich den Kopf. Es war dumm. Ich hätte einfach nur seinen Chef ausspionieren sollen. So habe ich erneut Hoffnung in Ruark geweckt.

»Scheinbar stimmt die Redewendung wirklich. Von zweien liebt immer einer mehr als der andere.«

Perplex lausche ich der Traurigkeit, die seine Worte begleiten. Ruark lässt mich los, ich kann mich nicht dazu aufraffen, einen Schritt von der Stelle zu machen. Blicke ihn weiterhin wortlos an.

Als er aufsteht, beginnt mein Herz schneller zu

schlagen. Er hebt die Hand, streicht mir wie so oft eine Strähne hinter mein Ohr. Ich halte mich gerade so davon ab, meine Wange in seine Handfläche zu schmiegen. Sein Daumen streicht über meine Lippen, fährt die Konturen nach. Er beugt seinen Kopf zu mir, ich spanne mich an in Erwartung eines Kusses, senke leicht meine Augenlider.

Spüre seine Lippen, aber nicht dort, wo ich sie spüren möchte, sondern auf meinem Scheitel.

»Ich liebe dich, Erin«, murmelt er, dreht sich um und geht.

Ich öffne meinen Mund, will ihm hinterherrufen. Klappe ihn wieder zu. Was soll ich ihm sagen? An der Situation hat sich in den letzten Minuten auch durch sein Geständnis nichts geändert.

Ich verlasse das Café, von Ruark fehlt jede Spur.

Eine Welle voll Schmerz überrollt mein Herz. Scheiße, wieso zum Teufel besitze ich es überhaupt noch? Doch das stimmt so nicht. Vielleicht schmerzt diese Stelle in meiner Brust aus dem Grund, weil es nicht mehr dort ist. Weil es mit dem Mann mitgegangen ist, der mir vorhin seine Liebe erklärt hat. Und für den es trotz meiner Weigerung und meiner Versuche, es zu leugnen, schlägt.

Ruark

Welcher Teufel hat mich geritten, Erin ausgerechnet in einem Café meine Liebe zu gestehen? Es hat mich gewundert, dass sie nicht auf der Stelle vor mir davongestürmt ist.

Die letzten Tage waren nicht gerade toll für mich. Ich wusste nichts mehr mit mir anzufangen, in den letzten Wochen haben sich die meisten meiner Freizeitaktivitäten um Irish gedreht. Wir haben jede freie Minute miteinander verbracht. Ich wollte sie kennenlernen, war verwundert, dass sie mir nicht langweilig wurde. Es machte Spaß, mit ihr zusammen zu sein, und wenn es zu Auseinandersetzungen kam, dann wurden diese mit Sex bereinigt. Was auch nicht schlecht war.

Drei Tage beobachtete ich sie dort im Café und nicht nur ich, wie ich feststellte. Dadurch ist mir aufgefallen, dass sie auch an den folgenden Tagen unter Beobachtung stand. Ich habe Bob zur Rede gestellt, nachdem ich mitbekommen habe, dass er nicht nur von drei Personenschützern, sondern auch von einigen in Zivil verkleideten Sicherheitsmännern geschützt wird.

Ich habe ihn vorhin deswegen angesprochen, vor allem weil ich mitbekommen habe, dass sie sich an Erin wenden wollten. Weil sie sich auffällig verhält. Ich habe Rob und dem Sicherheitschef mitgeteilt, dass sie meinetwegen dort ist und wegen niemandem sonst. Das ist auch der Grund, weshalb ich sie heute aufgesucht habe. Sie sollten ruhig sehen, dass sie jeden Tag scheinbar stundenlang im Cafe sitzt, um mich zu Gesicht zu bekommen. Der Hintergrund erschließt sich mir dabei aber so ganz und gar nicht.

Wie dämlich war ich, Erin in einer Kurzschluss-handlung meine Liebe zu gestehen?

Als Staatsanwalt mein Herz auf der Zunge zu tragen, ist keine gute Idee, ich war schon immer gut darin, in brenzligen Situationen einen kühlen Kopf zu bewahren. In ihrer Nähe ist meine Logik wie wegge-blasen. Nichts Vernünftiges kommt aus mir raus.

Wie kann ich ihr sagen, dass ich mich in sie verliebt habe, nur um dann mit so einem dämlichen Spruch um die Ecke zu kommen? Mit einem dummen Spruch habe ich gerechnet, mit ihrer Stummheit jedoch nicht.

Was mich dazu veranlasst hat, noch einen Schritt weiterzugehen, Erin zu berühren. Nichts außer eine ablehnende Reaktion von ihr hätte mich zurückhalten können, doch diese blieb aus.

So leicht werde ich nicht aufgeben, muss die Dinge aber anders angehen. Ihre Zurückhaltung, darüber bin ich mir mittlerweile im Klaren, rührt aus den Gescheh-nissen der Vergangenheit.

Wenn ich sie für mich erobern will, dann muss ich herausfinden, was damals geschah.

Ein paar Hinweise hat sie mir ja gegeben. Es muss etwas zu einem Andrew und seinem Tod vor ein paar Jahren geben. Gut, dass ich Recherchearbeiten nicht zum ersten Mal erledige. Sobald ich mehr weiß, kann ich mir einen Schlachtplan zurechtlegen. Aufgeben liegt mir nicht und ich werde jetzt nicht damit anfangen.

Ich lehne mich erschüttert auf der Couch zurück. Nachdem ich die Akte über den Mordfall Andrew Simmons auf den Tisch gelegt habe. Zu getrieben, um still zu sitzen, benötige ich jetzt erst mal einen Drink. Ich gehe zu dem großen Einbauschrank, hinter dem sich einige Flaschen Whisky verstecken.

Ich trinke selten harten Alkohol, aber diese Akte und das Wissen, was Erin durchgemacht hat, lassen mir keine andere Wahl.

Mit dem großzügig vollgefüllten Whiskyglas – es ist bis einen Fingerbreit unter den Glasrand angefüllt – setze ich mich wieder auf die Couch, nehme die Akte erneut hoch. Schaue mir die Tatortfotos genau an. Wenn ich mir denke, dass es Erin war, die ihren Verlobten gefunden hat – und vor allem wie –, wird mir schlecht.

Der Umstand, dass ihr Verlobter brutal ermordet wurde, erklärt ihre abwehrende Haltung anderen Menschen gegenüber. Sie hat erwähnt, dass sie niemanden mehr hat. Ich nehme daher an, ihr Verlobter war der letzte Rest ihrer verbliebenen Familie. Aus Selbstschutz beginnt man, Menschen von sich fernzuhalten.

Ich kann ihr Verhalten sehr gut nachvollziehen. Nach wie vor bleibt für mich das Rätsel, was sie mit ihrer Andeutung gemeint hat, sie müsse noch etwas erledigen, um dann frei zu sein. Mein erster Gedanke ist: Sie will den Tod rächen und den Mörder stellen. Das kann ich mir aber dann doch nicht vorstellen. Das würde bedeuten, sie kennt den Mörder und will ihn zur Rechenschaft ziehen.

Warum ist dieser Einfall abwegig? Sie kämpft sehr gut, sie schießt zielgenau und bewahrt auch unter schwierigen Bedingungen Haltung.

Irgendetwas stimmt aber trotzdem nicht bei diesem Gedanken. Ich versuche, die Puzzlestücke in meinem Kopf zu drehen, damit sie ein Bild ergeben – noch sind es zu wenige. Ich werde weitere benötigen.

Verärgert, dass sich das Rätsel nicht so schnell lösen lässt, trinke ich das Glas aus.

Vielleicht wäre es eine Idee, Erin direkt auf meinen Verdacht anzusprechen. Bis jetzt konnte sie mir ausweichen, weil ich nichts wusste. Wenn ich sie mit dem bisschen, das ich habe, konfrontiere, erfahre ich mit viel Glück etwas. Wenn ich Pech habe, knallt sie mir die Tür vor der Nase zu und wünscht mich zum Teufel. Ich werde es aber darauf ankommen lassen.

Zufrieden, die Schritte für mein weiteres Vorgehen geplant zu haben, schnappe ich mir die Mappe erneut, um mir die wichtigsten Daten und Fakten zu notieren. Immerhin muss ich mich für mein Verhör vorbereiten; nichts anderes wird es werden.

Freiwillig wird sie sich mir nicht öffnen.

14. KAPITEL

Erin

D ie Härchen in meinem Nacken stellen sich auf, noch bevor er das Wort an mich richtet.

»Wieso hast du mir nicht gesagt, dass Andrew ermordet wurde?«

Überrascht von dieser Aussage drehe ich mich zu ihm um, ernst schaut er zu mir herüber, ich schalte sofort in den Abwehrmechanismus.

»Warum zum Teufel schnüffelst du in meiner Vergangenheit herum?«

»Beantworte meine Frage, Erin.«

»Weil es dich nichts angeht.«

»Es soll mich nichts angehen? Uns verbindet mehr als eine Fickbekanntschaft, oder willst du das abstreiten?«

»Uns verbindet gar nichts, wenn du so tief sinkst, um … Wie kannst du nur?«

»Du erzählst mir nichts, gibst uns auf, noch bevor wir die Chance haben zu ergründen, ob es ein ›Wir‹ geben kann.«

»Ruark, ich will das nicht.«

»Du läufst weg. Ich habe dich für stärker gehalten.«

»Du hast keine Ahnung.«

»Dann erkläre es mir bitte, ich will es verstehen.«

»Das kannst du nicht. Ich kann es dir nicht verraten.«

»Das ist Schwachsinn und du weißt es.«

»Nein, kann ich nicht.« Meine Miene wird unbeteiligt, ich ziehe mich vor ihm zurück.

»Da du dich weigerst, mir etwas zu verraten, erzähle ich dir von meinen Mutmaßungen.«

Er hat sich Gedanken um mich und meine Geschichte gemacht. Verdammter Scheibenkleister, was weiß dieser Mann alles und woher hat er seine Informationen? Dumme Frage, verfluche ich mich selbst, er ist Staatsanwalt, natürlich kommt er an die benötigten Infos. Ich kann nur hoffen, dass seine Nachforschungen nicht die falschen Personen auf mich aufmerksam machen.

»Ich denke, du bist auf der Suche nach dem Mörder deines Verlobten.«

Jegliche Farbe weicht mir aus dem Gesicht, entsetzt schaue ich ihn an.

Nüchtern spricht er weiter, lässt mich nicht erkennen, was er denkt.

»Und wenn du ihn gefunden hast, willst du ihn beseitigen, dafür trainierst du so hart. Bist so gut in den verschiedenen Kampfkünsten, weil du ein Ziel hast.

Du kämpfst mit einer Verbissenheit, das hat mich so an dir fasziniert. Du bist mit Leidenschaft daran gegangen, genauso war es auch beim Paintball. Deine Schießkünste sind ebenfalls ausgezeichnet.«

Mein Herz schlägt mir bis zum Hals, bei seinen Worten wurde mein Mund trocken. Ich schließe die Augen, balle meine Hände zu Fäusten, beiße mir auf die Zunge. Er ist der Wahrheit so unglaublich nah und doch so fern. Wenn ich jetzt ein Wort sage, habe ich Angst, mich zu verraten. Unbeirrt spricht er weiter.

»Ich habe recht – oder bin zumindest knapp daran. Du hast ihn gefunden und willst ihn zur Strecke bringen.«

Mein Blick fliegt zu ihm, automatisch schüttle ich verneinend den Kopf.

»Streite es nicht ab, deine Körpersprache verrät dich. Irish, du bist gut, verdammt gut, dich zu verstellen, doch das ist mein Gebiet.«

Ich zwinge mich, etwas zu sagen, muss mich erst räuspern, bevor ich ein klares Wort aussprechen kann, zu sehr haben mich seine Behauptungen aus dem Konzept gebracht.

»Es ist nicht wahr, du liegst falsch.«

»Bist du sicher? Sieh mir in die Augen und sag mir, dass du den Mörder deines Verlobten nicht umbringen möchtest.«

Traurig schaue ich ihn an.

»Das kann ich nicht und du weißt es, Ruark.«

»Lass dir helfen, du weißt, ich bin gut in meinem Beruf. Ich kann den Verantwortlichen seiner gerechten Strafe zuführen. Er wird hinter Gitter wandern für eine lange Zeit. Selbstjustiz ist keine Lösung, dafür gibt es unseren Rechtsstaat.«

Bedauern spricht aus mir und die tiefe Entschlossenheit, die ich empfinde. Ruark erinnert mich in diesem Augenblick ein klein wenig an Andrew.

»Ich finde es bewundernswert, dass du so an das System glaubst. Aber bist du nicht zu blauäugig? Fragst du dich nie, ob die Menschen, die du einsperrst, nicht eine längere Strafe verdienen würden? Oder wenn jemand freikommt, von dem du weißt, er ist schuldig, und du ihn gehen lassen musst. Wenn Strafmaße viel zu hoch angesetzt werden für Bagatellen, nur um Exempel statuieren zu können? Weil sich die Angeklagten keinen guten Anwalt leisten können. Dafür aber reiche und mächtige Personen mit ungleich schwereren Straftaten zumeist mit Schelte davonkommen. Also sag du mir, ob du diesem System, das schon immer von Korruption geprägt worden ist, blind vertraust.«

Je länger meine Ansprache dauert, desto mehr rede ich mich in Rage, vergesse, dass ich so wenig wie möglich sagen wollte. Zu viele Gefühle schwingen darin mit, die gut verborgen in meinem Innersten bleiben sollten.

»Nein, das kann ich nicht. Ich muss darauf vertrauen, dass am Ende alles gut wird.«

Erstaunt über diese einfachen und so ehrlichen Worte betrachte ich ihn genau.

Ruark strahlt eine Ernsthaftigkeit aus, die mich erstaunt. Er weiß, wie korrupt das System ist, und doch glaubt er daran. Er ist nicht wie Andrew, der immer nur das Gute sehen wollte und bewusst den Blick vor der Realität abgewandt hat.

Als ich seine Aufzeichnungen studierte, ging deutlich hervor, dass er es nicht glauben konnte, dass es sich um ein Missverständnis handeln musste und deshalb seine Recherche unbedingt noch einmal auf Korrektheit überprüft werden muss.

Das war auch der Grund, weshalb er sich an ein paar Mitglieder der Gruppe wandte, um sie direkt zu befragen. Ihm war nicht bewusst, wozu diese Menschen wirklich fähig waren und die verbliebenen nach wie vor sind. Er hat sich sein eigenes Grab geschaufelt im Glauben an das Gute in die Menschen.

Wenn er den Artikel veröffentlicht hätte, ohne ihn zum dritten Mal zu prüfen und direkt an einen Teil dieser Personen heranzutreten, wäre er noch am Leben, dessen bin ich mir sicher. Es wäre zu auffällig gewesen, den Verfasser des Textes zu ermorden. Doch so war es ein Leichtes für sie, genauso wie den Mord als Einbruch deklarieren zu lassen, obwohl alles in seinem Wohnzimmer dagegensprach, inklusive der Nachricht. Leider konnten die Einbrecher nicht geschnappt werden, und da es dieser Tage sehr viele Opfer von Einbrüchen gab, wurde sein Fall sehr schnell zu den Akten gelegt. Nur komisch, dass es so gut wie keine Einbrüche in und um die Zeit seiner Ermordung gab. Andrew war einfach zu leichtgläubig; wehmütig denke ich an unsere Streitgespräche zurück, wenn es genau um diese Themen ging.

Nicht so der Mann, der mir gegenübersteht. Er

weiß, zwischen welchen Haien er sich bewegt. Ist selbst ein Raubtier unter ihnen und hat doch ein Gewissen.

»Wie kannst du für so jemanden arbeiten?«

»Wenn ich es nicht tue, sitzt dort vielleicht ein anderes korruptes Arschloch, und so kann ich zumindest versuchen, etwas Gerechtigkeit zu erreichen.«

Seine Worte machen mich nachdenklich und versetzen mich in Erstaunen. Ich weiß, dass dieser Mann nicht nur der Playboy ist, den er so gerne mimt. Ruark besitzt einen tiefsinnigen Charakter und Ehrgefühl.

Niemals würde er sich auf die Beziehung mit einer Mörderin einlassen. Selbst wenn, irgendwann würde er daran zugrunde gehen. Er sieht die Facetten der Graustufen, bewegt sich auch an deren Rand, bleibt aber doch seiner Linie von Schwarz und Weiß treu.

»Das ist sehr nobel von dir, und du denkst wirklich, dein Einsatz macht einen Unterschied?«

»Wenn ich das nicht glauben würde, müsste ich mich selbst infrage stellen.«

»Du bist sehr von deinen Fähigkeiten überzeugt.«

»Ja, das bin ich. Ansonsten müsste ich als Killer durch die Gegend jagen und die bösen Menschen umlegen. Nur zu was werde ich dann?«

Seine Worte treffen mich wie ein Messer in meine Brust, unwissentlich hat er gerade meine Ängste ausgesprochen. Zu was werde ich, wenn ich weitermache? Kann ich nach dem Abschluss meiner Rache in ein normales Leben zurückkehren? Verlangt es mich nach mehr Morden, dem Gefühl von Macht? Nach diesem Adrenalinkick, der nur mit verdammt heißem Sex aufgewogen werden kann? Diese Art Sex, die ich mit dem Mann gehabt habe, der mir gegenübersteht.

Er zieht eine Augenbraue nach oben, wartet auf eine Antwort von mir.

»Manchmal braucht es einen Sensenmann, um das Böse von dieser Welt zu tilgen.«

»Okay, ich kann verstehen, dass du aufgrund deiner Vorgeschichte eine etwas radikalere Ansicht vertrittst als ich. Aber ist das wirklich deine Meinung?«

»Ja, ich denke, mit Justiz und Rechtsprechung kommt man heutzutage nicht mehr ans Ziel. Zu viele Verbrechen bleiben ungesühnt, zu viele Personen leiden, niemand hilft ihnen, viele sehen weg.«

»Das stimmt, aber das ist doch noch lange kein Grund, für die Lynchjustiz zu sein.«

Ich seufze schwer, das Gespräch geht mir nahe. Ich hoffe, er wird den Grund dafür nie wirklich erfahren. Ruark macht mir bewusst, dass wir nicht zusammen sein können. Die Unterschiede unsere Auffassungen betreffend sind einfach zu verschieden. Er verachtet Killer wie mich – und ich verachte mich ja selbst. Trotzdem habe ich diesen Berufszweig gewählt.

»Ruark, bitte, das hat so keinen Sinn. Merkst du nicht, wie unterschiedlich wir sind?«

»Das kannst du doch nicht ernst meinen, nur weil wir, was dieses Thema betrifft, anderer Meinung sind.«

Nein, wir sind nicht nur anderer Ansicht, wir handeln auch kontrovers. Ich kann mir nicht vorstellen, dass du mir freudestrahlend um den Hals fällst, wenn ich dir sage, dass ich deine gesuchte Zahnradmörderin bin. Und du mit mir in den Sonnenuntergang reitest zu unserem Happy End. Eher würdest du mich auf der Stelle verhaften lassen und in das tiefste Loch verfrachten lassen, damit du mich nie wiedersehen musst. Laut spreche ich meine gedachten Worte nicht aus.

»Wir sind zu unterschiedlich, passen nicht zueinander.«

»Wem versuchst du deine Worte einzureden: mir oder eher dir?«

Er wirkt aufgebracht, seine nachdenkliche Fassade ist dahin. Ich kann es ihm nicht verdenken, denn mit meiner Ablehnung schütze ich nicht mehr mich und mein Herz, sondern ihn. Sollte rauskommen, dass ich die Mörderin bin, wird es ihm so oder so den Boden unter den Füßen davonziehen. Und wenn ich damit durchkomme, werde ich verschwinden. In dieser Stadt – oder besser in diesem Teil des Landes – halte ich mich bereits zu lange auf. Irgendwann ist das Glück nicht mehr auf meiner Seite. Je länger das Unterfangen dauert, desto eher begehe ich einen Fehler, werde unaufmerksam oder sie sind einfach besser und schnappen mich.

Ich bin nicht so überheblich, anzunehmen, die Beste zu sein. Ich weiß, ich bin gut, doch die Wahrheit ist, es wird immer jemanden geben, der besser ist.

»Ich verstehe nicht, warum du mir ausweichst und aus dem Weg gehst. Warum warst du dann in dem Café, wenn du dir so sicher bist, nichts für mich zu empfinden? Haben dir meine Worte denn gar nichts bedeutet? Bin ich dir so gleichgültig?«

Verdammt, Ruark wirkt zum ersten Mal verletzlich. Jedes seiner Worte trifft mich bis in mein Innerstes. Ich verfluche mich für den gewählten Weg, kann ihn nicht mehr verlassen. Es ist zu spät, zu viele unaussprechliche Taten habe ich begangen und ich habe kein schlechtes Gewissen deswegen. Ich empfinde Anteilnahme für die zurückgebliebenen Familien, doch das zukünftige Leid, das ich Hunderten von Menschen erspare, indem ich diese Menschen getötet habe, lässt mich weitermachen, ohne zu zögern.

Und nicht zu vergessen Andrew, mein bester Freund, der all diese Machenschaften aufgedeckt hat – nein, er hat es verdient, gerächt zu werden.

Einzig dieser Mann, der mir irgendwann auf unserem gemeinsamen kurzen Weg das Herz geraubt hat, das ich nicht vor ihm und seiner Anziehungskraft schützen konnte, lässt mich zweifeln. Lässt mich bereuen, nicht nur die Besitzerin der Werkstatt zu sein, in die er aufgrund eines Plattens gestolpert ist.

»Wenn du nicht gehst, gehe ich. Leb wohl, Ruark, du verdienst nur die Beste, und die bin nicht ich.« Mit Mühe blinzle ich meine Tränen weg, präge ihn mir ein: sein markantes Gesicht, die schiefergrauen Augen, seine muskulöse Statur.

Er sagt kein Wort, lässt mich ziehen, ich gehe auf meine Ninja zu. Ich kann immer noch nicht glauben, dass ich seine Ankunft nicht gehört habe, zu selbstvergessen in meinen Gedanken gefangen. Zum wiederholten Mal ist die Lichtung im Wald zu einem bedeutenden Ort geworden. So schnell werde ich nicht wieder hierher zurückkehren, vielleicht nie wieder, wer weiß das schon. Zu viele schmerzliche Erinnerungen verbinde ich damit.

Auch wenn Ruark mir nicht glauben wird, so ist es besser für ihn.

»Scheiße.« Unzufrieden sitze ich mal wieder auf dem Felsen und grüble darüber nach, was schon wieder schiefgelaufen ist. Eigentlich habe ich gehofft, sie nach dem Gespräch in die Arme nehmen zu können. Und danach … Tja, darüber brauche ich gar nicht erst nachzudenken. Nachdem nicht einmal Phase eins meines Plans funktioniert hat.

Ich verstehe Erins Bedenken wegen der Unterschiede. Ihr Verhalten stimmt trotzdem nicht mit der Persönlichkeit der Frau überein, die ich kennengelernt habe. Sie ist eine Kämpferin; warum gibt sie auf, bevor es überhaupt begonnen hat?

Ich habe mit Zorn ihrerseits gerechnet, mit einer Konfrontation im schlimmsten Fall erneut auf mich losgeht, um ihre Gefühle rauszulassen. Nicht dass sie abhaut und mich stehen lässt.

Und wieder bleibt dieser bittere Nachgeschmack, mir nicht die volle Wahrheit gesagt zu haben. Verdammt, auch wenn ich es nicht möchte, werde ich weitere Nachforschungen anstellen, nicht nur über Andrew – ich bringe es nicht über mich, ihn als Erins Verlobten zu bezeichnen –, sondern über Irish.

Ich muss wissen, was in ihrer Vergangenheit geschehen ist.

Das wird eine arbeitsintensive Zeit werden. Mehr über Irish zu erfahren und dann auch noch ein Auge auf meinen Chef zu haben, denn so wie es aussieht, wird er das nächste Ziel vom Zahnradmörder. Ich wundere mich über die lange Zeit, die er bis jetzt hat verstreichen lassen und in der er noch keinen Versuch gewagt hat.

Vielleicht läuft das Gespräch mit Bob besser. Ich will wissen, ob er in etwas verwickelt ist. Er verhält sich in den letzten Monaten eigenartiger als sonst. Hat Erin mit ihrer Meinung vielleicht doch recht? Ist unser Staat schon zu sehr korrumpiert?

Warum beginne ich ausgerechnet jetzt daran zu zweifeln? Ich weiß, dass unser Staat nicht perfekt ist. Nichts ist perfekt in dieser Welt, wir Menschen schon gar nicht und alles, was wir erschaffen. Habe ich die Sachlage verkannt? Meine Augen zu lange vor der Wahrheit verschlossen?

Diese Frau bringt mich dazu, mein Weltbild infrage zu stellen. Als Soldat habe ich gewusst, es gibt bloß diese oder jene Seite. Im Grunde waren wir Kämpfer Verlierer, die Einwohner in diesen Gebieten sowieso, die Gewinner finden sich in den Reihen der Geschäftsleuten wieder oder der Lobbyisten und der Politiker. Ein Großteil meiner Kameraden und ich schieden damals aus, weil wir dieses Trauerspiel nicht mehr mitansehen konnten.

Wir wollten unsere unmittelbare Umgebung besser gestalten. Ich war immer stolz auf mein Tun. Habe mich nie bestechen lassen, versuchte immer, die Wahrheit zu ergründen und ein gerechtes Urteil zu erwirken. Sicher gelang mir das nicht immer. Und ja, Erin hat recht, zu oft sind es die kleinen Leute, die schlechter wegkommen als die großen einflussreichen Persönlichkeiten. Bin ich zu selbstgerecht geworden? Habe ich mich zu sehr einlullen lassen von Bob und meinen Kollegen?

Fragen über Fragen. Womit beginne ich nur?

Erin

Ich liege auf der Lauer, habe Robert im Visier, doch die Gefahr, entdeckt zu werden, ist zu groß. Seit Tagen passe ich die Gelegenheit ab, ihn zu eliminieren. Ich finde keine Möglichkeit, ihn auszuschalten und gleichzeitig ungesehen verschwinden zu können.

Lügnerin, du hast Angst wegen einem bestimmten Mann. Du willst ihn noch nicht aufgeben, und irgendwie hast du beschlossen, wenn du seinen Boss tötest, trennst du damit die letzte Verbindung zu ihm. Deine Einstellung lässt dich zögern, habe ich nicht recht, Koboldmädchen?

Meine Hand beginnt leicht zu zittern, als gerade ebendieser Mann ebenfalls das Gebäude verlässt. Ruark eilt mit angespannter Miene auf das Fahrzeug zu. Durch das Fernrohr kann ich erkennen, wie die zwei Männer zu diskutieren beginnen. Robert wirkt ärgerlich, Ruark lässt offenbar nicht locker, denn er steigt ebenfalls in die Limousine ein. Mit einem Seufzer beschließe ich, die heutige Observation zu unterbrechen und nach Hause zu gehen.

Der Wind frischt auf, eine Gänsehaut breitet sich auf meinem Körper aus. Einen Moment halte ich irritiert inne. Irgendetwas liegt in der Luft, die Atmosphäre hat sich verändert. Anstatt zusammenzupacken, richte ich mich erneut aus, lasse meinen Blick über die Straße schweifen.

Zwei Männer erregen meine Aufmerksamkeit, sie sehen dem davonfahrenden Fahrzeug nach. Sehen sich an, nicken sich zu, zücken Handys und beginnen zu telefonieren. Es handelt sich um keine Sicherheitsmänner von Robert, die kenne ich mittlerweile.

Bei genauerer Betrachtung wirken sie wie Söldner, keine Personenschützer. Hat es noch jemand auf den Chef der Staatsanwaltschaft abgesehen, oder sind sie hinter Ruark her? Der Gedanke lässt meinen Magen verkrampfen. Ein schwarzer SUV taucht am Straßenrand auf, die zwei Verdächtigen steigen ein. In Windeseile verstaue ich meine Ausrüstung.

Der innere Drang, Ruark zu beschützen, treibt mich dazu, der Sache auf den Grund zu gehen. So schnell ich kann, ohne zu auffällig zu wirken, gehe ich zu meinem Motorrad. Schwinge mich darauf und fahre in die Richtung, in die Ruark mit seinem Boss verschwunden ist.

15. KAPITEL

Ruark

Ärgerlich sitze ich Bob in seiner Limousine gegenüber. Die Erkenntnisse, die ich in den letzten Tagen gesammelt habe, machen mich verdammt wütend. Ich kann es nicht fassen; wenn die Fakten tatsächlich der Wahrheit entsprechen, dann muss ich meinen eigenen Chef vor Gericht zerren, und das Schlimmste: Er wird vermutlich freigesprochen werden, weil er zu viele Gefallen einfordern kann.

Ich verfluche mich für meine Blindheit. Bin ich tatsächlich mit Scheuklappen in den letzten Jahren durch die Gegend gerannt? Mein Erfolg stieg mir zu Kopf. Wer hoch fliegt, wird tief fallen, besagt ein Sprichwort. Äußerst zutreffend. Zuerst bringt Erin mich dazu, mein Weltbild zu überdenken, und dann lässt Bob es in seine Einzelteile zerfallen.

Robert sieht mich aus müden Augen an. Die letzten Wochen haben ihren Tribut an ihm gefordert. Er wirkt nicht mehr wie ein erfolgreicher Endfünfziger, sieht eher aus wie ein verbrauchter alter Mann, der zu viel Last auf seinen Schultern trägt. Oder ist es das Wissen um die Schuld, die ihn jetzt einholt? Das Wissen um die Verbrechen, die er mitverschuldet oder vertuscht hat.

Sobald wir in seinem Haus angekommen sind, werde ich ihm so lange zusetzen, bis er mir endlich die Wahrheit verrät – mit weniger lasse ich mich diesmal nicht abspeisen. Ich habe bisher nur halbherzige Versuche unternommen, doch das kann ich jetzt nicht mehr.

Ich muss wissen, welche Verbindung er zu den Opfern des Zahnradmörders hat und wie Andrew Simmons da hineinpasst. Die Nachforschungen haben Erstaunliches zutage gefördert. Wenn die Tatsachen wirklich stimmen, hat Andrew einen Bericht über die Korruption in unserer Stadt und darüber hinaus vorbereitet. Unter anderem über das Immobilienimperium Foster, die Hunderte Menschen auf die Straße setzen konnten ohne rechtliche Konsequenzen. Er dürfte auf eine Gruppe gestoßen sein, die sich im großen Stil Geld zugeschaufelt hat, dafür die Verursacher der Probleme haben verschwinden lassen.

Bei Anklagen wurden die Gegner von uns Staatsanwälten schier zerrissen, die Freunde dagegen mit milden Strafen davonkommen lassen. Es geht hier auch um Kindesmisshandlung, um Industriespionage, es reicht bis in die höchsten Reihen der Politik. Ich kann jetzt auch verstehen, warum Robert alles darangesetzt hat, Rich den Fall des jungen Johnson-Sohn des Chairmens zuzuspielen.

Er kennt meine Einstellung zu Männern, die Frauen zum Sex zwingen oder auch Drogen einsetzen, um sie gefügig zu machen. Er wusste, ich würde alles daransetzen, den Scheißkerl, der zu oft davongekommen ist, hinter Gitter zu bringen. Das muss ein herber Schlag für Robert gewesen sein, dass er mich nicht davon abhalten konnte und er somit sein Gesicht vor Johnson verloren hat.

Seinem langjährigen Freund und – wie es scheint – auch der Kopf hinter der ganzen Inszenierung und wofür? Damit dieses Arschloch nicht mehr nur als normaler Chairmen in diesem Land fungiert, sondern an die dritter Stelle dieses Landes gerückt wird? Damit seine Ambitionen, noch weiter aufzusteigen, in den nächsten Jahren intakt bleiben. Unfassbar, sollte dieser Mann es schaffen, jemals Präsident zu werden.

Das muss um jeden Preis verhindert werden. Ein Blick aus dem Wagen verrät mir, dass wir gleich Roberts Anwesen erreichen. Schon bald werde ich meine Antworten bekommen, es verwundert mich ein wenig, dass wir hier rausgefahren sind. Ist ihm sein Anwesen doch heilig, hier verbringt er seine Wochenenden.

Das zeigt die Schwere seiner Schuld, wenn er extra an einem abgelegenen Ort mit mir reden will.

Es dauert nicht lange, bis ich den SUV eingeholt habe. Mit meiner Maschine ist es leichter, mich durch das Gedränge der Autos zu schlängeln als mit diesem großen Geländewagen. Es macht nicht den Eindruck, als hätten sie es eilig. Sie fahren Richtung Stadtausgang – ich weiß, dort befindet sich das Anwesen von Robert – und nicht in seine Stadtwohnung. Eine ungewöhnliche Wahl für einen Mittwochnachmittag.

Zu Roberts Gewohnheiten gehört es, erst freitags am Nachmittag auf das Anwesen außerhalb zu fahren und dort mit seiner Familie das Wochenende zu verbringen. Ich lasse mich ein wenig weiter zurückfallen, um nicht zu sehr aufzufallen, als sich die Straßen lichten. Sobald ich mir wirklich sicher bin, wo die Reise hingeht, und ein ganzer Pulk Motorradfahrer an mir vorbeifährt, beschließe ich, mich in ihrem Schutz vor den SUV zu setzen.

Ich bin mir verdammt sicher, was den Zielort betrifft. Wahrscheinlich ist es besser, vor dem Geländewagen vor Ort zu sein, damit ich mich auf die Lauer legen kann. Mein Nacken kribbelt, das bedeutet nie etwas Gutes. Im Krieg habe ich gelernt, auf mein Gefühl zu vertrauen, die Kacke ist diesmal so richtig am Dampfen.

Ich werde jeden Vorteil nutzen müssen, der sich mir bietet. Sobald der SUV nicht mehr in Sicht ist, drehe ich den Gashebel nach unten, pfeife auf die Geschwindigkeitsbegrenzungen und lasse meine Ninja über den Asphalt fliegen. Jede Sekunde, die ich gewinne, ist wichtig, um die Gegend zu sondieren und mich in eine vorteilhafte Stellung zu manövrieren. Wenn ich geahnt hätte, wie dieser Tag weiter verlaufen wird, hätte ich mir ein paar zusätzliche Waffen eingepackt.

Egal, jetzt muss ich mit dem arbeiten, was ich habe, um Ruark zu beschützen und zuzusehen, dass wir am Leben bleiben.

Ruark

Robert bittet mich in sein Arbeitszimmer, bedeutet mir, Platz zu nehmen. Er schenkt uns beiden einen Whisky ein. Schwerfällig lässt er sich mir gegenüber nieder. Wir starren uns an, keiner sagt ein Wort. Das Ticken der altmodischen Wanduhr ist der einzige Laut, der in diesem Raum zu vernehmen ist, und das gelegentliche Klirren der Eiswürfel, wenn sie an das Glas stoßen.

Schlussendlich platzt mir der Kragen. »Verdammt, sag mir endlich, was hier gespielt wird.«

»Du wirst nicht lockerlassen, oder?«

Auf Bobs Frage gebe ich keine Antwort, er weiß, ich werde nicht wieder von diesem Sofa aufstehen, bevor er mir nicht reinen Wein eingeschenkt hat.

Fahrig fährt er sich mit der Hand über sein Gesicht, nimmt einen großen Schluck von dem Whiskey, schüttelt bedauernd den Kopf.

»Ich wollte das nicht. Du musst mir glauben, Ruark, ich bin da reingeschlittert.«

»Sag mir, was hier gespielt wird.«

»So einfach ist das nicht. Ich bin kein schlechter Mensch.«

Ich gebe mir keine Mühe, die Zweifel, die seine Worte in mir hervorrufen, zu verbergen.

»Als meine Frau starb, bist du noch nicht lange in meinem Team gewesen. Sie hatte eine Erbkrankheit, kämpfte jahrelang und verlor. Wir litten sehr unter dem Verlust, ich habe alles getan, um sie zu retten. Ein Freund erzählte mir gut ein Jahr vor ihrem Tod von einer neuen Therapie, die aber noch in der Versuchsphase steckte. Er hätte die Möglichkeiten, sie in diese Studie zu bringen, und auch die Macht, dass meine geliebte Ami das Medikament und nicht das Placebo erhält.«

Er hält einen Moment inne, schaut zu dem Ölgemälde, das an der Wand neben uns hängt. Eine lächelnde junge Frau strahlt uns an, ihre Augen sprühen vor Lebendigkeit.

»Ich wusste, ihre Chancen standen nicht gut. Es war nur noch ein Hinauszögern, aber ich hätte einfach alles dafür getan. Vor allem da unsere Tochter schwanger war und ein Mädchen bekommen sollte. Ich wollte es meiner Ami möglich machen, ihr Enkelkind noch im Arm zu halten. Egal wie, ich musste ihr diesen letzten Wunsch erfüllen. Mithilfe der Studie und des Medikamentes gelang es, dass meine Ehefrau noch ihre Enkelin in den Arm nehmen konnte.« Roberts Stimme beginnt zu zittern. Es ist nicht zu übersehen, wie schwer es ihm fällt, mir davon zu erzählen. Ich verharre still, warte, bis er weiterspricht.

»Nach ihrem Tod nahm ich nichts um mich herum mehr wirklich wahr, begann zu trinken, traf falsche Entscheidungen, legte mich mit Gott und der Welt an. Mein Freund, der mir so sehr half, den letzten Wunsch meiner Frau zu erfüllen, war der Einzige, der zu mir durchdrang. Er bat mich um ein paar harmlose Gefallen. In meiner Trauer hinterfragte ich nichts, er machte auch immer wieder deutlich, wie sehr ich in seiner Schuld stand, denn immerhin waren die Aktionen, die Ami in die Studie und auch in die Medikamentengruppe brachte, nicht legal. Ich versicherte ihm in meiner blinden Trauer meine Loyalität, ohne auch nur daran zu denken, ihn nach dem Zweck dieser Gefallen zu fragen.«

Kann ich ihm diese Erklärung wirklich glauben? Oder ist sie einfach nur erfunden und er appelliert an mein Mitgefühl?

»Wie ging es weiter?«

»Als ich endlich wieder klarer wurde und mir über die Gründe seiner Gefallen Gedanken machte, klärte er mich auf, in wie vielen Fällen ich mich mittlerweile strafbar, wie viele Gesetze ich mittlerweile gebrochen habe. Als ob ich das nicht selbst schon wüsste, wie tief ich mich in die Scheiße geritten hatte. Die Erkenntnis erschütterte mich, wie sehr ich mich für seine dubiosen Geschäfte einspannen habe lassen. Saß fest, kam nicht mehr raus, tat, was er von mir wollte, wenn er es mir auftrug.«

Scheinbar fassungslos über sich selbst schüttelt Bob

den Kopf, nimmt einen weiteren Schluck. Meine Gedanken kreisen um das soeben Gehörte; vieles macht Sinn und doch fehlen noch einige Puzzlestücke.

»Dann kam der Tag, an dem ich alles hinschmeißen wollte. Er machte mich zum Komplizen bei einem Mord an einem Journalisten.«

Ich richte mich auf. Kann es sein …?

»Ein junger Mann, Simmons, der durch Zufall – wie es schien – auf einen Immobilienbetrug aufmerksam geworden ist, steckte einige Zeit in die Hintergrundrecherche und stieß auf eine Goldader der Korruption, die er nicht fassen konnte. Mein Freund holte alle Beteiligten zusammen, wir waren dreizehn an der Zahl. Jeder von uns wurde von ihm namentlich in einer Straftat genannt und wir alle wurden in Zusammenhang gebracht. Er wollte, dass wir genau wissen, wie sehr er uns alle in der Hand hatte. Und dass wir wie Dominosteine fallen würden, wenn wir uns gegenseitig nicht deckten. Es war das erste Mal, dass ich die wirkliche Tragweite dieses Unternehmens verstand. Dieser Mann hatte es geschafft, ein eindrucksvolles Netzwerk aufzubauen, er regierte diese Stadt und den Bundesstaat mithilfe von uns allen. Zog die Fäden wie ein Puppenspieler, ließ uns tanzen. Soweit ich das beurteilen kann, waren bis auf mich alle freiwillig dabei. Nur zu geil, sich zu bereichern, in der Hierarchie dieses Landes aufzusteigen, egal wie viele Personen sie dafür vor den Kopf stoßen mussten, oder noch Schlimmeres.«

»Das kann doch nicht wahr sein! Du hast geholfen,

einen Mord zu vertuschen, und noch so viel mehr, du hast dich selbst damit verraten.« Ich bin entsetzt, angewidert, habe mit vielem gerechnet, aber doch nicht mit dieser Wahrheit.

»Ich wünschte, ich könnte dir sagen, dass ich es nicht getan habe, dass mich mein Gewissen gezwungen hat, sie alle auffliegen zu lassen, und es mir egal gewesen wäre, was mit mir passiert. Die Wahrheit ist: Ich war knapp davor, genau das zu tun. Doch dann geschah etwas, und ich konnte es nicht …«

Ungläubig sehe ich ihn an, seit dem Beginn unseres Gespräches scheint er erneut um Jahre gealtert zu sein. Die Schuld, die er auf seinen Schultern trägt, zwingt ihn schier nieder.

»Meine kleine Enkelin, sie trägt diese vermaledeite Krankheit, die meine geliebte Ami dahingerafft hat, ebenfalls in sich. Die Krankheit ist nach wie vor nicht so weit erforscht, um sie zu heilen. Der Prozess kann mittlerweile nur verlangsamt werden. Und wieder war es dieser Freund, der auf mich zukam. Es ist eigentlich nicht zu glauben, wieder hat er eine Studie aufgetan und meine Enkelin in die Medikamentengruppe gebracht. Die Chancen, dass dieses Medikament die Krankheit endlich heilt, ist sehr vielversprechend, musst du wissen.«

Wieder bleibt mir nur, den Kopf zu schütteln, das kann nicht wahr sein. Das alles klingt zu perfekt, um wirklich zu stimmen. Nichts auf der Welt fügt sich so passend und gut zusammen ohne gewisse Puppenspieler im Hintergrund. Bob sieht mich an, nickt leicht, weiß, welche Gedanken mir gerade durch den Kopf schwirren.

»Ich weiß, auch ich habe das für einen Trick gehalten, denn es wirkte wie ein Zeichen, und wir wissen, wie selten es wirklich Wunder gibt. Vor allem wenn man diese Art von Wunder nicht verdient hat. Doch tiefer konnte ich nicht graben. Ich wollte es nicht wissen. Brachte es nicht über mich, mein kleines Mädchen zu verraten. Sie trifft keine Schuld.«

Ein Funken Mitgefühl regt sich in mir. Er hat recht, seine Enkelin ist unschuldig. Ich kann nicht sagen, ob ich in dieser Situation nicht auch alles mir Mögliche tun würde, um mein Fleisch und Blut zu retten. Auch wenn es zu Lasten so vieler anderer unschuldiger Menschen gehen würde.

Diese Frage kannst du, denke ich, nur dann beantworten, wenn du in genau so einer Situation steckst. Wobei ich mir zumindest jetzt einzubilden versuche, dass ich einen Ausweg finden würde. Und beides erreichen könnte. Meine Familie und die Unschuldigen zu retten. Ich verdränge den Gedanken, denn er verunsichert mich. Eine gewisse Person taucht darin auf, und ich würde für sie verdammt weit gehen, vielleicht auch zu weit?

Nichts erinnert in dieser Sekunde an den souveränen Mann, zu dem viele aufgesehen haben. Gebeugt sitzt er vor mir, in seinem Gesicht sind tiefe Furchen eingegraben und Schuld spricht deutlich aus seinen Augen.

Ich verstehe, warum er es getan hat, kann ihm seine Handlungen aber nicht verzeihen. Vergebung kann ich ihm auch keine gewähren, denn es ist nicht an mir, das zu tun, auch wenn ich es gerne tun würde.

Er ist ein Mensch, macht Fehler, fällt auf falsche Freunde herein und gerät in große Schwierigkeiten, die einen immer einholen.

»Willst du mir nicht vorwerfen, wie schändlich meine Taten sind? Ich, gerade wegen meinem Beruf, etwas Unverzeihliches getan habe? Du bist ein Mensch, für den die Welt aus Schwarz und Weiß besteht, du hältst nicht viel von Grauzonen.«

»Du weißt selbst um deine Verfehlungen. Du brauchst mich nicht, um über dich zu richten. Ich verstehe deine Handlungen, kann dir aber keine Absolution erteilen. Und ja, bisher habe ich nicht viel von Grautönen gehalten, wollte ich nicht, denn es macht vieles komplizierter, aber ich habe das Gefühl, ich werde mich damit in nächster Zukunft etwas ernsthafter auseinandersetzen.«

Ein trauriges Lächeln erscheint auf seinen Zügen.

»Ich weiß. Auch wenn ich mir immer wieder wünsche, ich könnt die Zeit zurückdrehen, ich würde mich doch nicht anders entscheiden. Und um die Grauzonen brauchst du dir keine Gedanken mehr machen.«

Er prostet mir zu, meine Gedanken fliegen umher. Die Alarmsirenen in mir dröhnen, denn eins habe ich begriffen: Ich bin ein Risiko für ihn oder besser für seine Enkelin. Und er hat es mir soeben bestätigt.

»Was hast du getan?«

»Natürlich kann es sein, dass mich der Zahnradkiller irgendwann erwischt, aber mein vorrangiges

Problem bist du. Wieso musstest du auch auf dieses Gespräch bestehen.«

»Was hast du getan?«, frage ich erneut, diesmal mit deutlicher Schärfe in der Stimme. Meine Sinne aufs Äußerste gespannt.

»Was denkst du denn? Ich habe meinen Freund darüber informiert, dass ich dir nicht mehr Herr werde. Und wir dich loswerden müssen, damit du uns nicht auffliegen lässt.«

Abrupt springe ich auf, die Hände zu Fäusten geballt.

»Du willst mich ernsthaft umbringen lassen? Wie hast du ihn darüber informiert?«

»Es tut mir leid, doch du bist zu einer Gefahr geworden, außerdem hat mein Freund persönlich etwas gegen dich. Du hast seinen Sohn ins Gefängnis gesteckt. Schon damals im Gerichtsgebäude habe ich ihn über dich als Risiko aufgeklärt. Unser Zeichen war das Einsteigen in mein Auto, du wirst schon länger beobachtet. Ich habe gehofft, deine neue Freundin lenkt dich ab, und es muss nicht zum Äußersten kommen. Doch du bist so verdammt stur. Und Johnson ist nur zu begierig darauf gewesen, dich kaltzumachen – immerhin bist du schuld am Tod seines Sohnes. Auch wenn er ihn nie gemocht hat, das kann er dir nicht durchgehen lassen. Du weißt doch, was mit seinem Sohn passiert ist. Er wurde mehrmals zusammenge-schlagen, weil jemand durchsickern ließ, warum er einsitzt. Er hat sich vor einer Woche das Leben genom-men, das weißt du doch, oder etwa nicht?«

Ja, ich habe veranlasst, dass es durchsickert. War

mir der Tragweite zu dem Zeitpunkt teilweise bewusst. Dass sich der Kerl selbst noch tiefer in die Scheiße ritt, in der er ohnehin schon steckte, unglaublich. Seinen Mund im Gefängnis aufzureißen und jedem mitzuteilen, dass er deren Schwester oder Freundinnen ficken würde, sobald er rauskam, hat einigen eher weniger gefallen.

Erins Stimme hallt in meinen Gedanken wider. *Wünschst du dir nicht auch oft andere Urteile?* In manchen Fällen tue ich das, so wie in diesem; den Tod habe ich ihm trotzdem nicht gewünscht.

»Ich habe schon so viel Schuld auf mich geladen in den letzten Jahren, denkst du wirklich, eine Sünde mehr oder weniger macht noch einen Unterschied? Und Johnson will es so: dein Leben für das seines Sohnes.«

Wie auf Kommando stürmen drei Männer seines Securityteams den Raum.

»Müsste dein Freund dann nicht schon lange tot sein, wenn es ihm um Aug um Aug geht? Denn er, nein, ihr habt euch an so vielem bereichert. Wenn es auch nur ein wenig Gerechtigkeit gibt, werdet auch ihr gerichtet werden. Wo ist er eigentlich? Wenn er schon meinen Tod will, wäre es nett, wenn er mir das persönlich mitteilt.«

»Das hat dich nicht zu interessieren, aber sie halten eine Totenwache für den Jungen. Politik, mein Junge, er nutzt auch diese Gelegenheit, um sich weiter nach oben zu arbeiten. Ich vermute, insgeheim ist er erleichtert, dass du ihn von seinem nichtsnutzigen Sohn befreit hast. Genug damit, es ist so weit.«

Die Männer fordern mich auf, mit ihnen zu kommen, die Waffen auf mich gerichtet. In Gedanken gehe ich alle Möglichkeiten durch, suche nach einem Gegenstand, den ich an mich nehmen und als Waffe verwenden kann, doch außer der Flasche befindet sich nichts in meiner unmittelbaren Umgebung, was ich verwenden kann.

Seufzend entspanne ich mich, streife mir bewusst langsam das Sakko glatt und schließe die Knöpfe. Jede Sekunde, die mir bleibt, ist eine gute Sekunde, um vielleicht doch eine Möglichkeit zu finden, wie ich aus diesem Schlamassel wieder rauskomme.

»Wohin bringen Sie mich?«

»Raus aus dem Haus. Ich möchte hier keinen Toten haben. Das ist schlecht für mein Karma.«

Ein ironischer Lacher aufgrund seiner Selbstironie entkommt mir und das Wissen, wie sehr er mich gerade verspottet. Langsam nähere ich mich den Männern, die keine Sekunde in ihrer Achtsamkeit nachlassen. Scheiße, das sieht verdammt übel für mich aus.

Erin

Als ich bei dem Anwesen ankomme, kann ich gerade noch sehen, wie Ruark das Haus betritt. Vorsichtig bewege ich mich um das Haus herum. Bin erstaunt, als ich Ruark mit seinem Boss gemütlich im Arbeitszimmer sitzen sehe.

Mein Instinkt rät mir, mich irgendwo im Eingangsbereich zu positionieren. Irgendwas wird geschehen, ich beobachte irritiert, wie die Mitarbeiter des Sicherheitsteams die Hausangestellten dazu auffordern, sich den Rest des Tages freizunehmen und so rasch wie möglich vom Grundstück zu verschwinden.

Die Entrüstung ist bei der Frau, die ich für die Haushälterin halte, groß. Ein älterer Mann, vielleicht ihr Ehemann, zieht sie mit sich, redet beschwichtigend auf sie ein. Sie haben nicht lange Zeit, werden schier vom Anwesen geworfen.

Meine Nackenhaare stellen sich auf. Sobald sie sich außerhalb des Tores befinden, fährt auch schon der SUV herbei. In Erwartung einer beginnenden Auseinandersetzung richte ich mein Gewehr, mit dem ich es mir in einem Baum in guter Schussdistanz gemütlich gemacht habe, auf die Ankommenden.

Der Wagen wird einfach durchgewunken. Verdammt, was ist hier los? Ich habe damit gerechnet, dass gleich die Hölle losbrechen wird, aber nicht, dass sich die Männer zu kennen scheinen. Warum haben sie den Wagen dann verfolgt? Ruark, schießt es mir entsetzt durch den Kopf, die arbeiten zusammen. Verdammter Scheibenkleister.

Die drei mir bekannten Personenschützer verschwinden wieder im Haus, während die neu angekommenen drei Männer Aufstellung neben ihrem Wagen beziehen.

Meine Gedanken überschlagen sich, was soll ich tun? Reinstürmen, das Feuer eröffnen, ohne zu wissen, was vor sich geht, oder abwarten mit dem Wissen, dass es dann für Ruark zu spät sein kann? Scheiße, scheiße, scheiße. Mein Herz rast, das Adrenalin schießt förmlich durch meinen Körper. Jede Zelle ist angespannt, bereit zuzuschlagen. Nie fiel es mir schwerer, ruhig zu bleiben. Das Unwissen bringt mich schier um. Haben sie ihm etwas getan, lebt er noch?

Da, eine Bewegung an der Tür lässt mich wieder konzentriert auf das Hier und Jetzt blicken.

Ruark geht durch den Türbogen, hält überrascht inne, als er sein Empfangskomitee erblickt.

Seine Bewacher drängen ihn weiter nach vorn, die paar Stufen hinab, eine Bewegung im Schatten des Einganges erregt meine Aufmerksamkeit.

»Du wirst damit nicht durchkommen, Robert genauso wenig wie dein Freund Johnson.« Ruark dreht sich unbeeindruckt von den ganzen bewaffneten Personen zu seinem Chef um.

»Wer soll uns daran hindern, du? Du wirst die nächste halbe Stunde nicht mehr erleben.«

»Jemand wird über dich richten, und du wirst für deine Sünden büßen. Wenn nicht in diesem, dann im nächsten Leben. Doch ich bin mir sicher, es wird noch in diesem Leben sein und es wird nicht mehr lange dauern.«

»Schwachsinn.« Klar hallen ihre lauten Stimmen zu mir.

»Wirklich, du traust dich doch jetzt nicht einmal über die Schwelle. Hast zu viel Angst, dass dich der Zahnradmörder erwischt, oder warum versteckst du dich wie ein Feigling im Schatten, halb verborgen hinter der Tür? Du warst jemand, zu dem ich immer aufgeblickt habe. Wie dumm bin ich gewesen.« Verächtlichkeit trieft aus seiner Stimme.

»Du wagst es.« Aufgebracht mit der Faust drohend stürmt er aus dem Eingang, Roberts Unvernunft zaubert mir ein Lächeln auf die Lippen.

16. KAPITEL

Ruark

Bewusst provoziere ich meinen Chef, wenn ich hier rauskommen möchte, zumindest eine Option dazu erhalte, brauche ich einen Moment der Verwirrung. Ausschalten kann ich sie nicht alle, meine Möglichkeit beschränkt sich darin, Bob als Geisel zwischen die Finger zu bekommen. Die Chance ist verschwindend gering, nur solange er im Eingang bleibt, ist meine Überlebenschance sowieso nicht vorhanden.

»Du wagst es.« Aufgebracht kommt er auf mich zu, seine Leute versuchen ihn zurückzuhalten. Gleich ist es so weit.

»Ich hätte zumindest angenommen, du hast die Eier in der Hose und erledigst die Drecksarbeit selbst.«

»Du … du hast ja keine Ahnung«, schreit er mich an. Noch drei Schritte.

»Ach, wirklich nicht? Deine Frau würde sich im Grab umdrehen, wenn sie wüsste, was aus dir geworden ist.« Zwei Schritte.

Voller Hass sieht er mich an. Ein Schritt.

Er ist im Begriff, noch einen weiteren Schritt auf mich zuzumachen. Komm schon, nur einen noch. Meine Haltung spannt sich an.

Und dann.

Er wird von einem der Männer zurückgerissen in Richtung Hauseingang.

»Scheiße, kommen Sie ihm nicht zu nahe«, wird Robert von ihm angeschrien.

Die Aufmerksamkeit von allen Anwesenden verlagert sich auf diese zwei, ich muss jetzt handeln. An Bob komme ich nicht mehr heran, er ist außerhalb meiner Reichweite, aber meine Bewacher richten ihre Aufmerksamkeit mehr auf die zwei als auf mich.

Fehler, großer Fehler.

Ich mache einen Schritt, ramme dem Mann neben mir den Ellenbogen in den Magen, schnappe nach seiner Waffe und feuere auf den Mann mir gegenüber. Kampflos gehe ich nicht unter. Alles geschieht auf einmal furchtbar schnell und doch auch wie in Zeitlupe. Die Sinne schärfen sich, die Rufe meiner Kontrahenten nehme ich nur am Rande wahr.

Roberts Stimme dringt zu mir durch. »Erledigt ihn, er darf …« Und dann bricht er ab, fällt wie ein Stein zu Boden.

Hektisch sehen sich seine Leute nach der Bedrohung um, denn ein Schuss hat ihn zu Boden gestreckt. Genau zwischen die Augen, soweit ich das erkenne, und weitere Schüsse fallen. Nicht mehr ich bin die Bedrohung Nummer eins für sie. Ich denke nicht weiter darüber nach, schieße auf den Nächsten, werfe mich hinter das Auto, um etwas Schutz zu haben, als die verbliebenen drei Männer nun auch wieder auf mich schießen und sich selbst dabei versuchen in Sicherheit zu bringen.

Mittlerweile haben sie den Heckenschützen in dem Baum ausgemacht, genauso wie ich, aber seine Position ist zu gut geschützt, um ihm mit Schüssen aus den Kleinkalibern gefährlich zu werden.

»Schickt sofort Verstärkung, wir werden angegriffen, hier ist ein verfluchter Sniper.«

Fuck, wenn hier noch mehr von denen auftauchen, bin ich geliefert. Und was ist mit dem Schützen?

Scheiße, ich habe nur eine Möglichkeit zur Flucht. Der Wagen ist offen, ich klettere hinein, ein Stoßseufzer kommt über meine Lippen, der Schlüssel steckt. Meine Freude währt nicht lange, als eine Kugel das Rückfenster durchschlägt und knapp an meinem Ohr vorbeizuckt.

»Nichts wie weg.« Geduckt trete ich auf das Gaspedal, lasse die Kupplung kommen, die halten wohl nichts von Automatik, und rase los. Direkt auf den Baum des Schützen zu. Entweder er erschießt mich oder er versteht meine Absichten, dass ich ihn mitnehmen will. Es wäre nicht sehr nett von mir, ihn hierzulassen. Seine Chancen stehen ohne eine Mitfahrgelegenheit weitaus schlechter. Hinter mir erklingt eine Salve von Schüssen wie auch vor mir, aber der Heckenschütze zielt nicht auf mich, sondern hält die

Verbliebenen in Schach. Ich parke halb geschützt hinter dem Baum, öffne die Beifahrertür. Während weitere Kugeln einschlagen und näher kommen.

Der Schütze auf dem Baum hat aufgehört zu feuern, die Angreifer kommen näher. Scheiße, wo bleibt er so lange?

»Willst du leben oder sterben«, rufe ich und hoffe, dass er sich jetzt endlich einmal beeilt.

Eine Tasche landet am Boden, gefolgt von einer schlanken Gestalt. Es geht so unglaublich schnell, dass ich erst begreife, was gerade passiert, als sie mich auch schon anbrüllt, endlich loszufahren, und dabei die Tür zuschlägt.

Wie in Trance komme ich dem Befehl nach, kann es nicht fassen, wer verhüllt neben mir sitzt. Doch diese Augen würde ich immer und überall erkennen. Ich rase um den Baum herum, halte auf das geschlossene Eisentor zu. Weitere Schüsse fallen, wir schlingern, verdammt, sie haben ein Rad erwischt.

Mit Mühe halte ich den Wagen in der Spur, beschleunige, obwohl mir das Lenkrad zwischen den Händen nicht mehr länger gehorchen will. Die Frau neben mir schreit auf, ich beschleunige weiter und hoffe, dass der SUV stabil gebaut ist und das Tor ein wenig weniger. Es gibt einen lauten Rums, die Erschütterung des Aufpralles ist deutlich spürbar und wir sind durch. Die Erleichterung währt nur kurz, der Wagen stirbt ab.

»Wir müssen hier weg. Sie holen auf«, schreit mich Erin an, wir stoßen die Wagentüren auf, flüchten in Richtung Wald, ich folge ihr einfach. Nach einigen

Minuten dieses Gewaltlaufes kommen wir an der Stelle an, die Irish im Sinn hat, blicke mich suchend um und siehe da, etwas versteckt im Gebüsch lehnt ihre Ninja.

»Los jetzt, irgendwie müssen wir da zu zweit rauf.«

»Du bist mir eine verdammte Erklärung schuldig.«

Genervt verdreht sie bloß die Augen.

»Später«, ist alles, was sie erwidert. Erin hat recht, zuerst müssen wir sehen, dass wir unsere Verfolger abschütteln und hier heil rauskommen.

Erin

Wir rasen dahin, meine Gedanken überschlagen sich. Die ganze Situation ist aus dem Ruder gelaufen, so habe ich mir die Rettung nicht vorgestellt. Wenn ich ehrlich bin, habe ich mir gar nichts dabei gedacht, war einzig darauf fokussiert, Ruarks und meinen Hintern zu retten.

Wie er mit dem Auto auf mich zugerast kam, ich war perplex, begriff es erst, als er nach mir, dem Scharfschützen, rief. Sein Anstand hat es ihm nicht erlaubt, nur sich selbst in Sicherheit zu bringen.

Nein, er riskierte erneut wissentlich sein Leben, denn ich hätte ihn auch erschießen können. Er wusste nicht, ob ich ihn nicht doch noch erschossen hätte. Spätestens sobald er mein Gesicht gesehen hatte. Es wäre ganz einfach gewesen; die Kleinkaliber in der Hand, ins Auto schwingen, abdrücken, ihn auf der

Fahrerseite rausstoßen. Tür zu und dann zusehen, dass ich davonkam.

Das hätte ich vielleicht tun sollen, um meine Identität zu wahren. Und um die Chance zu haben, auch das letzte entscheidende Zahnrad zu eliminieren. Mit seinem Wissen um mich wird es dazu wahrscheinlich nicht mehr kommen.

Ihn zurückzulassen, was seinen Tod bedeutet hätte, oder Ruark gar selbst zu töten, ist für mich nicht für den Sekundenbruchteil infrage gekommen.

Wenigstens hat diese Problematik etwas Gutes gehabt. Das vorletzte Ziel ist tot und ich brauche mich nicht mehr länger mit der Frage zu befassen, wie ich ihn ausschalten kann. Seine Bewachung ist verdammt professionell organisiert gewesen.

Wenn Ruark ihn nicht dermaßen provoziert hätte … Die Gelegenheit, ihn zu erwischen, hätte sich nicht wieder so schnell ergeben. Dazu war er einfach zu paranoid. Robert hatte auch allen Grund dazu.

Meine Gedanken schlagen einen anderen Weg ein, ich bin mir sicher, wir haben unsere Verfolger bereits abgehängt. Die gröbere Anspannung weicht aus mir.

Mein Körper reagiert, seitdem er weiß, dass er nicht mehr unmittelbar in Gefahr ist, auf den Mann, der sich eng an mich gepresst ebenfalls auf der Maschine befindet. Unser beider Haltung ist verkrampft, um überhaupt darauf Platz zu haben.

Das Adrenalin, das nach wie vor durch meinen Körper jagt, benötigt ein Ventil und immer öfter kommt mir ein Gedanke in den Sinn. Ich würde am liebsten auf der Stelle anhalten, mir und ihm die

Klamotten vom Leib reißen und Ruark wild und heftig auf meiner Ninja reiten.

Nur leider kann ich mir nicht vorstellen, dass sich meine Gelüste erfüllen werden. Wir müssen vorher noch so einiges regeln, und danach wird er es nicht mehr wollen, denn wenn Ruark eins und eins zusammenzählt, wird er zweifellos in Erfahrung bringen, wer ich bin. Nicht nur Erin oder die Besitzerin der Motorradwerkstatt, sondern die Killerin, die ein Zahnrad am Ort des Geschehens hinterlässt. Und dann? Was wird er tun, wenn er es begreift?

Mich den Behörden übergeben? Das kann ich nicht zulassen, doch verletzen kann ich ihn auch nicht, wozu habe ich ihn dann erst gerettet? Ruark schutzlos irgendwo absetzen, ist auch nicht möglich, sie suchen nach uns, da bin ich mir sicher. Wir sind zwar vorerst aus der unmittelbaren Gefahrenzone draußen, aber er ist nach wie vor nicht in Sicherheit.

Sie werden es wieder versuchen. Um ihn zu beschützen, muss ich Johnson so schnell wie möglich aufsuchen und erledigen, bevor er Ruark erwischt. Zur Not werde ich ihn fesseln und überwältigen und in einem meiner Schlupfwinkel festhalten, damit ihm nichts geschieht, während ich mich auf meine letzte Mission begebe.

Doch bevor ich mich daranmachen kann, meine Pläne umzusetzen, müssen wir erst mein Versteck hier in der Gegend ungesehen erreichen. Ich biege von der normalen Straße ab und jage die Ninja in schnellem Tempo über unbefestigtes Terrain. Es vergehen noch gut zehn Minuten, bis wir die kleine Hütte im Wald erreicht haben. Eines von mehreren, wie gesagt, ich halte mir gerne mehrere Optionen offen.

Ich lasse mir Zeit, um den Motor absterben zu lassen und die Ninja auf ihren Platz zu stellen. Ruark hingegen kann es nicht erwarten. Wir stehen noch nicht einmal ganz, da ist er schon abgesprungen.

Blickt auf mich mit verschränkten Armen und finsteren Gesichtszügen herab. Das wird jetzt nicht gerade ein Spaziergang werden.

Für eine Winzigkeit bereue ich es, ihn gerettet zu haben, denn wenn nicht, müsste ich mir seine Reden nicht anhören. Und was noch schlimmer ist: Ich müsste seine Verachtung mir gegenüber nicht sehen, die ohne Zweifel in seinem Antlitz auftauchen wird, wenn er es begreift. Ist es nicht vermessen, diesen Gedanken zu hegen? Meine Anonymität vor seine Sicherheit zu stellen, mit Sicherheit. Es wäre für mich nie infrage gekommen, ihn sich selbst zu überlassen. Mein Magen formt sich zu einem harten Klumpen, Angst erfüllt mich, kriecht durch meinen Körper. Soll ich ihm die Wahrheit auf den Kopf zusagen, damit ich es hinter mir habe?

Die Frau, der du deine Liebe gestanden hast, ist eine Killerin.
Fuck, ich kann das nicht.

Ich bete, dass mein Herz seine Zurückweisung überlebt und nicht an seiner Reaktion zerbricht. Wieso tut dieser Gedanke schon jetzt so unglaublich weh?

Ruark

Während der Fahrt, die ich dicht gedrängt an ihrem Körper verbringe, rasen meine Gedanken mindestens so schnell dahin wie wir auf dem Motorrad. Ich begreife noch immer nicht so ganz, was sich vor dem Haus ereignet hat.

Ich war mir sicher, mein letztes Stündlein hat geschlagen. Einer meiner Gedanken galt Erin, wie sehr ich es bereute, sie nicht wiederzusehen. Nicht mehr um sie gekämpft zu haben. Die bockige irische Berglöwin hat mir irgendwann in diesen paar gemeinsamen Wochen mein Herz gestohlen.

Nie habe ich es für möglich gehalten, mich so wohlzufühlen mit einer Frau. Einzig unsere Ansichten die Justiz betreffend hat immer wieder zu Streits zwischen uns geführt.

Mittlerweile ist mir auch klar warum, ich kann es nicht fassen. Zuerst war ich fassungslos, als ich gesehen habe, wer der Schütze auf dem Baum war, der mich gerettet hat. Während des ersten Teils der Flucht beschäftigten sich meine Gedanken mit dem Warum, des Verrates von Robert. Der Verrat wiegt schwer auf meiner Brust, doch ist nicht zu vergleichen mit dem, was ich gerade jetzt fühle.

Denn ich stehe dem Zahnradmörder oder besser der Killerin gegenüber, dessen bin ich mir ganz sicher. Erst auf der Maschine ist mir bewusst geworden, dass ihr Andrew und der Journalist Andrew, den Robert erwähnt hat, ein und dieselbe Person sind. Sie ist die Rächerin, die ich geschworen habe, ihr restliches Leben hinter Gittern zu bringen. Die Puzzleteile fallen auf ihre Plätze, ein Bild ergibt sich. Wie vermutet,

wenn der Hintergrund klarer wird, können Rückschlüsse auf den Täter gezogen werden.

»Warum?« Ich muss es aus ihrem Mund hören,
muss mir von ihr mein Herz brechen lassen.

»Wie viel konntest du dir mittlerweile zusam-
menreimen?«

»Willst du ernsthaft mit mir darüber diskutieren,
wie viel ich weiß, Erin?«

»Ich will wissen, was ich dir noch erzählen muss
und was ich mir sparen kann.«

»Alles, Irish, ich will alles wissen.«

Sie nickt. »Lass uns drinnen weiterreden. Hier sind
wir vorerst in Sicherheit.«

Erin betritt die kleine Hütte, ohne sich nach mir
umzudrehen. Ein Blick zeigt mir, dass der Schlüssel der
Ninja noch im Schloss steckt. Das war keine Nachlässigkeit, sie gibt mir die Chance abzuhauen, vielleicht
wünscht sie sich das sogar. Nicht mit mir, zu lange bin
ich verarscht und hintergangen worden, jetzt will ich
die Wahrheit wissen, und zwar alles. Auch wenn ich
mir damit selbst das Herz herausreiße.

17. KAPITEL

Erin

Nervös warte ich in dem kleinen Raum. Wird er eintreten oder nimmt er die Ninja und verschwindet? Ich überlasse ihm die Entscheidung. Selbst wenn er mein Motorrad nimmt und mich hier zurücklässt, bin ich nicht aufgeschmissen. Hinter der Hütte in einem kleinen Verschlag gut verborgen, habe ich eine weitere Maschine, die auf mich wartet.

Einerseits hoffe ich darauf, andererseits bin ich es ihm schuldig.

Sein großer Schatten fällt durch die Tür zu mir herein. Er sieht sich nach einer Sitzgelegenheit um, es gibt nur einen kleinen Tisch mit zwei Sesseln und ein kleines Bett.

Ruark geht auf den Tisch zu, lässt sich auf einen der Sessel fallen. Ich gehe auf ihn zu, will mir den zweiten schnappen. Bevor ich mich darauf niederlassen kann, angelt er ihn zu sich heran und stellt einen Fuß darauf.

Schweigend ziehe ich eine Augenbraue nach oben – sein Ernst? Er will wirklich kindische Spielchen spielen; mich abwendend gehe ich auf das Bett zu, lasse mich darauf nieder. Mit dem Rücken zur Wand stütze ich mich ab, schnappe mir das Polster ziehe die Füße dicht an mich heran und umklammere es.

Die Killerin sucht Trost mithilfe eines Kissens, wie erbärmlich.

»Fang an. Ich habe keine Lust, lange mit dir hier zu sein. Du hast mich verarscht wie so viele, die mir etwas bedeuten in der letzten Zeit. War auch nur irgendetwas von all dem echt?«

Scharf ziehe ich die Luft ein. Scheiße, wenn er jetzt schon so reagiert, dann … Ich will mir das gar nicht weiter ausmalen, seine Worte schmerzen bereits viel zu sehr.

»Erinnerst du dich an den Tag, als alles mit uns schiefging? Den Tag, an dem ich dir von Andrew erzählt habe?«

»Ja, ich erinnere mich daran, und erzählt hast du mir so gut wie gar nichts. Nur dass es diesen ominösen Mann in deinem Leben gab, er tot ist, du noch etwas erledigen musst und deswegen unsere Beziehung weggeschmissen hast.«

Unter seinen barschen Worten zucke ich zusammen. Wie Peitschenhiebe knallen sie auf mein Herz ein.

Ich kann ihn nicht ansehen, habe zu viel Angst davor, was ich in seinem Gesicht erkennen kann. Ich bin so erbärmlich und dabei stehen wir erst am Anfang. Wo ist die toughe Frau hin – von der erbarmungslosen Killerin rede ich gar nicht.

»Ich habe meine Familie bei einem Autounfall verloren. Andrew war damals schon mein bester Freund, er und seine Familie haben mich aufgefangen. Ich war so zornig auf die Welt. Sobald ich achtzehn wurde, habe ich mich verpflichtet. Meine Wut und der kalte Zorn, die in mir brannten, ließen mich schnell aufsteigen. Doch je länger ich diente, umso mehr fragte ich mich, wem diese Kriege halfen. Ich sah meine Kollegen und Freunde fallen. Wenn ich Heimurlaub hatte, verstand ich nicht, warum unsere Veteranen so schlecht behandelt wurden. Die Politiker aber von Loyalität sprachen. Ist es nicht ihre Pflicht, auch uns gegenüber loyal zu sein? Stattdessen bekamen einzelne den Hals nicht voll. Immer wieder stritt ich wegen dieser Themen mit Andrew. Er sah die Welt bis zum Schluss nicht von der schlechten Seite. Er machte diese Riesenentdeckung und prüfte sie zigmal, stieß dabei auf immer mehr Verstrickungen.«

Wehmütig lächle ich, in Gedanken bei Andrew, unseren sinnlosen Streitereien. Jeder versuchte den anderen von seiner Sicht zu überzeugen. Doch ohne Erfolg, stur beharrten wir auf unseren Einstellungen, Andrew gab meistens nach, damit wieder Ruhe zwischen uns einkehrte.

»Das brachte ihn auch um. Ich war wütend auf ihn an diesem Tag, denn er hatte vergessen, mich vom Flughafen abzuholen, zumindest habe ich das gedacht. Dann fand ich ihn hingerichtet auf der Couch. Auf der Wand stand noch ›Journalistenratte‹. Ich konnte nicht verstehen, wie jemand das Andrew antun konnte. Er war immer offen, nie unfair, hat bedingungslos an das Gute im Menschen geglaubt.«

Drückende Stille senkt sich über den Raum.

»Das tut mir leid, Erin. Wie ging es weiter?«

Ich sammle mich kurz, bevor ich weiterspreche.

»Ich war schockiert, dass die Polizei den Mord sehr schnell zu den Akten legte. Sie sagten, es war ein Einbruch, aber wie? Die Fakten waren doch mehr als eindeutig, das war kein Einbruch. Das war eine Hinrichtung. Ich flog wieder zurück, in mir wütete ein Sturm, zugleich schwor ich mir, niemals wieder einen Menschen an mich ranzulassen. Nie wieder wollte ich den Schmerz spüren, mich nie wieder so hilflos fühlen.«

Ich halte es nicht aus, muss Ruark ansehen. Sein Gesicht ist eine einzige steinerne Maske, keine Regung kann ich darin erkennen, habe keine Ahnung, was er denkt und empfindet.

»Ich stürzte mich immer mehr in mein Training, bat Kollegen, mich in den verschiedenen Kampfsportarten zu unterrichten. Und bat auch die Sniper in der Einheit, mir Unterricht zu geben. Meine Frustration und die Wut über die Unfähigkeit, etwas gegen das Unrecht zu unternehmen, nahm weiter zu, nicht ab. Ich begann damit, kleinere Reparaturen an den verschiedenen Maschinen vorzunehmen, wollte auch mal etwas erschaffen. Mein Dad hat mir die Leidenschaft für Motorräder mitgegeben, er hat alte Maschinen restauriert, dabei habe ich ihm schon als kleines Kind geholfen. Ich liebte es, gemeinsam mit ihm an den Teilen zu schrauben. All diese Arbeiten und die körperlichen Betätigungen halfen mir zumindest in den Nächten, ein wenig zu schlafen, ohne immer wieder von dem gleichen Albtraum heimgesucht zu werden. In Dauerschleife durchlebte ich jede Nacht diesen Tag und meine Hilflosigkeit.«

»Und wie bist du zu der Mörderin geworden, die du jetzt bist, und warum hinterlässt du überall Zahnräder?«

Ruarks Worte treffen mich bis in mein Innerstes. Mit Mühe unterdrücke ich ein Schluchzen. Ich bin stark, ich muss stark sein, verdammt, ansonsten bringe ich kein weiteres Wort mehr über meine Lippen.

»Meine Dienstzeit war fast vorbei, und ich musste mich auch mit der Frage auseinandersetzen, ob ich weiter als Soldatin in einem sinnlosen Krieg dienen wollte oder ob ich heimkehrte in eine Welt, die niemanden für mich bereithielt, keine Familie, keine Freunde. Und dann kam dieses Päckchen und alles veränderte sich. Ich konnte meine Wut und meine Frustration kanalisieren. Und begann damit, Rachepläne zu schmieden. Dass ich aus dem Militärdienst ausschied, war keine Frage mehr. Ich nutzte die verbliebene Zeit, um mir noch einige weitere Kniffe anzueignen. Niemand stellte darüber Fragen. Und Zahnräder, es erschien mir passend, für mich stellen diese Menschen eine Maschinerie der Korruption dar, und wenn ich die Rädchen daraus entferne, haben sehr viele Menschen in dieser Stadt, ja, sogar in diesem Bundesstaat ein besseres Leben. Und warum ich sie hinterlasse, die Verantwortlichen sollen dieselbe Angst verspüren wie ihre Opfer, sie sollen ruhig wissen, dass ich sie holen komme.«

»Ich kann mir nicht vorstellen, dass dein Verlobter wollte, dass du ihn rächst. Du stellst ihn dar wie einen Heiligen – wie passt das in deine Geschichte? Und schon gar nicht als Rachegöttin.«

Böse funkle ich ihn an, er hat nicht das Recht, so abfällig über Andrew zu reden.

»Du hast recht, es ist meine Entscheidung gewesen, er wollte das nicht. Er hat mir dieses Päckchen mehr aus Jux geschickt mit der Anweisung, es sollte mir erst sechs Monate nach Aufgabe geschickt werden, wenn er es nicht wieder abholt. Als Versicherung, weil er das in einem Film gesehen hat und es cool fand. Das schrieb er in den Brief, den er dem Päckchen beilegte. … Ich denke, insgeheim hat er Angst gehabt vor den Dingen, die er in Erfahrung gebracht hat. Und wollte sich so Mut machen, es als Blödelei abtun. Das habe ich mir zumindest so zusammengereimt, denn er schrieb auch viele persönliche Themen in den Brief. Wie es wirklich war, werden wir wohl nie erfahren. In dem Brief bat er mich, die Beweise an die Behörden zu übermitteln. Das konnte ich nicht tun, ohne sie auch auf seine Bitte erneut zu prüfen. Das habe ich getan. Ich war fassungslos über den Verrat, den diese Menschen an ihren Landsleuten begangen haben. Hunderte wurden aus ihren Häusern vertrieben, Seelen wurden verkauft, die ihnen gar nicht gehört haben. Kinder wurden missbraucht, Konten geplündert. Einzig um dreizehn Menschen noch reicher und wohlhabender zu machen und einen von ihnen in den nächsten Jahren als Präsident anzugeloben. Vorerst genügt es ihm, wenn er nächster Vorsitzender Chairmen und somit Nummer drei in unserem Land ist.«

»Du bist ein verfluchter Racheengel. Warum hast du nicht einfach alles den Behörden übergeben, wie Andrew dich in dem Brief gebeten hat? Warum musstest du die Sache selbst in die Hand nehmen? Du hast dein Leben weggeworfen, ist dir das klar?«

Wehmütig lächle ich ihn an, Ruark wird meine Beweggründe nie verstehen.

»Auch wenn du mir nicht glaubst: Ich weiß ganz genau, was ich getan habe. Bin mir auch der Konsequenzen nur zu bewusst.«

Sein verächtliches Schnauben und die abfällige Handbewegung lassen mich innehalten.

»Du glaubst mir nicht? Nein, wie könntest du auch, für dich ist doch immer alles schwarz oder weiß. Du bist deiner geliebten Justitia richtiggehend hörig. Und wo hat es dich hingeführt? In das Haus deines Chefs, der dich tot sehen wollte, so wie Michel Johnson, weil du ihnen zu dicht auf die Pelle gerückt bist. Denk lieber einmal darüber nach. Du weißt nicht einmal einen Bruchteil über die Vergehen, die sie begangen haben, und trotzdem wollen sie dich ausschalten.«

»Das ist nicht dasselbe, du hast zwölf Menschen auf dem Gewissen und noch einen vor dir. Verdammt, Irish.«

»Es sind sogar noch einige mehr, die ich auf dem Gewissen habe, wenn du es genau wissen möchtest.«

Ich habe keine Ahnung, welcher Teufel mich reitet, ihm diese patzige Antwort zu geben.

Böse starrt er mich an; den Sessel, auf dem er seinen Fuß abgestellt hat, kickt er quer durch den Raum.

»Das ist kein Spiel, du solltest die Sache ernst nehmen. Scheiße.«

»Ich weiß, dass das kein Spiel ist, immerhin geht es hier um ein Leben, meines, ich weiß, was ich opfere.«

»Ach ja, das kommt mir nicht so vor. Warum hast du mich gerettet?«

»Weil ich nicht anders konnte, du verdammter Scheißkerl hast mir irgendwann in den letzten Wochen mein Herz gestohlen. Dabei habe ich mich so dagegen gewehrt. Ich wollte nichts mit dir zu tun haben, aber du hast nicht lockergelassen.«

»Jetzt ist das ganze Schlamassel meine Schuld oder wie darf ich das verstehen?«

»Ja, verdammt. Du lässt mich fühlen, du lässt mich bereuen, du lässt mich nachdenken über meine Taten, über mein Leben, über meine nicht vorhandene Zukunft.« Schluchzend presse ich die Worte hervor.

»Warum hast du nicht aufgehört, als wir uns kennengelernt haben?« Tief schaut er mir in die Augen, sie wirken wie die stürmische blaue See.

»Weil ich Andrew, all den Menschen, die von diesen Menschen ausgenutzt wurden, und mir ein stilles Versprechen gegeben habe. Ich darf es nicht brechen. Ich habe dir erzählt, dass mich immer eine gewisse Wut begleitet hat seit dem Tag, an dem meine Eltern gestorben sind – auch während meiner Militär-

274

zeit. Diese Wut ist weg seit dem Tag, an dem ich begonnen habe, sie alle zu rächen. Ich habe das Gefühl, so verdreht das auch sein mag, dass ich zum ersten Mal in meinem Leben etwas Gutes bewirken kann. Verrückt, nicht wahr? Vor allem vor dem Hintergrund, dass ich dafür Menschen töte.«

»Hattest du vor, danach weiterzumachen?«

Spontan schüttle ich den Kopf, nur um dann innezuhalten.

»Ich wünschte, ich könnte Nein sagen, dass danach alles aufhört, aber das kann ich nicht. Bevor du mich fragst warum. Es gibt noch so viel Schlechtes hier in diesem Land. So viele korrupte Bastarde, und irgendwer muss sie aufhalten.«

»Aber nicht du, dafür gibt es unser Rechtssystem. Dafür gibt es Anwälte, Richter und Geschworene und noch so viele Glieder mehr in dieser Kette.«

»Du bist unverbesserlich, Ruark, hältst so loyal an unserem System fest. Ich denke, deine Hartnäckigkeit ist es auch gewesen, in die ich mich als Erstes verliebt habe. Sag mir, wer bringt diese Leute zu Fall? Wie viele Zeugen verschwinden, wie viele Zahlungen werden getätigt, wie viele Menschen wandern hintern Gittern anstatt dem wirklichen Täter?«

»Sicher kann es leider ab und an einmal passieren, dass es den Falschen erwischt oder dass auch mal jemand davonkommt. Natürlich sind auch wir nicht perfekt.«

»Nein, Ruark, du kannst mich belügen, aber bitte belüge dich nicht selbst. Ich bewundere dich für die Arbeit, die du leistest, für deine Treue an Justitia, und doch finde ich dich so unglaublich dumm, dass du die Augen vor der Wahrheit verschließt. Es gibt nur ein paar Strippenzieher für die unzähligen Puppen, die wir darstellen. Bist du es nicht leid, dass dein Leben, das deiner Familie und deiner Freunde in Wahrheit durch diese Handvoll Menschen geleitet wird? Für die du nicht mehr bist als ein lästiges Moskito, du nervst und wirst mit dem Tod bedroht.«

»Wann bist du so verdammt zynisch geworden, Erin?«

»Ich weiß, du verstehst mich nicht. Ich wünschte, es wäre nicht so.«

»Du hast unrecht. Seit ich dich kenne, hinterfrage ich mich und meine Arbeit ständig. Ich grüble über meine Weltanschauung. In den letzten Jahren bin ich immer mehr in die Grauzonen abgerutscht, ohne es zu bemerken. Durch dich habe ich es wahrgenommen. Wie sonst würdest du es nennen, dass ich frustriert über ein Strafurteil bin, die Tat desjenigen habe durchsickern lassen in dem Wissen, dass ihm zwar eine verkürzte, aber dafür absolut beschissene Zeit im Knast bevorsteht. Das hätte ich nicht tun dürfen, ich habe in kleinem Rahmen Selbstjustiz begangen.«

Frustriert starrt Ruark auf den Boden, seine Stimme ist immer monotoner geworden, irgendwas steckt da noch dahinter.

»Was ist mit demjenigen passiert?«

»Durch meine Einmischung verlor dieser Mann sein Leben, er hat sich umgebracht. Hat es nicht mehr ausgehalten, die Knastschlampe und der Punchingball für einige der Mithäftlinge zu sein.«

»Scheiße.«

»Ja, das kannst du laut sagen, und soll ich dir sagen, wer der Mann war? Es war Johnsons Sohn. Heute findet eine Gedenkfeier ihm zu Ehren statt. Deswegen war der Senior nicht auf dem Anwesen, sondern hat nur seine Söldner geschickt.«

Er klingt verbittert, ich bin knapp davor, aufzustehen und ihn in die Arme zu schließen. Doch ich halte mich zurück, bin mir sicher, jetzt, da er weiß, wer ich bin, will er nie wieder von mir angefasst werden. Das kann ich ihm nicht verdenken. Ich habe ihn monatelang getäuscht und hinters Licht geführt.

»Es ist nicht deine Schuld, ich bin mir sicher, er hätte sich so oder so abfällig über Frauen im Gefängnis geäußert, auch wenn du seine Straftaten nicht hättest durchsickern lassen.«

Sein intensiver Blick trifft mich, ich verziehe mein Gesicht zu einer Grimasse.

»In der Nacht vor der Verhandlung, nachdem ich einen weiteren Mord begangen habe, bin ich in eine Bar gegangen. Dort war ich wochenlang Stammgast, habe alles akribisch vorbereitet. Ich wusste, die Polizei wird sehr schnell am Tatort sein, ich hätte keine Chance, dort wegzukommen. Musste wie eine Frau wirken, die gerne am Abend einen trinken geht. Egal, es tut ja nichts zur Sache. Kurz nach mir kam ein Kerl rein, Typ Sonnyboy, so was von selbstverliebt. Er ging bereits nach ein paar Minuten auf Tuchfühlung mit mir. Lange Rede, kurzer Sinn: Er hat vorgehabt, mir etwas in meinen Drink zu tun. Der Besitzer, Jo, hat ihn dabei erwischt. Er schrie ihn an, und schon stand die

Polizei im Laden. Sie waren auf der Suche nach einem Mörder, also nach mir. Mitgenommen haben sie stattdessen diesen Typen. Wir leben in einer Millionenmetropole und doch ist die Welt verdammt klein. Erst als er den Beamten seinen Namen zuschrie und noch weiter, dass sie es bereuen würden, wenn die Anwälte seines Vaters mit ihnen fertig wären, habe ich die Verbindung hergestellt.«

Überraschung spiegelt sich in seinem Blick wider.

»Du hast das Richtige getan. Es mag zwar nicht einhundertprozentig nach den Vorschriften gewesen sein, aber auf der anderen Seite hätte der junge Johnson schon vor Jahren hinter Gittern gehört, doch deine Kollegen haben das vereitelt. Oder auch die Anwälte der Gegenseite und sicher noch einige andere Handlanger dieser Familie. Du hast seine Opfer gerächt. Auch wenn du diese Tatsache nicht gutheißt, ich tue es. Ich verstehe, wenn dir das nicht wirklich etwas bedeutet, immerhin bin ich eine Mörderin. Ich habe es für die Gerechtigkeit getan, für die Opfer und die Menschen, die ich vor ihnen mit meiner Tat beschütze. Ich bin stolz auf dich.«

»Danke, ich weiß, ich sollte mich nicht besser fühlen aufgrund deiner Worte, und doch tue ich es.«

Ruark steht auf, kommt zu mir herüber, er nimmt mir das Polster, das ich immer noch fest umklammert halte, aus der Hand. Er umfasst mein Gesicht, streicht mir über die Wange, sein Anblick ist zärtlich, mein Herz zerspringt förmlich in meiner Brust. Ich kann es nicht glauben, er berührt mich freiwillig, liebevoll.

Keine Verachtung oder Anklage ist in seinen Augen zu erkennen.

Ich hebe ihm mein Gesicht entgegen, bitte ihn stumm um einen Kuss. Ruark beugt sich über mich. Sanft streicht er mit seinen Lippen über meine.

Ruark

Ich kann und will nichts mehr hören. Deswegen bleibt mir nur ein Ausweg: Ich gehe zu Erin hinüber, nehme ihr das Kissen ab, streiche ihr sanft über die Wangen, präge mir ihre Züge genau ein.

Unsere Lippen verschmelzen. Der bittersüße Kuss ist so viel mehr, ich lege all meine Liebe für Erin hinein. Zärtlich beginnen wir uns zu streicheln, blenden die Realität aus und alles, was uns voneinander trennt.

Wir küssen uns weiter, während wir uns unserer Kleidungsstücke entledigen. Unsere Berührungen werden drängender, eingehender. Wir können nicht genug voneinander bekommen. Es fühlt sich immer nach zu wenig Hautkontakt an, egal wie sehr wir unsere Körper aneinanderpressen und reiben. Wie Ertrinkende klammern wir uns aneinander. Wir sprechen es nicht aus, doch dies ist der Abschied.

Erin legt sich zurück, vertrauensvoll blickt sie zu mir auf, spreizt einladend ihre Beine. Ich genieße den Anblick ihres weiblichen Körpers, die sanften Rundungen, den Schwung ihrer Hüften, mein Blick wandert zu ihrem verheißungsvollen Dreieck hinab. Mit dem Daumen öffne ich ihre Lippen, streiche hauchzart über ihre Klit. Irish ist bereits feucht, was meinen Schwanz zucken lässt vor Vorfreude. Ich stütze mich links und rechts von ihrem Kopf ab, stehle ihr weitere tiefe Küsse. Erin bewegt sich aufreizend unter mir, stöhnt genießerisch in meinen Mund. Unsere Zungen spielen miteinander, die Küsse werden leidenschaftlicher, tiefer.

Irish bittet mich, sie endlich zu erlösen, unsere Körper zu vereinen. Nichts tue ich lieber. Langsam und bedächtig schiebe ich meinen Penis in sie. Ihre warme Enge umfängt mich. Jetzt ist es an mir, genießerisch in ihrer Enge zu schwelgen. Ich liebe das Gefühl ihrer engen Vulva, die von meiner Dicke geweitet wird. Die Lust in ihren Augen nimmt zu, sie erstrahlen in einem dunklen Blau wie wunderschöne Saphire.

Sie kommt mir weiter entgegen, schiebt sich förmlich auf mich. Immer weiter stoße ich in sie. Sobald ich mich gänzlich in ihr versenkt habe, halte ich inne, koste die Zuckungen, die ihre Muskeln um meinen Schwanz vollführen, gänzlich aus. Ich liebe das Gefühl, es ist, als würde sie meinen Schwanz tief in ihr packen und bearbeiten. Genießerisch wölbt sie sich mir entgegen, ein heiserer Laut entkommt ihr.

»Bitte, nimm mich.«

Irishs Stimme klingt äußerst erregt, sie ist unruhig unter mir, will mich dazu bewegen, anzufangen. Das kann sie haben. Einen letzten zärtlichen Kuss stehle ich mir, bevor ich mich langsam aus ihr zurückziehe, um mich danach schneller wieder in sie zu stoßen.

Ich behalte meinen Rhythmus bei, sehe ihr dabei in die Augen, wie sie vor Lust vergeht. Erin vergräbt ihre Fingernägel in meinem Hintern, will mich anspornen, schneller zu machen, doch ich genieße es zu sehr.

Betrachte die Frau, die ich trotz allem liebe. Schnell verdränge ich den Gedanken daran wieder. Dieser Moment gehört nur uns, hier gibt es keinen Platz für unsere Probleme, hier geht es um uns und darum, zu wissen, dass wir einander lieben, wenn es uns auch nur dieses eine Mal vergönnt ist, es in vollem Bewusstsein zu erleben.

Ich beschleunige meine Bewegungen, nehme sie immer heftiger, angetrieben durch ihr Stöhnen und ihre anfeuernden Seufzer. Ich spüre, dass mein Orgasmus nahe ist. Erin verzieht voller Entzücken ihr wunderschönes Gesicht, ich kann nicht genug davon bekommen. Nur noch mit einer Hand stütze ich mich über ihr ab. Die andere wandert zwischen unsere Körper, beginnt, ihren Kitzler zu bearbeiten. Mit lautem Stöhnen kommt Erin zuckend um meinen Schwanz, melkt mich schier. Mit einem lauten Brummen komme ich tief in ihr, mein Orgasmus verlängert ihren, denn erneut schreit sie auf.

Ermattet sinke ich auf ihr zusammen, in der Stille ist einzig unser Keuchen zu hören. Sie streicht mir mit der Hand über die Haare, mein Kopf ist auf Erins Brust gebettet.

»Du musst aufhören, bevor es zu spät ist, Erin.«

»Es ist doch schon längst zu spät für mich.«

»Du gibst auf?«

»Nein, tue ich nicht. Ich habe mich für diesen Weg entschieden und werde ihn bis zum Ende gehen.«

»Meine Karriere als Zahnradmörder kann ich erst beenden, wenn Michel Johnson ebenfalls tot ist, nicht vorher.«

»Du weißt, das könnte deinen Tod bedeuten. Und mit seinem unfreiwilligen Ableben werden noch viel mehr Personen hinter dir her sein als jetzt schon. Vielleicht kommst du davon, aber irgendwo hast du einen Fehler begangen. Und bringst sie auf deine Spur. Vergiss nicht, es gibt immer jemanden, der besser ist als du.«

»Ich weiß das.«

»Verflucht, ich bitte dich, lass es gut sein. Ich kann dich nicht beschützen.«

»Das kann ich nicht. So sehr ich es auch möchte. Ich muss es zu Ende bringen. Was danach kommt, kommt danach.«

***

Erin

Die Stimmung in der Hütte ist melancholisch, es wurde alles gesagt, und doch bleibt so vieles unausgesprochen.

Ruarks Gewicht drückt schwer auf meinen Oberkörper, ich genieße es, ihn so auf mir zu spüren, streiche mit einer Hand durch sein Haar. Seine Arme schlingen sich fester um meinen Körper.

Unsere Zeit ist beinahe abgelaufen, wir fühlen es beide. Keiner von uns will den Moment zerstören.

Umhüllt von seiner Wärme werden meine Lider schwer.

»Ich liebe dich, du hast mein Herz, von dem ich annahm, dass es nicht mehr existiert, gestohlen«, flüstere ich in den stillen Raum. Diese Wahrheit muss ich aussprechen, denn egal, was die nächsten Stunden, Tage oder gar Wochen bringen, es ist eine unumstößliche Tatsache.

»Und ich liebe dich, Erin. Mein Herz gehört dir«, erklärt er mir voller Ernsthaftigkeit.

Das wäre das perfekte Ende für ein Weltuntergangszenario, schießt es mir schwermütig durch den Kopf.

Wir zwei zusammen in den Armen des jeweils anderen. Wir brauchen uns keine Gedanken über das Kommende oder das, was war, zu machen. Es ist nur wichtig, dass wir hier und jetzt zusammen sind, und nichts sonst.

18. KAPITEL

Erin

*D*as Dröhnen eines Motorrads weckt mich, erschreckt fahre ich nach oben. Ein schneller Blick verrät mir, dass ich allein bin. Ich hätte es auch so gewusst, denn den Klang meiner Ninja würde ich zwischen unzähligen davon wiedererkennen. So schnell ich kann stürze ich zur Tür, reiße sie auf.

»Verdammt«, brülle ich laut auf.

Was hat er vor? Wo will er hin? Hektisch blicke ich mich um, meine Sachen sind noch da. Mein Blick fällt auf einen Zettel, der auf dem Tisch liegt. Während ich mir noch meine Klamotten schnappe, eile ich schon darauf zu.

Erin,

Ich vermute, sobald du das Aufheulen des Motors hörst, wirst du aufwachen. Du kannst dir sicher sein, ich hätte dich lieber anders geweckt. Ich kann nur hoffen, dass ich überhaupt so weit komme, ohne dass du aufwachst. Während du in meinen Armen geschlafen hast, habe ich mir Gedanken gemacht, über uns, über deine Vergangenheit, aber auch über deine und meine Zukunft.

Ich kann es nicht zulassen, dass du Johnson umbringst, werde einen Weg finden, um ihn wegzusperren, ihn und die übrig gebliebenen Handlanger. Du darfst nicht noch einen Mord begehen, versprich es mir. Ich handle gegen meine Überzeugung, indem ich dich hier zurücklasse und niemanden auf deinen Aufenthaltsort aufmerksam mache. Genauso wenig werde ich jemals verraten, dass du die Zahnradmörderin bist. Ich kann es immer noch nicht fassen, es wird eine Weile dauern, bis ich diese Neuigkeiten verdaut habe.

Du bist eine Killerin, und doch hast du mein Leben gerettet, somit bin ich dir deines schuldig. Wir sind quitt.

Zwischen uns ist noch so viel unausgesprochen, aber du hast recht. Jetzt ist es mir auch klar, wir passen nicht zueinander. Unsere Weltbilder sind zu verschieden.

Der Staatsanwalt und die Killerin, gäbe sicher einen guten Film- oder Buchtitel ab. Vielleicht bekommen sie dort das Happy End, das uns verwehrt ist.

Pass auf dich auf und lass dich nicht schnappen.

In Liebe, Ruark

Voller Wut zerknülle ich den Zettel. Wie kann er es wagen, über mein Leben zu bestimmen? So schnell wie möglich schlüpfe ich in meine Klamotten, bete, dass

Ruark sich nicht genauer bei der Hütte umgesehen hat, das zweite Motorrad gefunden hat. Den Zettel stopfe ich in meine Jackentasche. Es ist besser, keine Beweisstücke zurückzulassen. Erleichtert atme ich auf, als ich die Aprilia RSV4 dort vorfinde, wo ich sie zurückgelassen habe.

Zum Glück kann ich es mir leisten, in meinen Verstecken die besten und schnellsten Motorräder zu verstecken.

Wenn die Jungs wüssten, dass die meisten sogenannten Provisionskäufe ich getätigt habe, sie würden Bauklötze staunen. Ein Wegwerfhandy und zwei Pistolen befinden sich in einer Kiste bei dem Motorrad, genauso wie ein komplettes Motorradoutfit inklusive Helm. Ich muss mich beeilen, bevor Ruark zuschlägt und versucht, Johnson festnehmen zu lassen, muss ihm auf jeden Fall zuvorkommen, den letzten Job erledigen.

Ich muss damit rechnen, dass Ruark mich danach verrät. Immerhin handle ich gegen seine Bedingungen, die mir die Freiheit verspricht, zumindest so lange, bis mir doch noch jemand auf die Schliche kommt.

Das Dröhnen des starken Motors begleitet mich. Ich jage durch die Nacht, ziehe an allen Fahrzeugen vorbei, verschwende keinen Gedanken an eventuelle Strafzettel oder Polizeikontrollen. Ich putsche die Wut, die so lange kein Begleiter mehr von mir war, höher und höher. Sie pulsiert durch meine Adern; wenn ich das nicht tun würde, dann wäre ich versucht, umzukehren und zu hoffen, in der Hütte erneut auf Ruark zu treffen. Weil er nicht von mir lassen kann, weil wir irgendwie zusammenpassen, weil unsere Geschichte etwas Besonderes ist und wir irgendwie ein Happy End verdient haben.

Ich verdränge diese Gedanken; das Wissen, dass er mich hat auflaufen lassen, macht mich wahnsinnig.

Du hast von mir verlangt, die Sache auf sich beruhen zu lassen, doch das kann ich einfach nicht. Zu viel habe ich riskiert und schon verbrochen, um es zu beenden, zu viele Menschen verdienen diese Rache. Ich kann es nicht für dich tun.

Auch wenn mir deine Vorgehensweise einleuchtet, kann und will ich sie nicht gutheißen. Ich lasse meine Maschine erneut aufheulen, die Kälte der Nacht und der eisige Fahrtwind lassen mich zittern, meine Hände sind bereits verkrampft um den Lenker geschlossen. Ich begrüße diesen Zustand, stelle mir vor, wie die Stelle, an der mein Herz saß, zu Eis wird, sehne den Schmerz richtiggehend herbei.

Meine Ausgangsposition, um diesen letzten Mord als Zahnradkillerin zu begehen, ist denkbar schlecht. Es gleicht eher einem Selbstmordkommando.

Das Wichtigste in meinem Leben wird mir genommen heute Nacht durch meine Entscheidung. Ich habe versucht, mein Herz vor dir zu beschützen, ohne Erfolg. Mein Instinkt hat mich immer vor dir gewarnt, dass du eine Gefahr für mich darstellst, jedoch vollständig unterschätzt, wie gefährlich du mir wirklich bist.

Ich habe immer gedacht, sobald ich alle Schuldigen, die am Tod von Andrew beteiligt waren, beseitigt habe, kann ich neu zu leben beginnen. Jetzt wird mir bewusst, wie sehr ich mich irre. Jeder Yard, den ich zurücklege, bringt mich der Vollendung meiner Rache näher, entfernt mich aber im gleichen Maße von dir.

Es wird heute enden.

Ruark

Es hat mich verdammt viel Überwindung gekostet, Erin in der Hütte zurückzulassen. Ich hoffe, sie hat irgendwo ein Handy versteckt und kann sich Hilfe holen.

So lange wie ich es für sicher hielt, habe ich sie in meinen Armen gehalten, wollte mir nicht eingestehen, dass sie recht hat: Es gibt kein Uns.

Unsere Anschauungen sind zu unterschiedlich, mein Kopf weiß das, aber mein Herz …

Eins weiß ich aber mit Sicherheit: Ich könnte nicht damit leben, wenn sie bei dem Versuch, Johnson zu töten, stirbt oder gefangen wird. Es liegt an mir, sie vor diesem Schicksal zu bewahren.

Es ist knapp vor Mitternacht, als ich wieder in der Stadt bin. In meinem verdreckten Aufzug brauche ich nicht bei Johnson aufzutauchen. Zu mir nach Hause, keine gute Idee. Auch zu Erin in die Werkstatt traue ich mich nicht zu fahren. Wer weiß, wo die Männer überall nach mir suchen. Zum Glück gibt es genug verschwiegene Lokalitäten in der Stadt, die ich aufsuchen kann, um mich einigermaßen präsentabel herzurichten.

Ich kenne diese Orte noch von früher. In kürzester Zeit sehe ich wieder vorzeigbar aus und nicht wie ein Obdachloser. Ich überlege, ob ich mit der Ninja oder mit einem Taxi bei Johnson auftauchen soll. Entscheide mich dann aber für einen Kompromiss. In einer Seitengasse, nur einen Block entfernt, parke ich die Ninja, verstecke sie so gut es geht. Danach gehe ich die paar Meter zurück zur Hauptstraße. Ich habe Glück, rasch erscheint ein Taxi. Sollte sich der Fahrer wundern, warum er mich nur um den halben Block fahren muss, lässt er es sich nicht anmerken. Das Geld halte ich ihm zusammen mit einem großzügigen Trinkgeld hin.

Ich straffe mich, atme tief durch, bevor ich aus dem Taxi steige. Bin darauf gefasst, bei jedem Schritt, den ich näher an die Eingangstür herantrete, erschossen zu werden. Nichts geschieht. Durch die Fenster kann ich noch zahlreiche Personen erkennen, die sich auf der Trauerfeier aufhalten. Wenn ich erst einmal durch die Tür getreten bin, wird es nicht mehr so leicht sein für Johnson, mich umlegen zu lassen.

Vielleicht habe ich Glück und das Überraschungsmoment ist auf meiner Seite.

»Dingdong.« Altertümlich erklingt die Türglocke, die ich betätigt habe. Ihr Laut schallt durch das ganze Wohnhaus. Laut, bestimmt, eindringlich. Die Tür öffnet sich, ein Butler erscheint.

»Sie wünschen, Sir?«

»Staatsanwalt Ruark Griffin, ich entschuldige mich

für die Verspätung. Ich komme als Vertretung für meinen Chef Robert Adams.«

Ohne Weiteres lässt er mich passieren, schon stehe ich in einem großen Foyer. Der Butler weist mich an, ihm zu folgen. Öffnet eine Tür, hinter der sich viele Leute befinden, um Johnson ihre Aufwartung zu machen und um ihm Beileidsbekundungen für den verstorbenen Sohn zu überbringen.

Sobald er mich erkennt, weiten sich seine Augen vor Schreck. Ich schenke ihm ein raubtierhaftes Lächeln. Dieser Mann hat sicher mit vielen Personen gerechnet, doch mit Sicherheit nicht mit mir. Seine Haltung versteift sich. Es sind einige Tische aufgebaut, auf denen Häppchen und Champagner dargeboten werden.

Ohne Hast nehme ich mir von beidem etwas, proste dem Herrn des Hauses zu. Er entschuldigt sich bei seinen Gesprächspartnern, seine Schritte sind steif, als er auf mich zukommt.

»Was wollen Sie hier, Griffin?«

»Ich dachte, es gefällt Ihnen, wenn ich Ihnen die Suche nach mir erspare und direkt bei Ihnen vorbeischaue.«

»Wie können Sie es wagen, Sie haben genug angerichtet, Ihretwegen ist mein Sohn tot.«

»Kommen Sie schon, Johnson, in Wahrheit sind Sie doch froh darüber. Die Eskapaden Ihres Sohnes, auch wenn er nicht von Ihrer reizenden Frau ist, hätte Ihnen für die Wahl geschadet.«

»Das ist eine bodenlose Frechheit«, schreit er mich an. Die Gespräche im Raum verstummen, die Augen der Anwesenden sind auf uns gerichtet. Das ist gut, je mehr Menschen mitbekommen, wie wir miteinander streiten, desto eher ist jemand dabei, der das bezeugen wird, sollte meine Leiche morgen irgendwo auftauchen.

Ich hoffe darauf, dass er mich heute Abend gar nicht ermorden kann, weil zu viele Augenpaare auf uns gerichtet sind.

»Sagen Sie, Johnson, was haben Sie geplant? Wie wollten Sie ihn sich vom Hals halten? Ich weiß, Sie gehen über Leichen, um zu bekommen, was Sie wollen.«

Ein schockiertes Raunen geht durch den Raum, die Umstehenden fixieren uns, versuchen, jedes Detail unserer Unterhaltung aufzuschnappen.

»Bei mir hat es ja leider nicht funktioniert. Meinen Sie nicht, wir sollten unsere Unterhaltung in einem etwas privateren Rahmen fortführen?«, füge ich so leise an, dass nur er meine Worte verstehen kann.

Johnson sieht aus, als stünde er kurz vor einem Herzinfarkt. Ich hoffe, er stirbt mir nicht hier weg, dieses Glück hat er sich nicht verdient.

Barsch nickt er mir zu, entschuldigt sich bei seinen Gästen und führt mich in sein Arbeitszimmer.

»Wie können Sie es wagen, hier in mein Haus einzudringen«, donnert er los, sobald die Tür mit einem leisen Klick ins Schloss gefallen ist.

»Wie können Sie es wagen, über Leichen zu gehen, so viele Menschen in den Ruin getrieben zu haben, ja, sogar Morde zu befehlen, nur um noch ein wenig mehr Macht zu erreichen?«

»Denkst du wirklich, die Welt lässt sich nur in Schwarz und Weiß einteilen? Es geht nur um eines in dieser Welt: um Macht und um Ansehen. Jeder ist käuflich und die, die es nicht sind, müssen verschwinden. Griffin, überlegen Sie es sich gut, ob Sie nicht für mich arbeiten wollen. Ich bin beeindruckt von Ihrer Zähigkeit, Ihrem Kampfeswillen, das ist Ihre letzte Chance.«

»Ich könnte niemals für Sie arbeiten. Sie sind ein korruptes Arschloch, ein Puppenspieler, der sich zu viel auf seine Macht einbildet. Wir leben in einem Land der Gleichberechtigung, Johnson, jeder Mensch ist gleich viel wert, hat die gleichen Möglichkeiten verdient. Aber Sie als Staatsdiener sollten für die Bürger da sein, nicht sich auf ihre Kosten bereichern.«

»Das ist eine ausgesprochen schöne Rede gewesen, bravo. Sie wissen, was Ihre Weigerung bedeutet.«

»Sollte ich sterben, dann in der Gewissheit, nicht gekauft worden zu sein. Sie haben verloren, Johnson, Sie werden nicht davonkommen. Sie werden weder den angestrebten Posten jetzt erreichen noch in ein paar Jahren im Weißen Haus residieren. Wenn ich es nicht schaffe, Sie aufzuhalten, dann gibt es noch einen Menschen, auf dessen Liste Sie stehen.«

»Sie meinen den Zahnradkiller oder wie er so schön betitelt wird. In Wahrheit hat mir derjenige einen Gefallen getan. Alle Personen, die hinter dubiosen Machenschaften stecken, sind tot. Niemand wird jemals dahinterkommen, wer die Fäden gezogen hat.« Seine Stimme klingt äußerst selbstzufrieden.

Verdammt, kann das sein? Hat Erin ihm wirklich

einen Gefallen getan, die restlichen Gruppenmitglieder zu eliminieren?

»Ich bin bloß erstaunt, dass nicht Sie der Zahnradmörder sind, wobei ich noch nicht restlos überzeugt bin.«

Verblüfft sehe ich ihn an.

»Wie kommen Sie darauf, ich wäre der Zahnradmörder?«

»Sehen Sie sich doch an, mein Junge. Sie bringen alle Voraussetzungen dafür mit: Hintergrundinformationen, die militärische Ausbildung und Ihre Liebe zu den Menschen, wie Sie so schön sagen. Das Gesetz in die eigene Hand zu nehmen, muss doch ein erhabenes Gefühl für Sie sein, nicht wahr?«

Verblüfft kann ich ihn einfach nur ansehen.

»Was wollen Sie hier, außer dasselbe, wie ich mit Ihnen vorhabe, Griffin? Mich umbringen? Meine Leute sind auf der Suche nach Ihnen, um genau das zu tun. Sie wollen es genauso beenden wie ich. Jetzt sagen Sie mir doch noch einmal, dass Sie nicht der Zahnradmörder sind.

Schwerfällig hat er hinter seinem Schreibtisch Platz genommen. Seine Worte treffen mich hart – hat er recht? Bin ich wirklich mit der Absicht hergekommen, ihn zu erledigen, anstatt Erin den letzten Mord ausführen zu lassen? Wie würde es aussehen, wenn ich ihn hinter Gitter bringen will? Meine Gedanken verwehren sich nicht länger vor der Realität.

Er käme frei, nicht zuletzt, weil alle Personen, die ihn belasten können, tot sind. Und die Unterlagen, die sich in Erins Besitz befinden, wie schnell kann es passieren, dass diese Dokumente verschwinden oder als Fälschungen deklariert werden? Johnsons Netz ist zu weitflächig. Und selbst wenn es zu einem Prozess käme, er würde sich Jahre dahinziehen mit ungewissem Ausgang. Fuck, wieso habe ich das vorher nicht gesehen?

»Ich sehe, Sie erkennen den Fehler in Ihrer Logik, Sie können nicht gewinnen. Egal, wie Sie es anstellen, Griffin, Sie werden verlieren.«

Ich lasse den Kopf hängen, schüttle den Kopf. Hat er wirklich recht, muss ich mich ihm kampflos geschlagen geben? Das leise Klicken einer Waffe lässt mich aufblicken. Ich blicke in das selbstzufriedene Antlitz von Michel Johnson.

»Was meinen Sie, es würde doch eine gute Schlagzeile abgeben, wenn der zukünftige Vorsitzende der Chairmen den Zahnradkiller bei einer Auseinandersetzung tötet.«

»Es gibt nur ein Problem: Ich bin nicht der Zahnradmörder.«

———

Erin

Mit einem Klicken löst sich auch die Sicherung meiner Waffe, hallt laut wider im ansonsten stillen Raum.

»Das stimmt, es ist ein Problem, denn ich bin die Zahnradmörderin.« Zwei Augenpaare starren mich verblüfft an.

Ich habe den Tumult genutzt und bin während der

Schreierei, die Ruark und Johnson im Salon veranstaltet haben, durch den Dienstboteneingang in das Wohnhaus geschlichen. Keiner hat mich wahrgenommmen, zu sehr waren die Anwesenden von dem Streit der beiden Männer abgelenkt.

Mit Unglauben habe ich der Unterhaltung gelauscht, war erstaunt über die Erkenntnis, dass Johnson Ruark für den Zahnradmörder hält.

»Eine Frau? Wie kann eine Frau all diese Morde begangen haben?« Unglaube schwingt in seiner Stimme mit.

»Und was ist der Grund, junge Dame, dass du zwölf Leute auf dem Gewissen hast?«

»Der Auslöser war mein Verlobter, sein Name sagt Ihnen mit Sicherheit etwas. Immerhin haben Sie dafür gesorgt, dass er ermordet wurde.«

»Andrew Simmons, der Journalist. Verdammt, ich wusste, dass seine Verlobte beim Militär war, hätte aber nie damit gerechnet, dass Sie zu all dem imstande waren. Eigentlich muss ich mich ja bei Ihnen bedanken, wie Sie mitbekommen haben, immerhin haben Sie den verbliebenen Müll für mich weggeräumt.«

Ruark rückt näher an mich heran, lässt den letzten der dreizehn aber nicht aus den Augen.

»Erin, wie bist du hierhergekommen?«

»Sie beide kennen sich, wie schön.«

»Warum musstest du hierherkommen, ich kann es dich nicht zu Ende bringen lassen.«

»Sogar jetzt, nachdem dir selbst aufgegangen ist, dass Johnson niemals ins Gefängnis kommen wird, willst du mich davon abhalten? Verstehst du nicht? Er darf nicht leben, er hat zu viele Menschen auf dem Gewissen, und wenn ich nicht rechtzeitig in diesem Haus aufgetaucht wäre, hätte er dich erschossen.«

»Ich weiß das, Erin, und dennoch ist das nicht der richtige Weg. Wir dürfen das Gesetz nicht selbst in die Hand nehmen, dadurch sind wir um nichts besser, wir werden zu Puppenspielern, verstehst du das nicht?«

»Doch, Ruark, wie könnte ich das nicht, aber manchmal muss man Feuer mit Feuer bekämpfen, siehst du das nicht?« Verzweiflung macht sich in mir breit, uns läuft die Zeit davon, schon bald wird jemand auf uns aufmerksam. Die Wachen, über die ich gestolpert bin, habe ich nur bewusstlos geschlagen. Nicht mehr lange und uns fliegt diese ganze Scheiße um die Ohren.

»Ich liebe dich, Erin, ich kann nicht zulassen, dass du dein Leben wegwirfst.« Meine Konzentration verändert für den Bruchteil einer Sekunde den Fokus.

Ich kann nicht anders, ich muss ihn ansehen.

Ein Schuss hallt durch den Raum, ein schwerer Körper taumelt in meine Seite, mein Finger bewegt sich ruckartig um den Abzug, ein weiterer Schuss erklingt in dem Raum. Während ich unter Ruarks Körper zu Boden gehe, erkenne ich, dass ich Johnson erwischt habe.

»Erin, alles in Ordnung bei dir?« Ruarks Stimme hat einen schleppenden Tonfall, alarmiert blicke ich ihn an.

Ich lasse die Waffe aus meinen behandschuhten Fingern fallen, taste ihn ab, ein zischender Laut entkommt ihm.

»Verschwinde von hier, sie werden gleich durch diese Tür kommen, dann darfst du nicht mehr hier sein.«

»Aber du wurdest verwundet, ich kann dich nicht …«

»Verstehst du nicht? Verschwinde von hier, du Mörderin.« Ich bemerke, wie sämtliche Farbe aus meinem Gesicht weicht.

»Aber ich …«, sage ich und greife nach seiner Hand.

»Ich will dich nie wiedersehen, mach, dass du wegkommst.« Er schlägt meine Hand weg, sieht mich verächtlich an. Schlucke den harten Kloß, der sich in meinem Hals gebildet hat, hinunter. Ich höre bereits Stimmen auf dem Gang, zögere nicht länger, reiße die Tür, die in einen Nebenraum führt und direkt neben mir ist, auf, um zu flüchten. Einen letzten Blick werfe ich auf den Mann mit den schmerzverzerrten Gesichtszügen, der mir ebenfalls hinterherblickt. Jede Faser meines Körpers drängt mich dazu, sofort kehrtzumachen und an seine Seite zu eilen, doch ein Blick in diese sturmblauen Augen hält mich davon ab.

So schnell und leise wie möglich verlasse ich das Haus, schwinge mich auf mein Motorrad und jage erneut durch die Nacht davon.

Ruark

Ich blicke ihr hinterher, kann meine verächtliche Fassade kaum noch aufrechterhalten. Sie muss leben. Ich habe ihren inneren Zwiespalt zuvor bemerkt, als sie kurz die Konzentration verloren hat. Aus den Augenwinkeln habe ich mitbekommen, wie Johnson die Waffe hob und auf sie richtete, um zu schießen. Ich handelte instinktiv, sprang ab, um sie mit meinem Körper zu schützen. Die Kugel hat meinen Oberkörper erwischt. Während ich mit Erin zu Boden ging, löste sich ein weiterer Schuss, diesmal aus Erins Waffe. Das selbstgefällige Grinsen verschwand von Johnsons Antlitz, denn Irishs Glückstreffer brachte ihm den Tod.

Das gleiche Schicksal werde wohl auch ich erleben, bin mir nicht sicher, ob die Kugel, die mich getroffen hat, nicht etwas Lebenswichtiges erwischt hat.

Die Tür wird aufgerissen, Menschen stürmen in den Raum, Schreie und Rufe nach einem Krankenwagen werden laut. Der Schmerz in meiner Brust nimmt zu, es fühlt sich an wie die Hölle. Die Stimmen werden immer leiser, vor meinen Augen verschwimmt alles. Ein dicker Nebel legt sich auf meine Gedanken.

Fühlt sich so der Tod an? Das ist der letzte klare Gedanke, den ich fassen kann.

Das Piepsen von Geräten und die Stimmen aus den Lautsprechern bringen mich in die Realität zurück.

Sobald ich meine Augen aufschlage, kann ich die Gesichter meiner Eltern erkennen.

»Was macht ihr hier? Ihr könnt doch nicht auch tot sein. Ich habe nicht damit gerechnet, dass es nach dem Tod in einem Krankenhaus weitergeht, habe eher an Himmel oder Hölle gedacht.«

»Du hast uns einen Heidenschreck eingejagt, mein Junge, aber vorerst weilst du noch unter den Lebenden.«

Meine Mutter wird gebeutelt von Schluchzern.

»Fuck, tut mir deswegen alles weh, diese Schmerzen sind die Hölle.«

»Warte, ich klingle nach der Krankenschwester.«

»Ist schon gut, es ist nicht so schlimm.« Nein, nur noch viel schlimmer, aber ich will meine Mutter nicht beunruhigen, die bereits aussieht, als stünde sie kurz vor einem Nervenzusammenbruch.

Eine Krankenschwester kommt herein und scheucht meine Eltern aus dem Raum.

»Es tut mir leid, aber ein Detektiv muss Sie unbedingt sprechen. Ich habe ihm gesagt, er soll später wiederkommen, doch er meint, es duldet keinen Aufschub. Wenn Sie aber noch nicht dazu in der Lage sind, dann schicke ich ihn wieder weg.«

»Ist schon gut, schicken Sie ihn rein.« Kaum hat sie mein Krankenzimmer verlassen, betreten zwei Männer mein Zimmer. Es ist einmal der zuständige Detektiv für den Fall des Zahnradmörders, und der zweite gehört einer unserer Bundesbehörden an, die ebenfalls in dem Fall ermitteln.

»Es tut mir leid, dass wir Sie bereits jetzt stören müssen. Können Sie uns etwas zum Fall des Zahnradmörders mitteilen?«

»Wie kommen Sie darauf?«, frage ich leicht verwirrt, kann mir keinen Reim darauf machen, wie sie so schnell von Erin erfahren haben, außer sie haben sie geschnappt.

»In Ihrem weggetretenen Zustand haben Sie immer wieder etwas von Johnson und Zahnradmörder von sich gegeben.«

»Was ist mit Johnson?«, frage ich, ohne näher auf die Frage wegen dem Killer einzugehen. Mein Hirn ist zwar nach wie vor benebelt, was kein Wunder ist, und doch kämpfe ich, um meine Gedanken so klar wie möglich zu halten.

»Er ist tot. Sie haben ihn erschossen, die nicht registrierte Waffe lag neben Ihnen. Also noch einmal zum Zahnradmörder: Wie kamen Sie darauf, Johnson zu verdächtigen?«

Die Verblüffung ist mir deutlich anzumerken – was hat der Detektiv gerade gesagt? Sie halten Johnson für den Killer, aber wie ist das möglich?

»Können Sie unseren Verdacht bestätigen oder nicht?«

Ohne lange darüber nachzudenken, gebe ich ihm die Antwort, die er anscheinend hören will.

»Ja, Michel Johnson war der Zahnradmörder.«

»Danke, dass Sie unsere Theorie bestätigt haben. Wir lassen Sie auch schon wieder in Ruhe. Natürlich werden wir unser Gespräch noch ausführlicher fortführen müssen, aber vorerst haben wir alle benötigten Informationen.«

Die zwei Männer drehen sich um und sind bereits dabei, den Raum zu verlassen, während ich versuche, meine Gedanken zu ordnen.

»Bitte warten Sie einen Moment. Woher wissen Sie es?«

»Aufgrund des Dossiers, das Sie bei Ihren Unterlagen verwahrt haben. Sie haben doch die Verlobte des Journalisten ausfindig gemacht, den einige Leute auf dem Gewissen hatten. Sie hat uns erklärt, dass Sie so lange auf sie eingeredet haben, bis sie die Dokumente, die ihr ihr Verlobter vermacht hat, an Sie rausgerückt hat. Sie sind auch dahintergekommen, dass Johnson nach diesem Mord in seinen eigenen Reihen begonnen hat aufzuräumen. Eine wirklich großartige Leistung. Wieso haben Sie sich nicht früher an uns gewandt? Wir hätten Ihnen diesen Krankenhausaufenthalt sicher ersparen können. Genug aus dem Nähkästchen geplaudert, diese Informationen dürfen Sie ja eigentlich alle nicht kennen. Ich vertraue daher auf Ihr Stillschweigen, Herr Staatsanwalt.«

Wie in Trance nicke ich. Hat Erin wirklich all diese Dinge eingefädelt? Warum ist sie nicht getürmt, obwohl ich sie bewusst so sehr verletzt habe, um sie zu beschützen und von mir fortzutreiben? Wenn sie sie in diesem Raum mit uns gefunden hätten, dann wäre dieser Ausgang nicht möglich gewesen.

Wusste sie am Ende, dass ich es einzig deswegen getan habe, um sie zu schützen?

***

Erin

Ich schaue durch das Krankenfenster auf den schlafenden Ruark. Er hat wahnsinniges Glück gehabt, ein paar Minuten später und die Ärzte hätte nichts mehr für ihn tun können.

Sobald ich in dieser Nacht bei der Aprilia angekommen bin, habe ich einen Moment innegehalten. Warum hat er mir erst seine Liebe gestanden, nur um mich dann wegzuschicken, indem er mir mit seinen Worten unwahrscheinlich zugesetzt hat? Es fiel mir wie Schuppen von den Augen, erneut hat er alles getan, um mich zu beschützen. Und ich? Ich rannte davon.

Doch das wollte ich nicht länger; zuerst war ich versucht, mich zu stellen. Doch meine innere Stimme riet mir davon ab. Stattdessen verwendete ich die gesammelten Beweise so, wie Andrew es sich gewünscht hätte: Ich platzierte sie bei dem einzigen Menschen, dem ich vertraute, in der Hoffnung, dass sie endlich dazu genutzt wurden, um viel von dem Unrecht, das verbrochen wurde, wiedergutzumachen.

Ich machte Johnson zum Zahnradmörder, der hinter sich aufräumte. Er selbst brachte mich auf den Gedanken, als er mir dankte, seine Arbeit erledigt zu haben.

Die Presse und die Behörden stürzten sich mit Feuereifer auf die Schießerei und die Papiere, die man bei Ruarks Akten fand.

Ruark bewegt sich, schlägt die Augen auf. Wir sehen uns an, ich lege die Hand auf die Fensterscheibe. Sein Blick ist voller Liebe, nichts zeugt mehr von der Verachtung, die ich gemeint habe, in seinem Blick zu lesen. Mein kaltes Herz erwacht zu neuem Leben, eine Träne bahnt sich ihren Weg nach unten über meine Wange.

. . .

Vielleicht kann es trotz der Unterschiede für den Staatsanwalt und die Killerin nicht nur im Film, sondern auch in dieser Geschichte ein Happy End geben.

...

... to be continued in deinen Gedanken ...

DANKSAGUNG

Danke, dass ihr Erins und Ruarks Reise begleitet habt.

Eine emotionale Reise geht für mich zu Ende, ich habe viel über einige Fragen nachgedacht und über Einstellungen. Für meine beiden Protagonisten ist es aber vielleicht erst der Beginn.

Ich bin mir sicher, der eine oder andere vermisst ein tatsächliches Happy End. Sorry, dass ich euch diesen Wunsch nicht erfüllen kann.

Ich habe mich für dieses Ende entschieden, weil Erin und Ruark sehr gegensätzliche Ansichten vertreten. Es bleibt euren Vorstellungen überlassen, ob ihr den zweien ein Happy End in euren Gedanken gönnt oder ob die Unterschiede für ein Miteinander zu groß in euren Augen ist.

Auch diese Geschichte soll euch ein wenig zum Nachdenken anregen, nichts in dieser Welt ist nur Schwarz oder Weiß.

Für diese Geschichte stellte ich mir einige Fragen. Wie sieht es bei euch aus, wie würdet ihr die Fragen beantworten?

Wie weit würdest du für deine Überzeugung gehen? Wie viele Gesetze brechen? Jemanden verurteilen für seine Handlungen, obwohl du weißt, ihm ist großes Unrecht widerfahren. Wärst du zur Rache fähig? Hast du sie vielleicht schon selbst in die Hand genommen?

Und könntest du mit dieser Person zusammen sein? Bist es sogar, weil die Liebe und der Wunsch nach einer Beziehung gesiegt hat, oder bist du es nicht mehr, weil die Liebe nicht immer alles überwindet und die Umstände einfach zu übermächtig sind?

Genug von der Grübelei, ich hoffe, euch hat die Geschichte gefallen. Über eine Bewertung würde ich mich freuen. Habt ihr Fragen oder Anregungen, ihr findet mich auf Instagram, Facebook, oder schreibt mir eine E-Mail an: raventwinter@outlook.at

Mein Dank gilt diesmal ganz besonders Christin, die dieses Wahnsinns-Cover gezaubert hat, Sybille, die mir zum Glück die Korrektur gemacht hat, die Bloggermädels, die vorab gelesen haben, Tiff, die mich unterstützt hat, und last, but absolutely not least: Roxxi – für den Input und den Austausch. Danke euch, Mädels!

Jetzt bleibt mir nichts mehr weiter, als euch noch einen schönen Tag zu wünschen.

Wir lesen uns hoffentlich demnächst.

Alles Liebe

Raven

ÜBER DEN AUTOR

Alle bisherigen Erscheinungen

Bittersüss
Splitterherz
Deep down in trouble

Sie finden die Autorin auf Instagram und Facebook
facebook.com/raventwinter
instagram.com/raventwinter

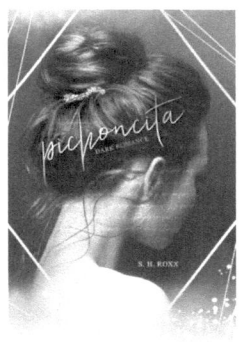

Pichoncita: Dark Romance

S. H. Roxx

Alles an ihm sollte eine Warnung für mich sein.

Sein Name. *El asesino.*

Sein Job. *Auftragskiller.*

Seine Augen. *Moosgrün, kalt und berechnend.*

Mein schweigsamer Retter führt ein Leben im Dienst des Todes. Durch seine Blicke wird mir gleichzeitig heiß und kalt, und seine Worte reißen mein Inneres entzwei. Hoffnung und Misstrauen sind meine ständigen Begleiter, seit ich mein Schicksal in seine Hände gelegt habe, an denen das Blut unzähliger Menschen klebt. Er ist genauso skrupellos und kaltblütig wie der Mann, vor dem ich mit seiner Hilfe geflohen bin. Er ist aber auch meine einzige

Chance auf ein Leben in Freiheit. Mir bleibt keine andere Wahl, als ihm zu vertrauen, selbst wenn ich instinktiv weiß, dass ich es nicht tun sollte. Und ganz bestimmt sollte ich mich nicht in ihn verlieben …